Le retour du Dr McGregor

*

Si proche de toi

JOANNA NEIL

Le retour du Dr McGregor

Traduction française de
ÉVELINE CHARLÈS

BLANCHE

HARLEQUIN

Collection : Blanche

Titre original :
RETURN OF THE REBEL DOCTOR

Ce roman a déjà été publié en 2018

HARPERCOLLINS FRANCE
83-85, boulevard Vincent-Auriol, 75646 PARIS CEDEX 13
Service Lectrices — Tél. : 01 45 82 47 47 - www.harlequin.fr
ISBN 978-2-2804-8944-7 — ISSN 0223-5056

Composé et édité par HarperCollins France.
Imprimé en février 2023 par CPI Black Print (Barcelone)
en utilisant 100% d'électricité renouvelable.
Dépôt légal : mars 2023.

MIXTE
Papier issu de sources responsables
FSC® C159065

Pour limiter l'empreinte environnementale de ses livres, HarperCollins France s'engage à n'utiliser que du papier fabriqué à partir de bois provenant de forêts gérées durablement et de manière responsable.

1.

— Voulez-vous examiner ce jeune garçon pour moi, Katie ? demanda Colin McKenzie, d'un ton embarrassé.

Occupée à vérifier le contenu de la pharmacie, Katie se tourna immédiatement vers lui. Elle était intriguée par la voix troublée de l'inspecteur de police, d'ordinaire plutôt décontracté.

— Bien sûr. Que se passe-t-il ?

Si elle travaillait aux urgences pédiatriques de l'hôpital local la majorité du temps, elle était aussi de service au commissariat deux soirs par semaine.

Sur cette petite île écossaise au taux de délinquance relativement bas, elle utilisait principalement ses compétences à traiter des affections mineures, comme des écorchures, ou à évaluer le degré d'alcoolisation d'adolescents ivres.

— C'est le fils de John McGregor, déclara Colin avec une grimace.

Le policier était un homme de haute taille, dont les cheveux noirs commençaient à grisonner.

— Il a été blessé. Nous l'avons surpris en flagrant délit de cambriolage à la Vieille Boulangerie. Lizzie garde en permanence de la petite monnaie dans son bureau et un groupe de jeunes a décidé de la voler à la nuit tombée. Celui-ci jouait le rôle du guetteur.

— Finn ? demanda-t-elle, étonnée.

Elle connaissait ce grand garçon efflanqué, aujourd'hui âgé de seize ans, depuis sa naissance. Jusqu'à présent, il s'était débrouillé pour éviter les gros ennuis, même s'il avait été sermonné une ou deux fois pour effraction sur des propriétés privées et trouble à l'ordre public. Elle avait toujours mis ces petits délits sur le compte d'une jeunesse exubérante et, cette fois encore, elle ne croyait pas à sa culpabilité. Il ne pouvait pas s'être associé à une bande de voyous.

Escortée par Colin, elle sortit de la pièce qui servait d'infirmerie pour gagner la salle d'attente.

— Comment a-t-il été blessé ? s'enquit-elle.

— Mordu par un chien… et heureusement pas l'un des nôtres ! Nous nous sommes retrouvés dans une situation délicate… A cause de son état, nous avons été contraints de le transporter en fourgon, avec un agent de police, pendant que nous attrapions les autres, qui couraient dans tous les sens. On a d'abord voulu l'emmener aux urgences, mais il n'aurait pas reçu de soins assez rapides le temps que nous appelions une ambulance. Et comme vous étiez de service ici ce soir…

— Je vais voir ce que je peux faire.

Assis sur un banc et très pâle, Finn pressait des mouchoirs en papier sur son oreille, qui saignait en dégoulinant entre ses doigts et le long de sa joue. En état de choc, il tremblait de tous ses membres et elle se retint de le prendre dans ses bras pour le serrer très fort.

N'était-il pas le petit frère de Ross en plus d'un gamin qu'elle avait vu grandir ? Touchée par son air perdu, et malgré le délit dont on l'accusait, elle éprouva l'envie de le protéger. Mais elle se contenta de l'approcher pour lui entourer les épaules d'un bras gracile, avant tout guidée par son éthique professionnelle.

— Allons à l'infirmerie, Finn. Je vais nettoyer cette plaie et te soigner.

Il leva vers elle des yeux gris emplis de soulagement.

— Oh ! Katie, c'est toi ! Je n'ai rien fait de mal, je te

le jure, fit-il d'une voix hachurée. Je n'aurais pas… J'étais juste… Et, tout à coup, ce chien est arrivé de nulle part… Il m'a attaqué et il ne voulait plus me lâcher.

S'interrompant brusquement, le garçon pinça les lèvres en cherchant à refouler ses émotions.

— Tu vas me raconter toute l'histoire pendant que je t'examine, répondit-elle gentiment. Une chose à la fois. Tu es encore sous le choc et, pour l'instant, mieux vaut que tu restes tranquille.

Elle le laissa s'installer sur la table d'examen avant de poursuivre d'une voix douce :

— Très bien. Je vais retirer ces mouchoirs et examiner ta blessure. Donc, tu ne sais pas d'où sortait ce chien ?

— Non. Il était juste là, à me fixer.

Saisissant les mouchoirs trempés, elle se retint de chanceler.

— Je me trouvais sur un mur, en train de regarder la cour, derrière la boulangerie, quand des policiers m'ont soudain crié dessus. Je n'ai pas réfléchi, j'ai sauté… et le chien s'est mis à gronder. Pendant quelques secondes, je suis resté immobile… et je me suis finalement enfui en courant. C'est à ce moment qu'il a sauté sur moi.

Elle réprima une grimace face au résultat de l'attaque. Les crocs de l'animal avaient transpercé l'oreille du garçon et des traces de morsures parsemaient son cou… un véritable carnage.

— Tu as besoin de quelques points de suture, mais je vais d'abord nettoyer la plaie.

— Je peux vous laisser, doc ? demanda Colin. Je dois m'occuper de ce chien et des gamins à interroger, sans parler de la paperasse à remplir…

— Je m'en sortirai très bien, merci. Mais il faudrait prévenir le père de Finn. J'aimerais qu'il soit assisté par un adulte lors de son audition.

— Pas mon père ! s'écria aussitôt l'adolescent. De toute

façon, il travaille tout le temps et il ne faut pas non plus déranger ma mère. A cause d'un mauvais virus, elle n'est pas très en forme ces derniers jours…

Elle fronça les sourcils, prudente. D'une nature fragile, la mère de Finn semblait mal assortie à son époux, un homme sévère et intransigeant. Dans ces conditions, Katie pouvait-elle s'étonner que Finn suive la voie empruntée par son demi-frère bien des années auparavant ?

— Ecoute, dit-elle spontanément, je vais m'occuper de toi dans ce cas. Si tu le souhaites, je resterai à tes côtés lors de l'interrogatoire de la police.

D'abord hésitant, le garçon finit par hocher la tête.

— Merci, Katie.

— Et maintenant, je m'occupe de ta plaie. Tu es prêt ?

— Oui, je crois… enfin… que va-t-il se passer, maintenant ? Avec la police, je veux dire. Durant le trajet en camionnette, j'ai téléphoné à Ross, pour qu'il me dise quoi faire.

Elle lui jeta un regard dubitatif.

— Il a pu t'aider ?

Finn courba les épaules, un peu accablé.

— Je suis tombé sur son répondeur. Il devait sûrement être occupé. Comme il travaille sur le continent, je ne le vois plus beaucoup ces temps-ci. Mais j'avais très envie de lui parler.

Compatissante, elle posa une main légère sur son bras, sachant combien Finn vénérait son frère aîné. Malgré leurs quinze années d'écart, ils semblaient unis par un lien très fort… même si, selon la rumeur, Ross travaillait désormais à Glasgow. Comment aurait-il pu épauler son cadet à cette distance ?

Après avoir désinfecté la plaie, elle injecta un produit anesthésique local et attendit quelques secondes qu'il agisse. Et, tout en travaillant, elle se laissa assaillir par des souvenirs de Ross. Elle entendait encore toutes les recommandations de son père à son encontre lorsqu'elle était adolescente :

— Tiens-toi éloignée de ce Ross McGregor. Il tournera mal, tu verras.

Elle n'avait jamais vraiment partagé cette opinion. Certes, Ross s'était comporté comme le mauvais garçon du village, toujours prêt à faire une nouvelle bêtise. Mais en voyant l'étincelle dans son regard, le frémissement de sa bouche... elle s'embrasait tout entière, en désirant des choses inenvisageables et très peu convenables.

En s'agitant sur la table, Finn l'arracha à ses souvenirs.

— On va terminer par les points de suture, dit-elle. Ne t'inquiète pas, dès que ta peau aura cicatrisé, tu seras toujours aussi séduisant. Je vais demander à l'inspecteur McKenzie de t'interroger plus tard.

— Je ne sais pas comment aborder le sujet avec papa, répondit Finn avec un frisson. Il ne croira jamais à mon innocence.

— Eh bien, fit une voix familière, nous aviserons le moment venu.

Aussi ébahis l'un que l'autre, Finn et Katie se tournèrent vers l'entrée de la pièce où se tenait Ross McGregor. Katie sentit son cœur bondir dans sa poitrine. Vêtu d'une veste de treillis et d'un pantalon noir, il la dominait de son mètre quatre-vingt-cinq... et n'avait rien perdu de son charme !

— J'ai frappé, dit-il, mais vous étiez sans doute trop absorbés par votre conversation...

Posant son sac à dos par terre, il vit Katie pivoter lentement vers lui et écarquilla ostensiblement ses yeux bleus avec un sifflement admiratif. Puis il examina un instant son visage, s'attardant sur ses pupilles vertes et la cascade de boucles châtaines sur ses épaules.

— Waouh... ravi de te revoir, Katie. J'ignorais que tu serais là mais tu es superbe !

A la vue de son frère, le visage de Finn semblait transfiguré.

— Tu as pu te libérer ? fit-il avec étonnement. Je ne savais pas si tu aurais mon message.

— J'ai tout de suite senti que ça n'allait pas et je me suis empressé de venir. Par chance, j'ai pu attraper le dernier train en partance de Glasgow, puis j'ai sauté sur le ferry.

Avançant jusqu'à la table, il se pencha pour inspecter la blessure de son frère avant de se tourner vers Katie.

— On dirait que tu ne manques pas de travail... Cela ne t'ennuie pas si je discute avec Finn pendant que tu termines les points de suture ?

— Aucun problème.

D'un geste de la main, elle lui désigna au passage la bouilloire abandonnée sur le plan de travail.

— Et si tu nous préparais une boisson chaude ? Tu dois en avoir besoin après ton voyage, et j'en profiterai pour donner à Finn du paracétamol.

S'approchant de l'évier, il remplit la théière en rassurant son frère.

— Tout ira bien, tu verras. Mais, avant tout, tu dois me raconter cette soirée. Comment t'es-tu fourré dans ce pétrin ?

Et, tout en écoutant le récit de Finn, elle poursuivit son travail. Si elle n'avait pas croisé Ross depuis plusieurs années, elle avait entendu de nombreuses rumeurs à son sujet. Apparemment, il n'avait pas changé : avec son habituelle assurance, il avait pris le contrôle de la situation dès son arrivée. N'avait-il pas toujours su ce qu'il voulait et où il allait, sans jamais laisser personne se mettre en travers de son chemin ?

Son père avait été le seul à exercer autrefois une emprise sur lui... dont il s'était vite débarrassé en quittant la maison familiale pour s'engager dans l'armée.

Après avoir terminé sa suture, elle déposa son matériel pour la stérilisation.

— Je vais ajouter un pansement, dit-elle à Finn avec un sourire. Pendant quelque temps, tu ressembleras peut-être à une momie égyptienne…

— Comme ça, tu es certain de paraître cool aux yeux des filles ! s'exclama Ross avant d'offrir à Katie une tasse de café. Crème et sucre, comme autrefois ?

Tout en parlant, il engloba sa silhouette élancée d'un regard appréciateur et elle prit soudain conscience de ses courbes féminines, mises en valeur par une robe moulante qui dessinait parfaitement sa poitrine.

— Oui, merci, répondit-elle.

Pour qu'il se repose, elle suggéra ensuite à Finn de s'allonger pendant qu'elle préparait sa piqûre antitétanique et rédigeait une ordonnance d'antibiotiques.

A cet instant, Ross déposa le sucrier et le pot de crème près d'elle, sur la table.

— Et que fais-tu ici, Katie ? Tu bosses pour la police ?

Elle secoua la tête, faisant virevolter ses boucles soyeuses.

— Le commissariat avait juste besoin d'un remplaçant, pendant les congés du médecin titulaire. Et j'ai accepté leur offre.

Avalant une gorgée de café, elle en savoura le délicieux arôme.

— Le reste du temps, je travaille à l'hôpital, aux urgences pédiatriques. J'aime varier mes activités pour multiplier les expériences.

Ross baissa alors les yeux sur sa main gauche.

— Tu ne portes pas d'alliance ? Je t'aurais plutôt imaginée mariée et mère d'au moins deux enfants. Les hommes sont-ils aveugles dans le coin, ou caches-tu un fiancé quelque part ?

— Eh bien… tu es très direct ! s'exclama-t-elle en posant sa tasse.

Pendant une minute, elle chercha une réponse appropriée, sachant que Ross risquait de la toucher en plein cœur, en faisant au passage des ravages dans sa vie, si elle ne réagissait pas très vite.

— Certains diraient même que je suis carrément indiscret, fit-il en riant, mais ça m'est égal. Je suis vraiment curieux de savoir ce que tu as fait durant toutes ces années. D'ailleurs…

Il hésita un instant, comme s'il réfléchissait.

— … nous pourrions peut-être déjeuner ou dîner ensemble pendant mon séjour et refaire connaissance ?

Elle sentit une vague de chaleur la submerger, certaine que ses pommettes rosissaient à vue d'œil. Passer du temps avec lui ? Découvrir l'homme qu'il était devenu ? Certainement pas ! Déjà plongée dans un profond état d'excitation du fait de sa seule présence, elle ne serait plus capable de mener sa petite vie tranquille et rangée s'il restait dans les parages.

— Je ne suis pas très disponible, fit-elle d'une voix enrouée.

Elle se détourna pour prendre l'ampoule de sérum antitétanique dans le réfrigérateur et, en voyant la déception sur son visage, elle ajouta rapidement :

— Mon planning est très chargé ces derniers temps. En plus de mon travail, je retape une maison, Waterside Cottage, pendant mes congés. En ce moment, j'attends un ouvrier qui doit établir un devis pour les réparations du toit.

Elle avait parfaitement conscience de la piètre qualité de ses excuses et Ross fronça les sourcils.

— Quel dommage ! La maison t'appartient dorénavant ? La vieille ferme que ta tante rénovait autrefois ? Je me souviens que vous lui rendiez souvent visite, ta sœur et toi.

S'approchant de Finn, elle désinfecta le haut de son bras pour le piquer.

— Exact. C'est bon, Finn, j'ai terminé.

Cette fois-ci, elle prit tout son temps pour ranger son matériel avant de se tourner vers Ross.

— Oui, elle rêvait de restaurer cette bâtisse. Mais elle est morte avant la fin de son projet, en nous léguant sa propriété à toutes les deux. Or, comme Jessie avait déjà acheté une maison, je lui ai remboursé sa part.

A cet instant, l'inspecteur McKenzie revint dans la pièce.

— Vous avez terminé, Katie ? J'aimerais maintenant interroger ce jeune homme.

— J'ai suturé et pansé la plaie, mais il ne semble pas en état de répondre à vos questions. La blessure n'est pas belle, il a perdu beaucoup de sang et il reste en état de choc. Pourquoi ne pas lui accorder un répit de quelques jours ?

Colin parut hésiter.

— Bon, c'est d'accord. Je t'attends la semaine prochaine, mon garçon. Tu as bien compris ?

— Il viendra accompagné de son avocat, répondit sèchement Ross. Enfin, j'espère que vous ne croyez pas sérieusement à sa culpabilité, inspecteur ? Apparemment, il a surpris les autres garnements et s'est montré un peu trop curieux.

— Sans doute… mais étrangement, tous les jeunes sont frappés d'amnésie ce soir : ils ont tous oublié qui se trouvait avec eux et ils n'étaient là qu'en observateurs.

Ross lui adressa un petit sourire en coin.

— Eh bien, dans le cas de Finn, il s'agit de la vérité. De toute façon, je l'accompagnerai lors de l'interrogatoire.

— Vous envisagez de rester ici ? Et votre poste sur le continent ? On m'a dit que vous étiez médecin hospitalier.

— Effectivement, mais je n'ai quasiment pris aucun jour de congé, répliqua Ross en pointant du doigt son gros sac à dos. Je ne partirai pas tant que Finn aura besoin de moi.

Colin McKenzie digéra l'information.

— D'accord, mais gardez à l'esprit, tous les deux, que Finn fait partie des suspects. S'il n'avait pas été mordu par ce chien…

— C'est justement le problème, inspecteur, intervint Katie en remarquant la soudaine pâleur de Finn. Je n'en ai pas terminé avec mon patient, aussi apprécierais-je que vous me laissiez avec lui.

— Bien entendu. Il est tout à vous, docteur… enfin, pour le moment.

Elle jeta un coup d'œil au jeune garçon grelotant de peur. Peut-être devait-elle lui administrer un sédatif ? Mais, avec le soutien de son frère, sans doute en avait-il désormais moins besoin… Elle rédigea sa prescription d'antibiotiques et la tendit à Ross.

— Il y a une pharmacie de nuit ouverte dans la grand-rue.

En réponse, il la regarda pensivement.

— Je m'en occupe. A bientôt, Katie. Peut-être accepteras-tu d'aller au restaurant avec moi… j'aimerais au moins te remercier pour avoir pris soin de Finn.

— Peut-être…

Au moment où elle lui remit l'ordonnance, elle sentit leurs doigts se frôler… et une onde de choc se répercuter dans tout son corps. Elle laissa son cœur battre la chamade, en pleine confusion. Après toutes ces années, elle avait réussi à chasser Ross de son esprit… mais à peine réapparaissait-il qu'il s'imposait de nouveau à elle avec une force inouïe.

Comment allait-elle s'accommoder de lui s'il restait dans les parages ?

2.

— N'est-ce pas fantastique ? s'écria Jessie. Je n'en revenais pas quand Maggie m'a annoncé le retour de Ross McGregor sur l'île. Je me demande s'il va rester.

Katie ne prêtait qu'une oreille distraite au babillage de sa sœur. Elle avait passé la dernière demi-heure à vérifier le contenu de son sac de voyage, s'assurant qu'elle avait bien tout emporté pour son séjour sur le continent.

— Je ne crois pas, répondit-elle. Tu penses que je dois prendre une robe de cocktail en vue d'une éventuelle soirée ?

— Ça ne te fait ni chaud ni froid ?

Absorbée par ses préparatifs, elle jeta un rapide coup d'œil à sa sœur, dont les yeux gris brillaient d'un enthousiasme enfantin.

— Pourquoi ? Il s'agit seulement d'une conférence sur la chirurgie assistée par ordinateur, avec au menu quelques discours et une présentation des équipements. Rien de spectaculaire, je suppose. Excepté le fait que nous sommes logés dans un château. J'ajoute qu'il donne sur le loch.

Jessie leva une main impatiente.

— Franchement, Katie, tu es complètement obsédée par ton boulot ! Je te parle de Ross, là… Je suis si contente qu'il soit revenu ! Cela dit, je l'ai à peine vu pendant qu'il séjournait dans sa famille, mais j'ai entendu toutes sortes de bruits à son sujet pendant son absence. Je serais vraiment ravie de le recroiser.

Katie referma son sac après l'ajout d'une dernière robe.

— Mieux vaut éviter tout contact avec lui. Vous n'êtes plus des ados et, si tu n'y prends pas garde, il pourrait bien te briser le cœur. D'ailleurs, il est seulement rentré à cause de cette histoire avec Finn. Ensuite, il s'en ira sans un regard en arrière, comme toujours.

Jessie secoua la tête, agitant son carré lisse et noir, coupé sous les oreilles. Avec son visage à l'ovale parfait, son teint de pêche et ses lèvres pulpeuses, elle était devenue une ravissante jeune femme, aussi bien faite que facile à vivre. En somme, le rêve de tous les hommes.

— Je n'ai nullement l'intention de flirter avec lui ! dit-elle. De toute façon, à l'époque, il n'avait pas d'autre choix que quitter l'île. Rien n'allait plus dans sa famille et tout le village le détestait. Je comprends sa décision !

Cette période avait été un véritable cauchemar. Malgré les années, Katie s'avouait encore affectée par les événements de cette nuit désastreuse où Ross et sa sœur s'étaient donné rendez-vous en secret à l'ancienne brasserie. Alors âgée de quinze ans, Jessie avait dissimulé ses intentions à ses parents… parce qu'ils lui avaient formellement interdit de fréquenter Ross.

Par la suite, elle avait juré que Ross ne l'avait pas touchée. D'ailleurs c'était elle qui, au mépris de toutes les recommandations, l'avait mis au défi de la rejoindre. Insouciante et téméraire, elle cherchait sans cesse l'aventure… et, pour ça, Ross n'était-il pas le partenaire idéal ? Certes, elle savait l'endroit peu sûr, mais elle était justement en perpétuelle quête d'adrénaline. Hélas, l'escapade avait tourné à la tragédie.

Ross avait subi un terrible accident, juste après avoir mis le feu à l'une des dépendances. Ce soir-là, on avait certes évoqué la présence d'un vagabond sur les lieux, mais Ross faisait figure de coupable idéal, même en l'absence de toute preuve.

Aujourd'hui encore, Katie n'adhérait pas à cette hypothèse. Si Ross s'était souvent montré imprudent, elle ne le croyait pas capable de déclencher un incendie…

— Je te rappelle seulement à quel point tu as été anéantie par son départ, dit-elle. Tu as sangloté pendant des jours, si mes souvenirs sont bons.

— Oui, parce que je trouvais cette histoire très injuste. D'ailleurs, je n'avais que quinze ans. J'ai beaucoup mûri depuis.

Katie s'empara de son sac et suivit sa petite sœur au rez-de-chaussée.

— Vraiment ? Rappelle-toi seulement que tu ne lui dois rien. Je ne voudrais pas que tu souffres en essayant de réparer les erreurs qu'il a autrefois commises.

— Ross et moi, nous sommes juste amis, Katie. Tu n'as pas à t'en faire pour moi.

Tout en balayant du regard sa cuisine rustique et bien ordonnée, elle passa en revue sa liste de choses à faire.

— Très bien, je peux donc partir tranquille. Si le couvreur téléphone en mon absence, n'oublie pas d'inscrire le jour de sa venue sur mon agenda.

— D'accord.

— Tâche de te montrer persuasive pour qu'il vienne vite.

— J'essaierai.

— Et surveille Jack, notre petit voisin, quand il arrache les mauvaises herbes. La dernière fois, il a déraciné l'aubriétia qui poussait sur la rocaille.

— Ne t'inquiète pas, fit Jessie en riant. Je garderai la maison pendant que tu t'amuseras sur le continent. Merci de m'avoir accueillie chez toi, Katie. En signant l'acte de vente, je n'aurais jamais pensé que les vendeurs mettraient si longtemps à partir et que les travaux s'éterniseraient à ce point.

A cet instant, Katie consulta rapidement sa montre.

— Je suis ravie que tu sois ici, tu le sais bien. Et, maintenant, je dois partir au risque de rater le ferry.

— Moi aussi, je dois mettre les voiles avant que maman se demande pourquoi le café est fermé... surtout si les clients font la queue devant la porte de la boutique de cadeaux.

Katie embrassa sa jeune sœur.

— Prends soin de toi. Je serai de retour très vite.

Parfois, elle enviait la vie simple de sa cadette, occupée à travailler sur la propriété de leurs parents. Ils possédaient une vieille demeure pittoresque entourée de jardins et nichée dans une forêt verdoyante. De passage pour la journée, certains touristes venaient s'y imprégner de la culture locale.

Dès le départ, Ross avait été conscient de ne pas appartenir au même milieu qu'elle, même si elle n'y attachait aucune importance. A l'école, sa sœur et elle s'étaient toujours mêlées aux autres enfants du village et, dans ces moments-là, elle avait l'impression que les différences sociales disparaissaient. En ce temps, n'étaient-ils pas de simples gamins chapardant des pommes dans les vergers ou pêchant dans la rivière toute proche ?

En fait, elle avait remarqué Ross pour la première fois à l'occasion d'un jeu, en pataugeant dans l'eau fraîche. Il lui avait montré comment attraper dans son filet les poissons qui se dissimulaient, avant de l'aider à les mettre dans son seau. Et il avait bien ri devant son insistance à les libérer avant de rentrer.

Refoulant ces vieux souvenirs, elle quitta la maison et prit l'autobus en direction du port. Assise près d'une fenêtre, elle regarda les collines boisées et les petites montagnes défiler au loin. Et quand la côte apparut, elle se préparait déjà à la prochaine étape de son voyage.

Elle savait que la traversée risquait d'être agitée, même si le soleil filtrait timidement à travers les nuages, en cet après-midi d'août. De plus en plus fort, le vent ébouriffait déjà ses cheveux au gré des rafales.

Quelques minutes plus tard, sur le pont du ferry, elle observait les mouettes qui s'abattaient sur l'eau avec des cris stridents. Souriante et détendue, elle s'appuya à la rambarde au moment où le bateau quittait lentement le port.

— Quelle bonne surprise ! Mes rêves deviennent réalité.

Comme sorti de nulle part, Ross posa les mains près des siennes sur la balustrade, apparemment ravi de leur rencontre.

— Oh ! Mais que tu fais là ? s'exclama-t-elle. N'étais-tu pas censé rester sur l'île plusieurs jours ?

— C'est exact, mais je dois honorer plusieurs rendez-vous sur le continent, fixés bien avant les récents événements. Je voulais tout annuler… mais Finn a un peu retrouvé le moral et sa mère le soutient. C'est même lui qui a insisté pour que je respecte mes obligations. Je serai de retour à la fin de la semaine pour son audition.

— Je vois… Tu es installé chez eux, dans la maison ?

— Non, j'ai loué une chambre chez McAskie. Plutôt confortable et la cuisine est bonne…

Elle devina sans peine ses raisons : il ne souhaitait pas cohabiter avec son père. Jessie en serait sans doute ravie. Traînant elle-même souvent à l'auberge de McAskie avec ses amis, sa sœur ne manquerait probablement pas de renouer avec Ross.

— On dirait que les choses s'arrangent, déclara-t-elle d'une voix neutre.

— Et toi ? Vas-tu faire du shopping ou prends-tu des vacances ?

— Ni l'un ni l'autre. Je dois assister à une conférence médicale, à Loch Gragail.

Elle vit un sourire étirer les lèvres de Ross, en creusant de petites rides aux coins de ses yeux. Aussitôt, elle crut que son cœur s'emballait dans sa poitrine. Et, tout en déplorant sa faiblesse passagère, elle admit qu'il était décidément très séduisant.

— Vraiment ? Alors peut-être pourrai-je dîner avec toi, finalement, parce que je m'y rends également.

— Tu plaisantes !

Pourquoi était-elle victime de ce coup du sort ? Ainsi, elle se retrouvait coincée avec lui pendant deux jours entiers. Frappée par l'ironie de la situation, elle lui adressa un faible sourire. Jamais Jessie ne lui pardonnerait en apprenant qu'elle s'était retrouvée avec Ross dans un hôtel de luxe.

— Cette perspective te rebute à ce point ? Toi et moi, nous pourrions nous entendre à merveille, si seulement tu y mettais un peu de bonne volonté.

Elle leva vers lui ses yeux émeraude.

— A ta place, je n'y compterais pas trop. N'oublie pas que je te connais bien : je sais très bien que tu peux papillonner d'une femme à l'autre sans remords. Rappelle-toi l'histoire de cette pauvre Molly Jenkins. Parce qu'elle a gobé ton baratin, elle est tombée folle amoureuse de toi... et tu l'as finalement quittée pour sa meilleure amie... Je n'ai aucune intention d'être épinglée à ton tableau de chasse.

A ces mots, il ne cacha pas son amusement.

— Navré que tu aies une si piètre opinion de moi. En fait, j'ai bien envie de considérer tes paroles comme un défi à relever. D'autant que tu te trompes à mon propos, Katie. Je n'ai jamais blessé personne volontairement, et de toute façon c'est de l'histoire ancienne. Pourquoi sembles-tu penser que je n'ai pas changé ?

— Les rumeurs circulent vite. Et, en plus, tu ne t'es jamais engagé avec une femme.

— Ne pourrais-je pas en dire autant à ton sujet ? Si j'en crois les commérages, tu ne sors pas avec n'importe quel homme et aucun n'a jamais gagné ton cœur… sauf peut-être ton dernier compagnon, celui que tu as congédié.

En cet instant, elle n'avait aucune envie d'évoquer son ex.

— Je vois que tu es bien renseigné.

— Il m'a suffi de tendre l'oreille. Tu sais comme les gens parlent facilement après un ou deux verres. Et j'ai toujours été intéressé par tout ce qui te concerne.

— Si tu le dis…

Elle se tourna de nouveau vers la mer et frissonna, ses cheveux soulevés et plaqués sur ses joues par le vent. Au loin, elle apercevait le continent, avec ses collines verdoyantes et ses maisons aux murs blanchis à la chaux. Dispersées sur la côte ou groupées en hameaux, elles égayaient le creux des vallées, aux pieds des montagnes majestueuses.

Ross repoussa alors une mèche folle derrière sa délicate oreille.

— Je t'offre un verre, si tu veux. Que dirais-tu d'un cognac pour te réchauffer ? dit-il en passant un bras autour de sa taille.

Aussitôt, elle sentit la chaleur de ce corps viril l'envelopper et acquiesça d'un signe de tête. Et tout en s'éloignant de la rambarde, il poursuivit gaiement :

— Raconte-moi plutôt ta vie ces dernières années.

— Je me suis surtout consacrée à mon travail et j'ai eu besoin de m'accrocher à la fin de mes études, durant ma spécialisation. Aujourd'hui, mon métier est ma plus grande réussite.

— Au point d'oublier ta vie personnelle ?

— Je ne dirais pas ça.

Ensemble, ils descendirent l'escalier menant au pont inférieur, Ross l'observant attentivement.

— Tu as toujours été la fille raisonnable de la famille, si je ne m'abuse.

Raisonnable ? En réalité, elle n'avait pas vraiment eu le

choix. Quand son père avait commencé à développer une insuffisance cardiaque, elle s'était évertuée à le protéger par tous les moyens.

Pensive, elle fut soudain rappelée à la réalité par la voix de Ross.

— Tu m'as manqué. A chaque problème, à chaque folie que je risquais de commettre, je voyais ton visage, et tes grands yeux verts me mettaient en garde.

Elle lui lança un regard incrédule.

— J'ai du mal à te croire. Depuis quand mon opinion te préoccupe-t-elle ? Et puis… Loin des yeux, loin du cœur, n'est-ce pas ?

— Quel scepticisme ! On peut dire que tu vas me donner du fil à retordre.

Une main posée sur sa hanche, il la guida jusqu'au bar mais elle se raidit, refusant d'être submergée par l'émotion.

Lorsqu'ils s'assirent à une table, près de la fenêtre, elle nourrissait des sentiments mitigés… à la fois soulagée de ne plus sentir sa paume brûlante à travers le tissu de sa robe et impatiente d'éprouver de nouveau cette pression délicieuse.

Après l'avoir quittée un instant, il déposa un verre devant elle.

— Bois d'un seul trait, ça va te réchauffer.

— Merci.

Suivant son conseil, elle absorba l'alcool cul sec pour qu'il se répande dans tout son corps. Puis elle observa Ross par-dessus son verre, avec l'impression que les années s'étaient envolées. Il possédait toujours un charme juvénile, capable de la faire fondre comme au temps de l'adolescence.

Vêtu d'un pantalon foncé et d'une chemise bleu marine sous sa veste ouverte, il buvait en dévoilant sa gorge bronzée. Elle dut alors réprimer une brusque envie de caresser sa peau halée.

— Regrettes-tu parfois d'avoir quitté l'île ? demanda-t-elle en se détournant.

Il réfléchit un moment avant de répondre.

— D'un côté, oui, parce que je suis loin de ma famille. Mais si le choix se représentait, je ferais le même. Comme tu le sais, les choses n'étaient pas simples pour moi, à l'époque. Mon père était furieux et il me tenait presque en laisse.

— Je m'en souviens. Mais tu avais été gravement blessé et avec l'atténuation du scandale, après l'incendie, il aurait pu se radoucir. Pourquoi ne lui as-tu pas laissé le temps de digérer la situation ?

Il secoua la tête.

— Je suis persuadé qu'il s'inquiétait énormément pour moi mais je le décevais sans cesse. Il a vécu l'incident à l'ancienne brasserie comme la goutte d'eau qui fait déborder le vase.

Elle ignorait certains détails de l'affaire et sans doute la rumeur les avait-elle enjolivés… mais elle savait avec certitude que Ross était retourné dans le bâtiment en flammes, sans doute pour récupérer la veste de Jessie. Malheureusement, les poutres avaient cédé à cet instant, le projetant à l'étage inférieur.

Par la suite, Ross et sa sœur étaient restés muets, et aucun d'eux n'avait révélé la vérité sur cette terrible nuit.

— Selon mon père, reprit-il, ce drame ne se serait pas produit en mon absence. Tout le monde m'a blâmé, sans doute à cause de ma réputation de petit voyou. Mon père, lui, a vu dans cet événement le dernier délit d'une liste longue comme le bras. Il était partagé entre colère et chagrin.

— Jessie a juré que tu n'étais pas responsable de cet incendie.

— Oui, mais personne n'avait envie de la croire.

Dans toute cette histoire, elle se sentait particulièrement troublée par le rôle de sa petite sœur. Pourquoi se trouvait-elle sur les lieux alors que leurs parents le lui avaient formellement interdit ? Et n'avait-elle pas vu les nombreux panneaux avertissant du danger des lieux ?

— Tu as été gravement blessé, dit-elle, et, en appelant les secours, Jessie t'a probablement sauvé la vie.

Aujourd'hui encore, elle frémissait en songeant à cette histoire : que serait-il advenu si pompiers et ambulanciers étaient arrivés quelques minutes plus tard ?

— Exact.

— Tu étais tellement mal en point ! Comme tout le monde, j'ai été très inquiète en apprenant que tu souffrais d'une fracture du crâne.

Sur la table, il posa une main sur la sienne.

— Oui, tu es venue me voir à l'hôpital et j'attendais tes visites comme un rayon de soleil dans ma journée… un peu gâché par la mauvaise opinion que tu avais de moi. Ça me rendait très malheureux.

— Tu sentais ma présence ? demanda-t-elle, étonnée. Mais je croyais… Je te parlais mais tu ne répondais pas. Tu étais plongé dans le coma, c'était effroyable. A un moment, j'ai cru que tu ne te rétablirais jamais.

— J'admets que j'ai eu de la chance. Grâce aux chirurgiens et aux kinés, j'ai réussi à me relever de cet accident… et j'ai compris l'urgence de procéder à quelques changements dans ma vie.

Hochant la tête, elle joua avec son verre.

— Moi aussi. J'ai été si impressionnée par la compétence du personnel soignant que j'ai finalement opté pour des études de médecine.

— Je suis ravi d'avoir eu une telle influence sur ta vie, répondit-il en souriant. De mon côté, j'ai décidé de m'éloigner et de repartir de zéro dans un endroit où personne ne me connaîtrait.

— Et tu as choisi d'intégrer l'armée ?

— Parfaitement. Veux-tu un autre verre ?

— Volontiers, merci.

Pendant que Ross retournait au bar, elle retira sa veste pour la poser sur le dossier de sa chaise. Comme elle portait une sorte de débardeur réalisé au crochet, par-dessus un chemisier de coton, il lui décocha un regard admiratif à son retour.

— Quel régal pour les yeux !

— Je parie que tu dis ça à toutes les filles.

— Non, seulement à celles qui me font marcher. Un brin de flatterie n'a jamais nui.

— Sûrement ! En tous les cas, tu iras loin : tu es doué !

Comme pour porter un toast, il leva son verre et elle l'imita aussitôt.

— A notre avenir, dit-elle dans un souffle. Qu'il exauce tous nos souhaits.

— Oh… je serais ravi d'apporter mon aide à leur réalisation.

— Pauvre garçon ! répliqua-t-elle en feignant la pitié. Une telle passion… une telle persévérance… une telle perte de temps !

— Reparlons-en dans quelques jours…

Elle réprima une bouffée d'appréhension devant une telle assurance. Heureusement, elle était immunisée contre son charme et il pouvait toujours rêver !

En avalant une nouvelle gorgée de cognac, elle fut soudain prise de vertige, sans doute parce qu'elle avait à peine picoré au petit déjeuner.

Pour cacher son trouble, elle reprit :

— Pourquoi as-tu choisi d'étudier la médecine ? Je

voulais déjà t'interroger à l'époque où nous étions à la fac, mais ça m'était sorti de l'esprit.

Il réfléchit un instant.

— A l'armée, j'ai été mobilisé dans des zones de conflit où nous devons très régulièrement évacuer les blessés. Les médecins faisaient le maximum sur place, avant que les patients soient transférés à l'hôpital. Et, peu à peu, j'ai eu envie de participer à leur guérison. Au début, je voulais être chirurgien, afin de traiter les hommes les plus gravement touchés. Mais, finalement, je me suis spécialisé dans les urgences et la neurochirurgie.

— Quand as-tu quitté l'armée ?

Tout en sirotant son verre d'alcool, elle laissait la chaleur l'étourdir un peu. Elle avait bien conscience que ses joues rosissaient sous le regard attentif de Ross.

— Assez récemment, en fait. L'armée ayant financé mes études, je devais obligatoirement y exercer durant quelques années. A la fin de mon contrat, je n'avais pas d'idée particulière sur ma destination, mais j'étais lassé par les pays en guerre. On s'endurcit trop facilement, au bout d'un moment, et cette attitude me déplaisait. Alors pourquoi ne pas travailler aux urgences près de chez moi ?

— Ton père doit être satisfait de ta décision.

— Je n'en sais rien, répondit-il avec nonchalance. Nous ne nous voyons pas beaucoup… et il se déplace toujours autant pour son boulot.

Une fois leurs verres vidés, il suggéra :

— Et si nous regagnions le pont où sont garées les voitures ?

— Tu as mis la tienne à bord ?

— Non, j'en ai loué une. De cette façon, je peux te conduire à Gragail. Cela t'arrange, non ?

— Oui, merci beaucoup.

En se levant, elle sentit la tête lui tourner légèrement

et il tendit aussitôt la main pour l'aider à conserver son équilibre.

— Ça va ?

— Ne t'inquiète pas… J'aurais peut-être dû manger davantage au petit déjeuner, ou éviter l'alcool. Mes jambes ne me portent plus.

Ils sortirent du bar pour emprunter un couloir menant à l'escalier.

— Je vais t'acheter quelque chose pour t'aider à digérer le cognac… Beignet, paquet de gâteaux ou sandwich : que préfères-tu ?

— Un beignet… mais je peux aller le chercher moi-même.

Elle esquissa un pas en direction de la cafétéria, mais il la retint. Apparemment, il ne la jugeait pas suffisamment stable sur ses jambes pour qu'elle se déplace sans escorte.

— Je t'assure que je vais bien, dit-elle, non sans honte.

— Bien entendu.

Comme un couple de passagers s'approchaient d'eux, il l'attira contre lui pour dégager le passage. Pressée contre son corps solide, elle sentit de nouveau une douce chaleur l'envelopper.

— Tu es plus attirante que tu ne sembles l'imaginer, dit-il à son oreille. En réalité, tu es la femme parfaite. Aussi séduisante et douce que dans mes souvenirs.

Et lui, n'était-il pas un charmeur, un démon déguisé en médecin, capable de jouer avec son cœur si elle perdait le contrôle ? Elle devina sa main virile dans son dos, qui frôlait sa hanche. Alors, presque malgré elle, elle se cambra comme un chat avide de caresses.

Il lui décocha un sourire satisfait.

— Je suis vraiment ravi que le hasard nous amène tous deux au château de Gragail. Depuis notre rencontre au commissariat, j'étais impatient de t'avoir pour moi tout seul.

Elle eut soudain l'impression qu'un piège se refermait lentement sous ses pieds.

— Je n'ai pas les idées très claires, répondit-elle en s'écartant de lui. Mais je vais suivre ton conseil et grignoter quelque chose pour garder la tête froide.

— Quel dommage ! J'appréciais vraiment la compagnie de cette nouvelle Katie un peu éméchée.

— C'est bien ce qui me fait peur.

3.

Lorsqu'ils parvinrent en vue du château, un rayon de soleil troua soudain les nuages.

— Regarde comme c'est beau, Ross ! s'exclama-t-elle.

Dans la lumière du matin, les murailles de pierre arboraient un éclat doré. Enchantée par ce spectacle, elle admira un instant les tours rondes et les hauts remparts qui se dessinaient entre une forêt de pins et des prés verdoyants.

— Plus tard, nous monterons au créneau pour admirer le panorama, répondit-il. Nous avons bien fait de venir, ne serait-ce que pour la vue.

— La conférence ne t'intéresse pas ?

— Bien sûr que si ! Je veux me tenir informé des dernières avancées technologiques. Simplement, on n'a pas souvent l'occasion de contempler un paysage aussi grandiose lors de ce type d'événements.

Une minute plus tard, ils traversaient un pont enjambant un ruisseau et franchissaient le portail principal… pour finalement découvrir que d'autres séminaires se tenaient au château, comme indiqué par un panneau dans le hall.

L'une des hôtesses leur indiqua leurs chambres, situées au même étage et seulement séparées par quelques portes.

Ross consulta alors sa montre.

— Je passe te prendre dans dix minutes. Nous avons juste le temps de nous rafraîchir un peu avant le premier exposé.

— Parfait.

Une fois dans sa salle de bains, Katie se brossa les cheveux, ajouta une touche de gloss sur ses lèvres et s'aspergea de parfum. Par curiosité, elle jeta ensuite un coup d'œil par la fenêtre pour découvrir des jardins impeccablement entretenus sur plusieurs hectares. Au milieu des arbustes, elle aperçut même une statue en partie dissimulée derrière une tonnelle fleurie et repéra une magnifique fontaine où l'eau se déversait grâce à des jarres en pierre.

Comme promis, Ross frappa discrètement à sa porte quelques instants plus tard. Elle lui ouvrit tout de suite, prête à affronter la journée à venir.

— Ta chambre te plaît ? s'enquit-il.

— Elle est ravissante… J'adore ces murs jaune pâle et ces meubles rustiques. Et la tienne te convient ?

— Très bien. Couvertures écossaises et petit bureau, près de la fenêtre. Je pourrai y installer mon ordinateur portable.

Ils restèrent ensemble toute la journée à écouter les différents intervenants vantant les mérites de la médecine vidéo-assistée dans les zones rurales éloignées. Grâce à ce procédé, les médecins pouvaient établir un lien avec de lointains collègues.

— J'aime l'idée qu'une mère puisse surveiller son bébé sur un écran quand il se trouve dans une autre partie de l'hôpital pour une intervention, déclara Katie en gagnant avec lui la salle du banquet.

Il acquiesça.

— La vidéoconférence présente aussi de nombreux avantages. On peut échanger des idées avec des spécialistes sans avoir à parcourir des kilomètres pour une rencontre.

Tout en parlant, il déposa sur son plateau une tourte à la viande de bœuf et des légumes avant d'ajouter une tarte aux pommes pour le dessert.

— Veux-tu que j'aille chercher du thé ? demanda-t-il. Ah, je vois une table libre près de la fenêtre. On s'installe là ?

— D'accord.

De son côté, elle choisit la soupe du jour et un petit pain, qu'elle compléta avec une salade de fruits. Enfin assise, elle put embrasser la salle d'un regard : des murs lambrissés ornés de tableaux à l'huile représentant des paysages ou les ancêtres des propriétaires, des lustres scintillants au plafond ou suspendus sur un côté de la pièce… A cet instant, elle remarqua aussi une tribune réservée aux musiciens. Vide pour le moment, elle était censée accueillir un groupe lors du dîner.

Après avoir rejoint sa place, Ross prit une première bouchée de son plat.

— As-tu une raison particulière de participer à ce séminaire ? demanda-t-il. En urgence pédiatrique, tu n'auras sans doute pas souvent l'occasion d'utiliser un tel matériel, sauf cas particulier, évidemment.

Posant sa cuillère, elle prit le temps de la réflexion :

— C'est exact. Jusqu'à maintenant, nous n'avons pas eu besoin de cette technologie, mais je me projette un peu plus loin. En fait, je brigue un nouveau poste à l'hôpital qui implique un travail administratif… Par exemple, je devrai recenser les besoins de la région, et pas seulement les nôtres.

Gardant un instant le silence, il parut plongé dans ses pensées.

— Tu envisages d'abandonner la pédiatrie ?

Lorsqu'elle secoua négativement la tête, ses boucles accrochèrent la lumière.

— Pas du tout. Simplement, j'aimerais avoir davantage de responsabilités. Mon patron m'a encouragée à poser ma candidature. Ces dernières années, j'ai travaillé très dur pour en arriver là.

— Tu as certainement toutes les compétences requises, mais n'es-tu pas encore un peu jeune et inexpérimentée ? Et puis, ta carrière compte-t-elle plus que tout pour toi ? N'envisages-tu pas de te marier et d'avoir des enfants ?

— Bien sûr que si… jusqu'à un certain point. Pour le moment, mon métier passe avant le reste.

En réalité, elle avait eu quelques petits amis, notamment un compagnon auquel elle avait beaucoup tenu avant de s'apercevoir qu'il la trompait. Profondément blessée, elle avait alors reporté toute son énergie dans son travail.

Dans un sens, elle avait aussi conscience qu'aucun des hommes de sa vie ne correspondait vraiment à son idéal. Inconsciemment, peut-être les comparait-elle tous à son premier amour, Ross occupant depuis toujours son esprit…

— Katie ! Ross ! Quelle surprise de vous croiser ici ! fit une voix masculine.

Interrompue dans sa réflexion, elle leva les yeux vers un homme de haute taille vêtu d'un costume sombre et bien coupé. Avec ses cheveux noirs naturellement ondulés et ses yeux bleu-gris brillant de plaisir, il semblait ravi de cette rencontre.

— Josh ? Josh Kilburn ?

En découvrant son ancien camarade de classe, elle sourit et se tourna vers Ross : l'avait-il également reconnu ?

— Salut, Josh ! Je suppose que tu es venu pour l'un des autres séminaires … juridique, je parie.

— Exactement. Je suis avocat et nous envisageons d'utiliser la liaison vidéo pour joindre des tribunaux ou des clients incarcérés. Grâce à cette méthode, ils pourraient même témoigner aux procès sans se déplacer.

Katie tapota la chaise vide la plus proche.

— Assieds-toi avec nous. Je serais curieuse de savoir ce que tu es devenu.

— J'adorerais discuter avec vous mais, malheureusement, des collègues m'accompagnent. Je passais juste vous saluer. Mais si vous restez ici cette nuit, comme moi, pourquoi ne pas se retrouver ? J'occupe la chambre 28.

— C'est l'étage au-dessus du nôtre, dit-elle. Je suis logée au numéro 12 et Ross se trouve dans le même couloir.

— Chambre 9, fit celui-ci. Tu peux frapper à ma porte si tu le souhaites. Autrement, nous serons dans le coin.

— Je suis vraiment contente de t'avoir vu, reprit Katie. Tu travailles sur le continent ? Pour ma part, cela doit faire des mois que je ne m'étais pas autant éloignée de notre île.

— En fait, je me suis installé dans le bourg. Vous me verrez sûrement à l'occasion puisque je suis associé dans un cabinet d'avocats du coin.

— C'est bon à savoir. On reparlera du bon vieux temps. Ta famille est venue avec toi ?

— Non, je suis toujours célibataire. Mais je compte bien acheter une maison à côté de chez mes parents et mon frère.

Il se tourna vers ses collègues, occupés à attirer son attention.

— On dirait que nous allons manger dans l'annexe, dit-il. Il y a trop de monde, ici. Nous pourrions peut-être dîner ensemble ce soir ?

Katie et Ross approuvèrent d'un signe de tête et Josh s'éloigna.

— Tu n'es pas sortie avec lui, à un moment ? demanda Ross.

— Rien de sérieux… Il s'est toujours davantage intéressé à Jessie.

— Comment se porte-t-elle au fait ? A-t-elle quitté le nid familial ou travaille-t-elle encore sur la propriété de tes parents ?

— Oh ! Elle ne partira jamais ! Elle adore son boulot qui permet aux touristes de visiter la région. Elle est dans son élément, là-bas. Cela dit, la maison n'est ouverte qu'à certaines heures, mes parents tenant à se ménager un peu d'intimité. Mais les gens peuvent monter à cheval ou se promener dans les jardins et les bois. J'imagine que je ne t'apprends rien.

— Au contraire ! Je n'ai jamais été le bienvenu chez vous, rappelle-toi.

Elle fronça les sourcils, troublée par son expression. Etait-ce du regret ? De la déception ?

— Pourtant, Jessie t'a souvent amené chez nous, il me semble. Je n'étais pas là, mais…

Il esquissa un sourire amer.

— Vos parents trouvaient toujours le moyen de me mettre en vitesse à la porte. A l'évidence, j'avais une mauvaise influence sur leur plus jeune fille.

Elle lui adressa un coup d'œil inquiet.

— J'en suis navrée. A cette époque, Jessie n'était pas une ado facile.

Et, bien sûr, les pires craintes de sa famille s'étaient réalisées durant le dramatique incident à l'ancienne brasserie. Peut-être Jessie avait-elle toujours refusé d'en parler à cause d'une part secrète de culpabilité ?

— Mais, dis-moi, ton père et ta mère ne s'inquiétaient jamais pour toi ? Tu n'es pas beaucoup plus âgée que ta sœur et il me semble que tu ne manquais pas de prétendants.

— Sans doute estimaient-ils que j'avais la tête sur les épaules.

Elle vit les yeux bleus de Ross luire étrangement.

— Je suis bien d'accord ! Tu as toujours été présente pour Jessie, à essayer de la tirer d'affaire. Comme la nuit où nous avions planté des tentes près de la rivière. Nous étions un groupe de filles et de garçons…

— Vous aviez beaucoup bu si mes souvenirs sont bons.

— Seulement certains d'entre nous. Sur le coup, j'avais ordonné à Jessie de rentrer chez elle en lui proposant même de la raccompagner.

Elle fixa Ross avec étonnement.

— Ah bon ? Elle ne me l'a jamais dit. Elle m'a seulement précisé qu'elle devait rentrer avant que mon père ne découvre son absence.

— Je me demande encore comment tu as réussi à la convaincre de partir. Tu lui as passé un savon ?

Elle rougit à ces mots, un peu confuse.

— Cela a dû m'arriver une ou deux fois. J'étais très angoissée pour notre père et ses problèmes cardiaques. Je ne voulais surtout pas qu'il se tracasse.

— Alors qu'as-tu fait ?

— Je lui ai promis que si elle ne rentrait pas à la maison, je donnais tous ses vêtements au Secours Populaire. Durant la soirée, j'avais vu papa consulter sa montre à plusieurs reprises et prendre certains de ses médicaments.

— Et, à ce moment, Josh est venu à la rescousse en vous proposant de vous ramener… Sur le coup, je lui en ai un peu tenu grief. J'espérais en effet que tu t'attarderais un moment sur la rive avec moi. Après tout, tu avais deux ans de plus que ta sœur.

— Je ne souhaitais pas enfreindre le règlement de la maison.

Comme elle avait pourtant ardemment désiré rester avec lui et se blottir dans ses bras ! Maintenant encore, elle se rappelait parfaitement ses difficultés à quitter la fête. L'herbe fraîchement coupée parfumait l'air et certains couples s'embrassaient à la lueur de la lune pendant que d'autres dansaient au son d'une chaîne stéréo.

Ross lui darda un regard malicieux.

— Finalement, Josh et moi nous vous avons raccompagnées tous les deux. Je me suis consolé en jurant de trouver d'autres occasions de te voir et de te persuader de croquer le fruit défendu. Et j'avais raison, non ?

— Je n'ai pas envie d'en parler, répondit-elle en buvant une gorgée de thé.

Il n'avait pas tort, évidemment, puisqu'il y avait eu une autre soirée. Comme sa sœur était reçue dans la famille d'une amie, elle avait aussi eu la permission de dormir chez une copine qui fêtait son anniversaire. Mais si la fête avait débuté en toute innocence, elle s'était rapidement transformée en une soirée nettement plus intime, du moins dans son cas.

Soudain, les lumières s'étaient éteintes et elle s'était retrouvée dans les bras de Ross, où elle avait oublié toute pudeur. Elle le désirait avec une violente intensité. Par bonheur, elle avait retrouvé la raison au moment où les parents de son amie étaient rentrés par surprise chez eux... Mais, profondément bouleversée, jamais elle n'avait oublié la façon dont elle avait failli lui offrir son corps.

Il émit un petit rire.

— Très bien. Motus et bouche cousue.

Elle posa sa tasse sur la table.

— Mieux vaut retourner dans la salle de conférences, tu ne crois pas ?

— Et si on faisait plutôt l'école buissonnière ?

Elle lui assena une légère tape sur le bras.

— Sois sage ! Et garde à l'esprit qu'une deuxième journée de travail nous attend demain.

Durant l'après-midi, face aux intervenants présentant leurs produits, elle s'efforça d'ignorer sa présence virile et leurs cuisses qui se frôlaient. Une bataille perdue d'avance !

A la fin du dernier exposé, il s'étira longuement avant de gagner la sortie avec elle :

— Que dirais-tu d'une balade avant le dîner ? demanda-t-il.

— Pourquoi pas ? Laisse-moi juste une heure pour prendre une douche et me changer.

— Parfait. Je viendrai te chercher à 19 h 30.

Dans le couloir, elle le regarda disparaître dans sa chambre avant d'entrer à son tour dans sa suite et de s'asseoir sur le lit. Elle disposait de tout le temps nécessaire pour se préparer.

Auparavant, elle pouvait donc se détendre avec un bon roman, téléchargé pour l'occasion, sur son ordinateur. Ensuite, elle consulterait ses mails afin de vérifier si le département des ressources humaines avait bien reçu sa candidature pour le poste de consultant-administrateur.

Au bout de quelques pages, les paupières lourdes, elle vit les mots danser devant ses yeux. Après tout, pourquoi ne pas se reposer une minute ou deux ?

Une heure et demie plus tard, elle se réveilla en sursaut sans plus savoir où elle se trouvait… et recouvra la mémoire grâce à un rapide coup d'œil à sa montre. Elle bondit aussitôt sur ses pieds.

Prendre une douche… se maquiller… Elle n'avait plus le temps de se laver les cheveux, par chance encore doux et soyeux. Etalant sa robe noire sur le lit, elle choisit sa lingerie et se précipita ensuite dans la salle de bains.

En quelques secondes, elle fut revigorée par l'eau chaude et sortit de la cabine fraîche, dispose et prête pour la soirée. Malheureusement, en regardant d'un peu plus près ses boucles dans le miroir, elle constata l'action de la vapeur chaude : sa chevelure était devenue sauvage et indisciplinée.

Elle enfila alors ses sous-vêtements, puis entrouvrit la porte pour chasser la vapeur. Quelle heure était-il ? Pieds nus, elle revint au petit trot dans sa chambre.

Une femme de chambre avait déposé des serviettes propres sur le lit pendant qu'elle se lavait. En souriant, elle songea à l'impeccable organisation du château, qui rendait si confortable la vie de ses hôtes.

— Oups…

Elle fit aussitôt volte-face et découvrit Ross près de la fenêtre, en train de la fixer avec avidité. Comme pétrifiée, elle soutint son regard.

— Je… euh…, fit-il d'une voix éraillée, la femme de

ménage m'a laissé entrer. Je ne pensais pas que tu… tu… Waouh ! J'en perds mes mots !

Avec un temps de retard, elle posa une main sur ses seins, à peine voilés par la dentelle de son soutien-gorge, et l'autre sur sa culotte.

— Elle t'a invité dans ma chambre ? Je n'avais pas l'intention… Je veux dire… Je me suis endormie… Bref, je devrais déjà être prête.

Il la mangeait des yeux, refusant de perdre une miette de ce spectacle.

— Je sais, mais… tu es ravissante, Katie. Quelle honte de dissimuler sans cesse un si joli corps !

Elle le dévisagea sans un mot. Il la trouvait belle ? Aussitôt, elle sentit une délicate roseur colorer son ventre et remonter jusqu'à la racine de ses cheveux.

Et, à son tour, elle l'évalua d'un coup d'œil, estimant qu'il n'était pas mal non plus. Grand et sportif, il possédait un visage buriné par ses nombreuses années à l'armée, ciselé par ces mois où il avait été héliporté sur les champs de bataille du monde entier. Sans doute saurait-il prendre soin d'une femme et la protéger de tout… sauf de lui-même. Elle entendait sa petite voix intérieure le lui répéter sans cesse.

Il s'approcha bientôt d'elle à pas lents. Sachant quel danger elle courait face à lui, sans doute aurait-elle dû s'enfuir… Mais elle demeura plutôt immobile, en désirant ardemment qu'il la prenne dans ses bras. Sur ce point, il ne risquait pas de la décevoir et, les yeux assombris de désir, il l'attira contre lui. Elle se sentit alors balayée par un tourbillon d'émotions chaotiques. Ses courbes féminines pressées contre ses muscles durs et athlétiques, elle se colla à lui, les cuisses puissantes de Ross contre les siennes…

A cet instant, il baissa la tête pour s'emparer de sa bouche avec une délicatesse teintée de passion. Et, durant une minute, il savoura la douceur de ses lèvres entrouvertes avant d'y glisser sa langue. Les bras noués autour de son cou, elle joua en même temps avec ses courts cheveux tandis qu'il caressait sa taille, ses hanches et ses fesses.

— Tu sens divinement bon, Katie ! s'exclama-t-il en enfouissant son visage au creux de son cou. C'est enivrant.

Lorsqu'il posa une paume sur son sein rond, elle laissa échapper un cri. Puis, du bout des doigts, il taquina sa peau sous la fine dentelle du soutien-gorge.

Enivrée, elle se mit à désirer l'impossible pendant qu'il dégrafait sa lingerie d'un geste expert. N'était-il pas temps de rompre l'envoûtement avant qu'il ne soit trop tard ? S'ils faisaient l'amour, que se passerait-il ? Hélas, elle n'était plus en mesure de réfléchir.

Elle avait besoin de lui, besoin de sentir sa peau nue contre la sienne, même si ensuite elle savait qu'elle ne pourrait plus revenir en arrière. Elle se perdrait en lui et lorsqu'il regagnerait le continent, elle vivrait sa perte comme un deuil. Jetterait-il alors un seul regard en arrière pour savoir si elle survivait ?

On toqua un coup léger à la porte. Aussitôt, elle se raidit en levant les yeux vers Ross, qui en profita pour s'emparer de sa bouche en un baiser merveilleux, exigeant et rapide.

— Ross… quelqu'un frappe à la porte.

— Ignore-le, dit-il, désireux de prolonger leur instant d'égarement.

— Impossible. Si c'est un membre du personnel, il peut ouvrir avec sa clé en me croyant absente.

— Eh bien, je lui dirai de fiche le camp !

Il la serra plus fort tandis qu'elle se tortillait pour lui échapper.

— Non ! J'y vois plutôt un signe de la Providence. Je n'aurais jamais dû m'aventurer sur ce terrain avec toi. On m'a déjà blessée, Ross, et je ne veux pas revivre ça.

De nouveau, on frappa à la porte.

— Tu es là, Katie ? C'est Josh. Je suis passé chez Ross, mais il n'est pas dans sa chambre.

Décidément, le sort s'acharnait !

— Je vais m'habiller, dit-elle. Fais-le entrer dès que je suis dans la salle de bains.

Apparemment au supplice, comme s'il endurait une souffrance physique, il devina pourtant qu'elle ne faiblirait pas et s'éloigna à regret.

— Crois-moi, Katie, fit-il d'une voix enrouée, je ne te ferai jamais de mal.

— Cela ne change rien.

— Comme tu voudras…

Posant sur elle ses yeux bleus emplis de désir, il l'implora en silence de changer d'avis.

— Je suis désolée.

Tout en se détournant très vite, elle ramassa sa robe et sa trousse de maquillage, avant de s'enfuir dans la salle de bains.

Un instant plus tard, la porte s'ouvrait.

— Salut ! fit la voix de Ross. Entre, Josh. Katie se prépare et tu connais les femmes : elles mettent un siècle à se pomponner.

Elle n'entendit pas la réponse de Josh. Adossée à la porte, elle tenta de reprendre son souffle en se répétant combien elle avait eu de la chance. Elle ne devait pas céder à la tentation au risque de souffrir affreusement.

4.

— On dirait que ce séminaire s'est bien passé.

Shona, l'infirmière chargée des classements, vérifia le dossier d'un jeune patient avant de le ranger dans le classeur. C'était une jolie jeune femme aux yeux bleus, toujours coiffée d'une queue-de-cheval blonde.

— Tu as eu une bonne idée de partir glaner toutes ces informations. Le patron doit être content.

— Oui, et j'espère surtout que l'administration décidera de mettre en pratique plusieurs de mes idées, répondit Katie. Mais, à mon avis, je devrai d'abord être nommée à ce poste pour qu'on m'écoute.

Elle jeta un coup d'œil au tableau blanc.

— Tiens, nous avons un répit juste avant la rentrée des classes. Ensuite, comme chaque année, nous ferons face à toutes sortes d'accidents.

— Jusqu'à maintenant, nous n'avons pas admis de cas graves.

Elle jeta à l'infirmière un regard mi-horrifié mi-moqueur.

— Tu cherches les ennuis, malheureuse ! Sais-tu ce qui arrive dès qu'une personne se réjouit trop vite ? La sirène retentit !

— Oups ! Je ne sais pas ce qui m'a pris. Mettons ça sur le compte du beau Dr Ross. Avec lui, je ne sais plus où donner de la tête. Je ne suis plus moi-même depuis que je l'ai croisé dans la salle de repos.

— Il se trouve à l'hôpital ? demanda Katie. Que fait-il là ?

— Aucune idée. Je crois qu'il bavarde avec des connaissances. Peut-être est-il venu renouer avec ses anciennes relations ? En tout cas, il peut me parler tout son soûl, je serai trop heureuse de passer un moment avec lui.

Katie réprima un petit sourire.

— Ne me dis pas que tu succombes, toi aussi ! Ross a toujours su comment charmer les femmes. Je suppose qu'il est juste venu saluer ses copains.

Après l'épisode du château, elle avait espéré ne plus le revoir de sitôt, mais à l'évidence elle n'était pas très chanceuse.

Ce soir-là, une fois habillée et maquillée, elle s'était interrogée sur la possibilité de redevenir pour lui une simple amie et collègue… mais elle avait vite déchanté. Dès sa sortie de la salle de bains, vêtue de sa petite robe noire qui soulignait ses courbes féminines, il l'avait dévorée des yeux,

Durant le dîner, Josh s'était montré amical, mais Ross, décidé à défendre ce qu'il considérait comme son territoire, ne lui avait laissé aucune chance. Et, à sa grande honte, elle en avait été flattée. A l'évidence, il la désirait et elle en avait tiré un sentiment de puissance enivrant. Elle n'ignorait pourtant pas qu'elle jouait avec le feu. Et, en effet, à peine jetait-elle un coup d'œil de son côté qu'il lui lançait un regard ardent.

Mais elle savait aussi que leur relation ne fonctionnerait jamais. Elle cherchait un homme stable et fiable, tout le contraire de Ross. Même si, dorénavant, elle aurait besoin d'un certain temps pour le chasser de nouveau de son esprit.

En parallèle, Shona examinait une radio sur le négatoscope.

— Tu dois rencontrer les chefs au sujet de ce poste, non ? Mmm… On dirait une fracture, n'est-ce pas ?

— Mon rendez-vous a lieu cet après-midi, après le déjeuner. Et tu as raison, il s'agit bien d'une fracture. La cassure est nette et précise, nous arriverons à la réduire sous anesthésie. Ensuite, nous enverrons le gosse en salle de plâtre.

— D'accord. Je vais le préparer. Comme on lui a déjà administré des antalgiques, il ne devrait pas être trop agité. Tu me rejoins dans une minute ?

— Oui, mais je passe d'abord voir un patient dans la salle 3.

Elle s'attelait déjà à l'examen d'un second malade quand le téléphone sonna. Aussitôt, elle sut par une simple intuition que les ennuis commençaient.

— On nous amène un bébé en ambulance, déclara Shona. Il a seulement deux semaines, le pauvre chou. Son rythme cardiaque est trop rapide et il présente une léthargie et des vomissements. D'ordinaire, son médecin traitant le suit pour insuffisance cardiaque congestive. Il sera là dans dix minutes. On nous a faxé son dossier.

— Entendu. On se prépare à le recevoir.

A cet instant, elle aperçut Ross qui entrait dans la salle des urgences et son cœur manqua un battement. Depuis combien de temps était-il là ? Comme il portait une tenue particulièrement seyante — pantalon gris, chemise bleue et cravate grise — elle ne s'étonna pas que toutes les femmes se pâment devant lui. Il était très séduisant avec ses jambes de sportif et son ventre plat… A lui seul, il semblait incarner la force, la virilité et l'assurance tranquille.

— Me permettrais-tu de rester là en observateur ? lui demanda-t-il en s'approchant du guichet central. Je ne te gênerai pas, promis.

Elle lui darda un rapide coup d'œil avant d'acquiescer.

— D'accord. On m'a dit tout à l'heure que tu étais dans les parages. As-tu revu d'anciens copains ?

— Oui, avec plaisir. J'ai passé une matinée agréable, je me suis baladé entre les services… mais si je peux te prêter main-forte, n'hésite pas. Ton patron est au courant et je n'ai rien de prévu pendant plusieurs heures. En plus, je sais que tu peines à faire tourner les urgences avec la moitié de ton équipe en congé ou malade.

— J'accepte. Mais, dans ce cas, va mettre une tenue stérile. Je me charge d'accueillir l'ambulance.

— Je serai prêt avant ton retour, répondit-il avec un sourire.

Quelques instants plus tard, elle auscultait le minuscule bébé en salle de réanimation.

— Le pouls carotidien est très rapide, dit-elle à Ross dès qu'il apparut.

Elle n'y voyait pas un bon signe et son inquiétude s'accrut lors de l'examen du cœur et des poumons. Elle lui tendit son stéthoscope afin qu'il confirme son diagnostic.

— Insuffisance cardiaque congestive, dit-il en fronçant les sourcils. Pauvre petit ! On doit trouver ce qui cloche. Que dit le dossier ?

A cet instant, le bébé se mit à convulser et elle lui injecta rapidement un antiépileptique. Une minute plus tard, au moment où la crise se calmait, elle caressa la joue veloutée du nourrisson.

— Son médecin a diagnostiqué une malformation de la veine de Galien dans son cerveau. Ils ont refusé l'opération en raison de son âge et, quand son cœur a montré des signes de faiblesse, ils ont opté pour des médicaments. Malheureusement, cette solution a échoué.

Ross secoua la tête. Le petit patient s'épuisait à respirer et elle introduisit délicatement une sonde d'intubation endotrachéale pour le soulager en lui fournissant l'oxygène nécessaire.

— Que comptes-tu faire ?

— En premier lieu, un écho-Doppler transcrânien. Je veux d'abord confirmer le diagnostic originel. On ferait mieux de demander en même temps un électrocardiogramme et une échographie cardiaque, déclara-t-elle à Shona. Peux-tu rassurer les parents ? Dis-leur que nous faisons le maximum pour soulager le petit Sam. Et propose-leur du café ou du thé, pour les aider à supporter l'attente.

— D'accord, mais je m'occupe d'abord de l'ECG.

— Merci.

Pendant ce temps, Katie programma l'échographe avant de promener lentement la sonde sur la tête du bébé. L'appareil étant relié à un moniteur, Ross fronça les sourcils en observant les images sur l'écran.

— La malformation de la veine est visible, dit-il.

— En effet. Il doit passer une IRM afin que nous mesurions exactement l'ampleur du problème. En deux semaines, la situation a peut-être évolué.

Ils virent leurs inquiétudes confirmées par l'IRM.

— C'est un cas très rare d'anévrisme, déclara-t-elle en étudiant les clichés. On ne peut plus se contenter de médicaments pour stabiliser son état. Au contraire, nous devons procéder en urgence à une embolisation. Malheureusement, peu de neurochirurgiens sont capables d'effectuer une telle intervention. En tout cas, personne dans cet hôpital. Je vais me renseigner mais, en attendant, nous devons consulter un cardiologue.

Elle semblait fébrile.

— Nous ne disposons que de quelques heures, répliqua Ross. Ensuite, le pronostic vital ira en s'affaiblissant. Au mieux, Sam souffrira de dommages au cerveau et, au pire, il ne survivra pas.

En effet, les vaisseaux sanguins chargés d'alimenter le cerveau étaient court-circuités. Ils empruntaient une autre route jusqu'au cœur, obligé de pomper plus vite pour envoyer du sang et de l'oxygène au cerveau. Avec un cœur astreint à un tel effort, le nourrisson risquait de mourir.

— Je vais passer quelques coups de fil, dit Katie. Peux-tu l'amener au bloc à ma place ?

— Entendu.

Lorsqu'elle revint auprès de son patient, elle n'apportait pas de meilleures nouvelles.

— Seuls deux spécialistes peuvent assurer une telle opération, expliqua-t-elle, mais ils ne sont pas en Angleterre pour le moment. Le temps que l'un d'eux se déplace, et il sera déjà trop tard. Nos pédiatres neurochirurgiens sont tous deux en train d'opérer en urgence. Quant aux remplaçants présents pour les vacances, ils ne disposent pas des compétences nécessaires.

Ross inspira profondément.

— Peut-être pourrais-je aider ? Je me suis spécialisé en neurochirurgie et j'ai fait plusieurs stages intensifs en neurochirurgie pédiatrique, après avoir quitté l'armée.

— C'était un gros changement d'orientation, répondit-elle, étonnée.

Il haussa les épaules.

— J'avais envie de découvrir de nouveaux domaines, tout en restant cohérent avec mes précédentes expériences. Tu sais, j'ai vu beaucoup d'enfants et d'adolescents victimes d'accidents terribles et je voulais être capable de les soulager… Sans doute est-ce aussi ma façon de remercier les chirurgiens qui m'ont soigné après l'incendie.

Touchée par cet aveu, elle sourit.

— Je comprends, mais l'intervention de Sam est exceptionnelle. Chaque année, on ne recense qu'une douzaine de malformations de ce type dans le pays.

— Oui… c'est pourquoi j'ai pensé à une autre option : pourquoi ne pas entrer en communication avec l'un de ces deux chirurgiens, si vous disposez d'un lien audiovisuel quelconque ? Ils pourraient m'assister pendant la procédure. Vous avez sans doute des techniciens aptes à établir le lien… à condition, bien sûr, que les spécialistes soient disponibles.

Elle scruta le visage de Ross, à la fois anxieux et très exalté. Elle le fréquentait depuis suffisamment longtemps pour connaître sa propension à relever les défis… mais risquerait-il inconsidérément la vie d'un enfant ?

— Tu es certain d'en être capable ?

— Absolument.

Elle réfléchit quelques secondes.

— Très bien. Je vais en parler avec le patron. S'il nous donne son accord, on verra si l'on peut organiser la vidéo-assistance.

Un instant plus tard, elle demanda à Shona de retourner auprès des parents du petit malade.

— Ils doivent signer une autorisation.

— Cela signifie que je peux opérer ? demanda Ross.

— Oui. Apparemment, M. Haskins n'ignore pas ton excellente réputation et l'un des chirurgiens accepte de t'assister. Nous avons un technicien qui s'occupe en ce moment de la webcam. Veux-tu bien expliquer aux parents le déroulement de l'intervention ? Ensuite, tu pourras te préparer. De mon côté, je te retrouve au bloc dans quelques minutes.

— Parfait. Je vais me présenter aux parents.

Une heure plus tard, toute l'équipe était réunie en radiologie, où les infirmières préparaient Sam pour son opération. Il semblait très fragile, avec ses petits membres agités par des mouvements convulsifs et sa respiration trop rapide et saccadée. Détail inquiétant, ses lèvres avaient pris une teinte légèrement bleutée.

Katie caressa ses doigts minuscules avec l'envie de le prendre dans ses bras pour le câliner et lui murmurer des paroles rassurantes. Mais, trop professionnelle, elle ne pouvait pas céder à son impulsion.

Dès les premiers effets de l'anesthésie, Ross put commencer. A partir de cet instant, il avait conscience que la survie du bébé reposait uniquement sur ses épaules et son habileté.

— Très bien, dit-il calmement, tout le monde est prêt ?

Introduisant d'abord un cathéter souple dans l'artère

fémorale, il le fit lentement glisser jusqu'à la base du cou. Le tube de plastique descendit ensuite dans l'artère basilaire jusqu'à la malformation.

Pendant toute la procédure, Ross pouvait suivre sur l'écran du moniteur la progression du cathéter. Grâce à la vidéo-assistance, le Pr Markham intervenait parfois pour dispenser ses conseils.

— Nous y sommes, murmura Ross. Maintenant, il faut boucher la veine de Galien.

Katie s'émerveilla de son calme lorsqu'il injecta une sorte de glue dans le cathéter pour obstruer la poche gorgée de sang. Avec un sang-froid et une concentration remarquables, il parvint rapidement à retirer le tube, puis il s'étira pour détendre ses muscles crispés. Elle dut alors réprimer son envie de lui masser la nuque et les épaules.

Suite à cette intervention de presque deux heures et demie, la tension dans la salle était devenue palpable.

— On dirait que ça marche, fit la voix du Pr Markam. Le sang a cessé de s'accumuler dans la malformation et le rythme cardiaque s'améliore. Je pense que vous avez réussi.

— Nous avons réussi, répondit Ross. Je n'y serais jamais arrivé sans l'équipe. Merci à tous, ajouta-t-il en regardant autour de lui. On termine le travail, d'accord ?

Tout le personnel du bloc laissa échapper un soupir de soulagement. Déjà, la peau de Sam commençait à rosir et, sur l'écran du moniteur, son sang suivait de nouveau sa voie naturelle.

A la fin de l'opération, Katie et Ross sortirent, déposant leurs tenues dans une poubelle avant de se laver les mains.

— C'était incroyable ! s'exclama-t-elle. J'avais peur que cette histoire se termine mal mais tu as sauvé la vie de cet enfant.

— Je me répète mais nous avons agi tous ensemble. Le Pr Markam a su me guider, et le personnel médical, hautement qualifié, connaissait exactement les gestes à reproduire. A présent, je veux seulement me réjouir des chances de survie de Sam.

Il se sécha les mains tout en lui jetant un coup d'œil oblique.

— Je vais parler avec les parents et, ensuite, peut-être pourrait-on déjeuner ensemble ?

— C'est une bonne idée. La nourriture est très correcte à la cafétéria… même si elle ne rivalise pas avec les recettes de Gragail, évidemment.

Il lui adressa un sourire malicieux.

— J'admets que ce séjour a été une expérience unique à bien des égards.

— On devrait peut-être l'oublier, répondit-elle en rougissant.

Galant, il s'effaça pour lui ouvrir la porte.

— Plus facile à dire qu'à faire… J'aimerais vraiment en apprendre plus sur l'homme qui t'a autrefois blessée.

— Il appartient au passé et je préférerais ne pas en parler.

— La plaie est encore à vif, c'est ça ? Eh bien, on se retrouve dans cinq minutes, je vais aller rassurer les parents de Sam.

Sans répondre, elle emprunta alors le couloir menant au restaurant. La salle était bien éclairée et accueillante avec ses murs d'un blanc rosé et ses grandes baies vitrées ouvertes sur de vastes pelouses garnies d'arbustes. Sur un côté du jardin, une terrasse offrait un espace où se reposer avec ses bancs, ses tables et ses nombreux bacs de fleurs.

Ross la rejoignit finalement dans la file d'attente.

— Tu veux t'asseoir dehors ? demanda-t-il en choisissant ses plats. Autant profiter du soleil tant qu'il y en a encore !

— Oui, allons-y.

D'un pas décidé, elle se dirigea aussitôt vers une table dans un coin, à l'ombre d'un sycomore noueux. Au menu, en plus de leurs boissons fraîches achetées au distributeur, elle avait choisi une appétissante salade composée à base de fromage, et Ross des lasagnes.

— Je t'ai trouvée très efficace, déclara-t-il en prenant place en face d'elle. J'ai été impressionné par ta direction des urgences. Tu gères bien le personnel, tu es parfaite avec les parents, et attentive et compatissante envers les enfants que tu soignes.

— J'ignorais que tu m'avais surprise avec un autre patient que Sam.

— Je me suis promené dans le service toute la matinée sur une suggestion de M. Haskins. Simplement, je ne voulais pas te déranger dans ton travail.

— Comment trouves-tu notre hôpital par rapport au tien ?

— Le travail est à peu près équivalent, mais vous êtes plus isolés et vous manquez d'équipement spécialisé.

— Est-ce la raison pour laquelle tu restes sur le continent ?

Il haussa les épaules.

— Comme partout, il y a des avantages et des inconvénients. J'ai appris à m'adapter au fil des années.

— Tu loges toujours chez McAskie ?

— Oui. C'est assez confortable et la patronne m'a pris sous son aile.

En réponse, elle leva les yeux au ciel : encore une femme tombée sous son charme ! Puis elle grignota une feuille de salade en buvant quelques gorgées de jus d'orange.

— Tu n'envisages pas de t'installer quelques jours chez ton père ?

— Certainement pas ! Je suis ravi de renouer avec Finn, mais j'aime autant le rencontrer en dehors de la maison. Je n'ai aucune envie de croiser mon père. Nous ne nous voyons plus depuis des années.

— En fait, depuis son remariage avec ta belle-mère. Vos problèmes ne sont pas seulement liés à ton comportement et à l'incendie, n'est-ce pas ? Ils ont commencé avec l'arrivée de cette femme dans ta vie.

Elle vit le visage de Ross s'assombrir.

— Tu as toujours été trop perspicace. Quand il a ramené Stéphanie à la maison, j'avais l'impression que ma mère était morte très récemment. A l'époque, je devais avoir douze ans mais je trouvais ce choix indécent. J'adorais ma mère et son décès m'a anéanti.

A ces mots, elle posa sa main sur celle de Ross.

— Je suis désolée ! Tu as dû vivre des moments éprouvants.

— Je refusais qu'une autre femme remplace ma mère. Je l'aimais tellement que, par la suite, j'ai toujours redouté d'éprouver de nouveau un tel amour, au cas où…

Il s'interrompit brusquement tandis qu'elle le fixait, inquiète de voir une expression aussi tourmentée sur ses traits.

— Au cas où il arriverait malheur ?

Elle comprenait soudain certaines choses, en particulier sa difficulté à s'engager avec les femmes.

— Je crois que j'ai haï mon père pour ça.

— C'est compréhensible… Ecoute, je me mêle de vos affaires mais de l'eau a coulé sous les ponts, depuis. Ne devriez-vous pas enterrer la hache de guerre, tous les deux ?

— Je ne sais pas si c'est possible. Nous ne nous sommes jamais très bien entendus et je l'ai toujours trouvé trop dur et sévère. Pendant toute mon enfance, il a passé le plus clair de son temps à travailler, loin de sa famille. A mon avis, il n'a pas vraiment changé.

— Peut-être s'est-il bonifié avec l'âge ?

— Qui sait ? En tous les cas, Finn m'a avoué qu'il quitterait la maison dès qu'il serait en mesure de subvenir seul à ses besoins. Il est impossible de se conformer aux exigences de mon père et, en cas d'échec, on paie le prix fort. Je reconnais cependant qu'il a toujours été un bon époux avec ma mère et qu'il adore Stéphanie. De toute façon, tu n'as pas à t'inquiéter de mes relations avec lui, Katie.

— Tu as raison, cela ne me regarde pas… Je suis navrée de t'avoir ennuyé.

— Tu ne m'ennuies jamais et je serais bien incapable de me fâcher contre toi. Je me fais seulement du mouron pour Finn et j'aimerais pouvoir l'aider.

— Tu as engagé un avocat ?

— J'ai trouvé un cabinet spécialisé dans la délinquance juvénile. Un avocat va venir discuter avec lui.

Elle enfonça sa cuillère dans son dessert, une succulente crème glacée.

— Comment cicatrisent ses blessures ? Il est bien allé à l'hôpital pour changer ses pansements au moins ?

— Oui. Pour l'instant, on ne lui a pas retiré les fils, mais l'infirmière a trouvé la cicatrice très belle. Tu as fait du beau boulot.

Elle lui sourit.

— J'ai essayé, en tout cas. Et je sais combien les adolescents sont attachés à leur apparence.

Il échangea avec elle un regard de connivence.

— En effet… A ce propos, je te trouve très jolie. Tu t'habilles tous les jours de cette façon pour aller travailler ? Les hommes doivent avoir du mal à se concentrer autour de toi. J'avoue que je les envie beaucoup.

— Je suis certaine qu'ils s'en accommodent fort bien.

Elle portait une jupe crayon et un chemisier blanc, complétés par une veste cintrée à la taille.

— Je suis sérieux, tu sais. Tu es vraiment superbe !

— En fait, je me suis changée en sortant du bloc. Cet après-midi, je ne suis pas de garde mais j'ai un rendez-vous important, dans une demi-heure précisément.

— Tu es très élégante.

— Merci, mais je pourrais te retourner le compliment.

Pendant un instant, il hésita avant de s'armer de courage.

— En fait, j'ai un rendez-vous, moi aussi. Je suis reçu par le directeur de l'hôpital à 15 heures.

Il la regarda en guettant sa réaction et elle laissa échapper un petit cri de surprise.

— Pour un entretien d'embauche ?

— En quelque sorte.

Le souffle coupé, elle chercha ses mots.

— Si je comprends bien, tu traînais dans le service pour faire du repérage, ce matin, et non pour saluer d'anciennes relations… Voilà pourquoi tu examinais l'équipement et tu semblais évaluer nos méthodes de travail. Tu te préparais à répondre aux éventuelles questions. En somme, nous postulons pour le même job !

Elle se tut avec dépit, choquée de n'avoir rien vu venir ! Comment avait-il pu lui cacher ses projets ?

— Tu savais que je convoitais ce poste lors de notre séjour au château. Pourquoi ne m'en as-tu pas parlé ?

— Je ne voulais pas te fâcher ou gâcher l'ambiance entre nous.

— Bien sûr ! s'exclama-t-elle avec amertume. Tu étais surtout trop occupé à m'attirer dans ton lit ! Eh bien, sache que cette conversation aurait effectivement ruiné tes chances.

— Ça n'a rien à voir.

— Bizarrement, j'ai du mal à te croire !

Il redressa fièrement le menton.

— Je n'ai pas envie de me disputer avec toi, Katie. De toute façon, cela ne devrait pas poser de problème. Tu as toi aussi toutes tes chances puisque tu as l'avantage de travailler ici.

— Nous le saurons bientôt, répondit-elle en se levant. Il faut que je parte… mais je pense qu'on se reverra très vite.

Elle prit son sac, pressée de s'enfuir et de calmer ses nerfs.

— Katie ! s'écria-t-il sur un ton pressant. Ne laisse pas cette affaire nous séparer !

Elle ne répondit pas… Il aurait dû y penser plus tôt ! A présent, elle se sentait profondément blessée par sa mystérieuse omission.

5.

— Comment va notre homme, docteur ? On doit l'emmener à l'hôpital, ou vous pouvez le soigner ici ?

Tout en terminant d'imprimer son rapport, l'inspecteur McKenzie leva les yeux vers Katie.

— Il faut lui faire une radio de la main, répondit-elle. En enfonçant son poing dans le mur, il n'a pas seulement causé des dégâts matériels, il s'est aussi cassé deux doigts. J'ai nettoyé et pansé la plaie et, pour l'instant, il porte son bras en écharpe. Les antalgiques que je lui ai donnés devraient le soulager durant quelques heures.

— Merci, Katie. On va le conduire à l'hôpital.

L'inspecteur décrocha le téléphone pour organiser le transfert pendant qu'elle bavardait avec le policier en charge de son patient au commissariat.

Soudain, la porte d'entrée s'ouvrit et, la gorge serrée, elle vit Ross franchir le seuil avec Finn. A sa grande surprise, ils étaient accompagnés par Josh Kilburn, toujours impeccablement vêtu.

— Bonjour ! lança-t-elle.

Elle leur adressa un signe de tête tout en réprimant soigneusement les émotions suscitées par la vue de Ross. Aujourd'hui, il portait un pantalon de toile et un pull soulignant ses larges épaules. Refusant toute distraction de ce genre, elle détourna rapidement les yeux.

Elle lui gardait toujours rancune de sa candidature secrète

pour le même poste qu'elle. Au bout de quelques secondes, elle adressa néanmoins un sourire chaleureux à Finn.

— Comment vas-tu ?

— Pas trop mal, mais je suis un peu nerveux.

— C'est normal, mais M. Kilburn va t'épauler. Je suppose qu'il t'a déjà expliqué le déroulement de l'audition ?

— Oui. Il va demander à la police d'abandonner les charges, répondit l'adolescent en jetant un coup d'œil à l'inspecteur, en pleine discussion avec Ross. Je suis sûr qu'on ne me croira pas, même si je ne traînais vraiment pas avec cette bande.

— Contente-toi de dire la vérité, Finn, c'est important. On m'a répété que tu nettoyais bien ta blessure et je m'en suis réjouie. La plaie doit absolument rester propre et sèche, tu le sais.

Il hocha la tête, visiblement très agité.

— Comment va ta mère ? reprit-elle pour le distraire.

— Elle mange un peu plus, mais elle a perdu du poids et elle se fatigue très facilement. J'essaie de l'aider et je lui dis de se reposer, mais elle semble en permanence épuisée.

— Si elle ne s'est pas alimentée durant plusieurs jours, elle manque peut-être de fer. Essaie de l'emmener consulter un médecin.

— D'accord. Merci, Katie.

— Je t'en prie.

— Très bien, mon garçon, fit l'inspecteur McKenzie, tu vas me suivre en salle d'interrogatoire.

D'une main, il lui désigna le couloir et Finn se redressa pour le suivre à regret, Josh à côté de lui. Au lieu de les imiter, Ross s'approcha de Katie.

— Tu m'en veux toujours ? demanda-t-il à voix basse.

— A ton avis ?

— Quand j'ai envoyé ma candidature, j'ignorais que tu

postulais également. Tu devais bien te douter qu'un tel poste attirerait la concurrence, non ?

— Bien sûr, mais j'espérais un peu plus de franchise de ta part !

— Eh bien… Nous trouverons peut-être l'occasion d'en discuter plus tard.

Après une brève hésitation, il rejoignit son frère. De son côté, elle regagna l'infirmerie, prête à confier son patient au policier désigné pour l'escorter.

— J'ai rédigé une lettre pour les urgences, lui dit-elle. Là-bas, vous passerez une radio de la main et du poignet et, par la suite, votre blessure sera surveillée par le personnel.

— Merci, marmonna l'homme.

Elle devina qu'il regrettait son acte impulsif quand les deux jeunes policiers s'approchèrent de lui.

— Tout est en règle, docteur ? interrogea le plus âgé.

Elle acquiesça d'un signe de tête.

— Il est à vous.

Après leur départ, elle nettoya la pièce avant d'écrire son rapport sur son ordinateur, pour ensuite l'imprimer et le déposer à l'accueil. Quelques minutes plus tard, l'inspecteur McKenzie reparut, l'air sévère et professionnel, suivi de Ross et Finn. Le garçon semblait anxieux et Ross tentait de le rassurer de son mieux. Ils discutèrent un instant avec le policier des suites de l'affaire dans les jours et semaines à venir. Elle ne saisit que des bribes de mots, Josh l'ayant rejointe pour l'entraîner dans un coin de la salle.

— Je suis content de te revoir, Katie, dit-il en la prenant par le coude.

— Moi aussi, fit-elle avec un sourire.

Du coin de l'œil, elle vit Ross les regarder et froncer les sourcils. Apparemment, ce rapprochement lui déplaisait fortement… même s'il n'y avait strictement rien entre elle et Josh. Et si Ross se faisait des idées, elle s'en fichait pas mal !

S'efforçant de le chasser de son esprit, elle se concentra sur son ancien camarade.

— J'ignorais que tu allais défendre Finn.

— On m'a confié son dossier ce matin. Le courant est bien passé entre nous et il voudrait que j'assure sa défense. Bien sûr, tout dépendra de la date de sa convocation au tribunal… mais, même si je ne suis pas de service ce jour-là, je pourrai toujours modifier mon emploi du temps.

— Les choses iront-elles jusque-là ? L'inspecteur n'admet pas son erreur ?

— Malheureusement, Finn s'est retrouvé au milieu d'une bande de voyous et de fauteurs de troubles. L'inspecteur a décidé de ne pas les lâcher. De toute façon, seule la justice peut décider si Finn mérite d'être poursuivi. Je vais envoyer une lettre, en espérant obtenir l'abandon de la procédure.

— Merci, Josh. Je crois sincèrement que Finn est innocent dans cette affaire. Sans doute a-t-il fait quelques bêtises par le passé, mais c'est un gentil garçon.

Josh posa une main rassurante sur sa frêle épaule.

— Je ferai mon possible.

Elle acquiesça, toujours inquiète pour le jeune garçon, visiblement perdu. L'instant d'après, Ross les rejoignit. Et, en remarquant leur proximité physique, il les toisa d'un regard bleu et froid. Mal à l'aise, Josh rougit un peu en s'écartant d'elle.

— Tu es venu en taxi, n'est-ce pas ? demanda-t-il. Je ramène Finn à la maison, mais nous pouvons te déposer en chemin, si tu veux.

— Merci, Ross, mais je loue l'ancienne meunerie. Elle est dans la direction opposée et je ne veux pas vous retarder. Je suis un peu gêné, ces temps-ci, parce que ma voiture est au garage… Quelqu'un l'a emboutie lors de son transport sur le ferry.

— J'habite à côté de chez Finn, déclara alors Katie.

Comme j'ai terminé mon service, je peux le ramener à la maison. Cela t'évitera un détour, Ross, puisque ton hôtel est proche du moulin.

— Entendu. Le marché semble honnête. Enfin, si tu es d'accord, Finn…

Le visage du jeune garçon s'éclaira.

— J'en profiterai pour présenter Baz à Katie.

— Baz ? fit-elle, curieuse.

— C'est la dernière bonne action de Finn, répondit Ross avec un sourire désabusé. En aidant le voisin à tailler la haie, il a trouvé un chiot abandonné. Il était blotti dans les broussailles, gelé et tremblant de tous ses membres. Comme je travaillais, je n'ai pas eu le temps de m'en occuper, mais nous devons régler cette situation.

Se tournant vers son cadet, il ajouta :

— Il va falloir l'emmener chez le vétérinaire, Finn, et peut-être le laisser à la SPA. Je suis désolé, tu ne peux pas le garder. Quant à moi, tant que je suis à l'hôtel, je suis dans l'impossibilité de l'adopter.

Finn pinça les lèvres.

— Je refuse de l'abandonner ! Il a rampé jusqu'à moi et il a posé sa patte sur mes jambes, comme s'il réclamait mon aide. Je sais qu'il compte sur moi.

— Je comprends ce que tu ressens, rétorqua Ross en enveloppant d'un bras les épaules de l'adolescent. Et je te le promets, nous allons vite trouver une solution.

Il jeta un coup d'œil pensif à Katie. Sans doute aurait-il souhaité discuter avec elle pour l'adoucir, mais ils n'étaient pas seuls. Et elle était toujours fâchée à cause de ses cachotteries à propos du poste qu'ils convoitaient tous deux.

Un instant plus tard, Finn et Katie s'installaient dans sa voiture tandis qu'elle lui demandait :

— Pourquoi n'as-tu pas le droit de garder Baz chez toi ? Tes parents s'y opposent ?

— Maman est d'accord mais papa prétend que cela lui donnera trop de travail, même si j'ai promis de m'en occuper. De toute façon, il ne veut pas de chien. Il dit qu'il creusera des trous dans le jardin, qu'il abîmera les meubles et qu'il fera des dégâts dans toute la maison. J'ai pourtant assuré que je l'en empêcherai.

Elle fit tourner la clé de contact.

— Comment vas-tu faire ?

— Je ne sais pas encore, mais je trouverai bien. Si Ross obtient le poste qu'il brigue à l'hôpital, il aura sa propre maison… en tout cas, il en a parlé… Il pourrait peut-être prendre Baz ?

Elle tressaillit soudain. Jusque-là, elle n'avait pas vu les choses sous cet angle, mais Finn avait raison. Si Ross était engagé, il habiterait sur l'île. Elle se sentit aussitôt bouleversée par cette perspective.

— Moi aussi, je pourrais emménager chez lui, continua le garçon. Je sais qu'il accepterait.

Il pinça ensuite les lèvres en une mimique qu'elle avait maintes fois vue sur Ross. Le cœur tambourinant dans sa poitrine, elle s'exhorta au calme, consciente de devoir chasser cet homme de son esprit.

Ils sortirent bientôt du bourg et roulèrent sur des routes de campagne. La maison de Finn se trouvait dans un petit hameau, à proximité d'un bois que sa sœur et elle avaient souvent exploré à l'adolescence. Parfois, elles y rencontraient aussi Ross et ses amis.

Elle se rappelait un jour en particulier : elle s'était allongée sur une grosse branche d'arbre et Ross l'avait rejointe pour bavarder de tout et de rien. Elle en gardait un souvenir idyllique… du moins jusqu'à ce que Jessie ne trouble, sans penser à mal, leur intimité. Visiblement à regret, Ross s'était tourné vers elle pour l'accueillir.

Katie écarta résolument ces images pour se concentrer sur le problème du chiot.

— Je suppose que tes parents supportent momentanément la présence de Baz ?

— Même pas ! Mon père m'a ordonné de l'amener à la SPA, mais je n'ai pas pu… Baz n'est pas très en forme et j'ai eu peur qu'ils le piquent, alors je l'ai caché dans la grange. Papa n'y va jamais, ces temps-ci, et comme ça, je peux m'occuper de lui. Depuis que je suis tout petit, j'ai toujours voulu un chien.

— De quoi souffre-t-il exactement ?

— Il tousse et il tremble tout le temps. En plus il n'arrête pas de vomir. Je ne peux pas l'abandonner, Katie. Quand il me regarde avec ses grands yeux, j'ai l'impression qu'il me supplie de prendre soin de lui.

Elle se gara dans un sentier, à l'arrière de la maison de Finn, et se tourna vers lui.

— Tu sais, Finn, je m'étonne de ton affection pour Baz, vu que tu as été mordu par un chien tout récemment. Cet animal ne restera pas toujours petit, tu t'en doutes bien.

— Evidemment ! Mais il a un bon fond et il ne s'en prendrait jamais à quelqu'un. D'ailleurs, l'autre chien a dû penser que je violais son territoire et il m'a sûrement attaqué pour ça. En plus, jamais il n'aurait dû se trouver dans la rue étant donné que ses maîtres sont supposés le garder en permanence à la maison ou en laisse. En tout cas, c'est ce que m'a expliqué l'inspecteur McKenzie. D'ailleurs, je ne pense pas qu'on devrait le faire piquer.

— C'est très généreux de ta part. Si tu veux bien, je vais examiner ton chiot, histoire d'évaluer la situation.

Après être descendus de voiture, ils franchirent une barrière, à l'extrémité d'un long jardin, et Finn la précéda sur un chemin mal pavé.

— Ne faisons pas de bruit, dit Finn en posant un doigt

sur ses lèvres. Je ne veux pas que papa et maman nous entendent.

— D'accord. Ils ne savent pas où tu étais, ce soir ?

— Non. Ils ne sont pas au courant de cette affaire. Ross a dit qu'on leur raconterait tout un jour ou l'autre, mais il veut bien attendre un peu. Il joue le rôle de représentant légal au commissariat. Si papa apprenait la vérité, il m'enfermerait pendant des mois. Jamais il ne croirait à ma version des faits.

Tout en l'écoutant, elle suivit le jeune garçon en silence. Le hangar, dissimulé par une treille couverte de clématites, laissait pénétrer l'air par des fenêtres ouvertes. Dès qu'ils entrèrent, elle remarqua l'écuelle remplie d'eau laissée par Finn pour son jeune chiot. Dans l'ombre, elle perçut alors un souffle de cheval et un glapissement de détresse.

Blotti dans un coin, Baz était couché sur une paire de vieilles serviettes. Elle évalua aussitôt l'âge de ce bâtard croisé boxer à environ sept semaines. Il ressemblait à une boule de fourrure brune, avec une tache noire autour du nez, de la mâchoire et des yeux, et de petites traînées blanches sur la poitrine et les pattes. En voyant Finn, il agita la queue, même s'il paraissait trop faible pour bouger.

— Comment vas-tu, mon vieux ? demanda l'adolescent, accroupi, en le prenant sur ses genoux. Je t'ai manqué ? Tu n'as pas l'air dans ton assiette ! Tu devrais peut-être prendre un peu l'air.

A l'évidence, il accordait une grande importance à l'animal, déversant sur la misérable créature son trop-plein d'amour.

Elle réfléchit un instant.

— Enveloppe-le dans une serviette, nous allons l'emmener chez le vétérinaire. Si on se dépêche, le cabinet sera encore ouvert.

Finn écarquilla les yeux mais ne se le fit pas répéter deux fois en obéissant prestement. Il courut tout de suite vers la voiture, Baz serré contre sa poitrine.

Ils approchaient déjà du village le plus proche, quand le téléphone portable du garçon sonna. Il décrocha aussitôt.

— C'est mon frère, dit-il à l'intention de Katie. Salut, Ross ! Un problème ?

Elle n'entendit pas la réponse mais comprit vite qu'il parlait du chiot et souhaitait régler la situation.

— On va chez le vétérinaire justement, déclara Finn. Katie a dit qu'elle paierait la note… mais je la rembourserai grâce à mes petits boulots à la ferme.

Après avoir raccroché, il se tourna vers elle.

— Il dit qu'il avait pris un rendez-vous pour demain matin, mais qu'il va l'annuler.

A ces mots, elle jeta un coup d'œil au chiot.

— Nous aurions peut-être pu attendre, mais il semble vraiment malade.

Le cabinet du vétérinaire où ils s'arrêtèrent comportait une grande maison avec plusieurs annexes, destinées à abriter les animaux qu'on gardait la nuit.

Le vétérinaire, lui, était un homme de haute taille à l'air bienveillant et amical. Frisant la cinquantaine d'années, il avait des cheveux noirs et des tempes poivre et sel.

— Qu'avons-nous là ? demanda-t-il en voyant Finn déposer son précieux fardeau sur la table d'examen.

— Il s'appelle Baz. Je l'ai trouvé dans des buissons, près d'un vieux puits. Je pense qu'il est resté au fond de l'eau plusieurs heures avant de réussir à sortir. Dès que je lui ai parlé, il est venu vers moi. Il me fait confiance.

— On va voir ça, répondit le vétérinaire en regardant le chiot avec tendresse.

Il le palpa soigneusement, d'abord la tête, les yeux et les dents avant de passer aux membres. Il auscultait le chiot avec son stéthoscope quand Ross entra dans la pièce.

— Désolé, je suis en retard, dit-il.

— Tiens, Ross ! fit le vétérinaire. Comme je l'avais deviné au téléphone ce matin, c'est une toux de chenil.

Katie fronça les sourcils, étonnée d'apprendre que les deux hommes s'étaient déjà parlé. Le praticien continua :

— Rien de très grave. Il a sans doute inhalé des particules bactériennes à l'origine de son irritation pulmonaire. Etant donné que son système immunitaire est très affaibli, il est vulnérable… mais un traitement aux antibiotiques devrait suffire. Il a aussi besoin de repos et d'une nourriture saine. Trois à quatre repas par jour pendant les prochaines semaines. Et, bien sûr, gardez-le éloigné des autres chiens tant qu'il n'est pas vacciné. On s'en occupera à sa guérison.

Ils regagnèrent ensemble l'accueil, où Ross s'acquitta des honoraires. Quelques minutes plus tard, les bras chargés de médicaments, de croquettes et de compléments alimentaires, ils traversaient le parking.

— J'ai réfléchi à l'avenir de Baz, déclara Ross. As-tu un copain de classe qui pourrait l'héberger, Finn ?

— Non. Ils ont déjà tous des animaux de compagnie. Mais… tu as toujours clamé que tu voulais un chien, non ? Si tu restes ici, tu te chercheras forcément un logement. Je pourrais le garder dans la grange en attendant.

— C'est impossible. Je vais mettre un certain temps avant d'acheter une maison, sans doute plusieurs semaines.

Katie fronça les sourcils. Etait-il tellement certain de décrocher le poste ?

Il laissa échapper un soupir, comme s'il anticipait déjà la réaction de son frère.

— Je peux chercher à le placer parmi mes relations… C'est ça ou la SPA, malheureusement. Quoi qu'il arrive, je suis certain qu'on prendra soin de lui.

Elle baissa soudain les yeux vers le chiot. Timide et apeuré, inconscient que son sort se jouait à cet instant, il ressemblait à une petite âme perdue.

Sans vraiment réfléchir aux conséquences, elle s'entendit alors répondre :

— Je pourrais le prendre chez moi un certain temps, En ce moment, comme Jessie habite avec moi à la maison, elle est là dans la journée. A nous deux, nous réussirons bien à nous en occuper.

Que lui arrivait-il ? Elle n'était pourtant pas du genre à prendre des décisions hâtives ! Depuis la réapparition de Ross, elle avait l'impression que le chaos régnait dans sa vie.

Et puis … elle avouait que la vue du petit Sam, acharné à lutter pour sa survie, à l'hôpital, avait réveillé son instinct maternel. Certes, elle ne comptait pas fonder une famille dans l'immédiat… mais ne pouvait-elle pas reporter son besoin d'affection sur ce petit animal malade ?

— Et puis, je compte sur toi pour t'en occuper souvent, Finn, dit-elle. Tu devras nettoyer ses bêtises en notre absence. T'en penses-tu capable ?

Le garçon parut transporté.

— Bien sûr que oui ! Merci, Katie, c'est une super idée. Je viendrai entre deux travaux à la ferme.

Elle vit les yeux de Ross aller de son cadet à elle.

— Tu as perdu la tête ? lui demanda-t-il. Finn est un ado. Je peux admettre qu'il se laisse dominer par ses émotions, mais toi… Tu es une grande fille, un médecin, tu assumes de lourdes responsabilités. Alors as-tu la moindre idée d'où tu mets les pieds ?

Elle haussa les épaules.

— Evidemment. Cela te semble fou mais, durant toute mon enfance, ma famille a toujours eu des chiens. Leur présence m'a manqué et la maison me semble vide, quelquefois.

Comme Ross grommelait dans sa barbe, elle devina qu'elle ne l'avait pas convaincu.

— En plus, Finn ne retourne pas à l'école au prochain trimestre, et il a besoin de réfléchir à son futur. Que se passera-t-il si ses projets l'éloignent et qu'il ne peut plus s'occuper du chiot ? Baz aura besoin de sortir, de se promener, d'avoir de la compagnie.

— J'en ai conscience, mais nous résoudrons les problèmes en temps voulu, répliqua-t-elle calmement. Au pire, je pourrai toujours demander de l'aide à la maman de Jack. Je suis certaine qu'elle adorerait !

En très bons termes avec sa voisine, elle gardait souvent le petit Jack, son fils, chez elle : il jouait dans le jardin ou mangeait des cookies dans sa cuisine.

Au moment où Ross secouait la tête, elle redressa le menton pour l'affronter.

— De toute façon, ce sont mes affaires. Tu n'as pas à t'en mêler.

— Si seulement c'était aussi simple ! Mon frère t'a entraînée dans toute cette histoire et je me sens responsable. Monte dans la voiture, dit-il à Finn. Nous devons trouver un magasin où acheter le matériel qui nous manque.

Finn s'exécuta en hâte, craignant visiblement que l'un ou l'autre ne change d'avis. Katie jeta ensuite un coup d'œil à Ross.

— Je comptais m'en occuper, dit-elle fermement. Tu as certainement autre chose à faire. Pourquoi ne pas demander à Josh comment compte-t-il éviter un procès à Finn, par exemple… ou t'interroger sur la façon dont tu vas gérer les urgences, si tu obtiens le poste ?

Elle vit les yeux bleus de Ross étinceler au moment où il parcourait du regard son corps fin et élancé.

— Tu fais fausse route, ma belle. Tu restes ma priorité pour l'instant, et si je peux te faciliter la vie, je n'hésiterai pas.

— Si c'est vrai, tu peux m'arranger en restant sur le continent.

Il éclata de rire.

— Tout sauf ça ! J'ai besoin de garder un œil sur toi, au

moins pour m'assurer que ce Kilburn ne va pas se frayer un chemin jusqu'à ton cœur et te tourner la tête.

— C'est peut-être déjà le cas..., répondit-elle avec vivacité.

Ross ne répliqua pas, mais il paraissait broyer du noir en l'escortant vers sa voiture. Elle réprima alors un sourire satisfait. Ce n'était qu'un début, mais elle mettait lentement en place son système de défense.

6.

— Je suis désolé, Katie. J'aurais souhaité que vous obteniez ce poste, mais je me suis retrouvé en minorité. Même si vous étiez un excellent choix, certains membres du conseil d'administration tenaient absolument à engager Ross McGregor. Il a travaillé dans toutes sortes d'hôpitaux à travers le monde, et son expérience lui donne un sérieux avantage. Mais ne vous découragez pas pour autant. Vous êtes un excellent médecin et vous réussirez votre carrière. Armez-vous simplement de patience.

M. Haskins lui annonçait la nouvelle avec diplomatie, un gentil sourire aux lèvres… mais ne confirmait-il pas ce qu'elle avait soupçonné dès le début, en apprenant la candidature de Ross ? Pourtant, elle peinait à admettre qu'il allait devenir son chef de service.

— Je vous remercie de votre soutien, dit-elle, la gorge nouée par la déception. Je suppose qu'il entre en poste tout de suite ? Ou doit-il d'abord donner son préavis à son hôpital ?

— Il a obtenu l'accord de ses patrons pour commencer immédiatement, étant donné qu'ils lui doivent de nombreux jours de congé. Il a l'air assez satisfait de sa nomination.

Elle hocha la tête. Au moins Ross pourrait-il se concentrer sur les problèmes de Finn avec la police sans avoir à se préoccuper de son retour sur le continent. Désormais, il chercherait sans doute un logement sur l'île… et elle ne pourrait plus l'éviter. Elle soupira à cette idée : elle pouvait dire adieu à la paix de son âme !

Du coup, songea-t-elle, le séjour de Baz chez elle serait certainement écourté, si Finn habitait chez son frère. Pourtant, en deux semaines, le chiot s'était très bien adapté à sa nouvelle maison et avait beaucoup grandi. Grâce au soleil, à l'air frais et à ses ébats dans le jardin, il avait retrouvé sa vitalité et sa toux n'était plus qu'un mauvais souvenir. En fin de journée, Katie s'avoua même impatiente à l'idée de le retrouver peu après.

— Il faut que je reprenne mon service, dit-elle à M. Haskins.

Quittant son bureau, elle gagna les urgences et consulta le tableau blanc.

— Tu veux bien examiner le bébé qui se trouve dans la salle numéro 1 ? lui demanda Shona. C'est une petite fille de six mois. Elle a une légère fièvre et présente des troubles respiratoires. Je l'ai mise sous oxygène.

— D'accord, j'y vais tout de suite. Mais… je vois sur le tableau que le Dr Ross McGregor supervise son cas… je devrais peut-être choisir un autre patient.

L'infirmière secoua la tête.

— Il les supervise tous. Je pense qu'il envisage de modifier notre fonctionnement. Tu sais, il n'a encore rien dit, mais on sent déjà dans quelle direction souffle le vent.

— Je vois.

Un instant plus tard, elle entrait dans la première salle d'examen pour découvrir un bébé pleurant à chaudes larmes sur les genoux de sa mère. A l'aide du moniteur respiratoire installé par Shona, elle remarqua aussitôt le taux d'oxygène anormalement bas dans le sang et le rythme cardiaque trop rapide.

Elle se présenta d'abord à la maman pour discuter avec elle avant d'ausculter l'enfant.

— Gardez-la dans vos bras, dit-elle. Je veux juste vérifier qu'elle ne souffre pas d'une infection au niveau des oreilles et de la gorge.

— Ces jours-ci, elle ne prend pas correctement son biberon, déclara la mère. Quand je la nourris, elle respire mal et vomit.

— Malheureusement, cela arrive souvent avec ce type de maladies, répliqua-t-elle en rangeant son stéthoscope dans la poche de sa blouse. Elle souffre de congestion pulmonaire et son taux d'oxygène dans le sang est insuffisant. Nous allons la garder quelques jours et lui administrer de l'oxygène humidifié. Par ailleurs, je vais lui prescrire des médicaments pour résoudre ses problèmes respiratoires. Avez-vous des questions ?

La maman était une jolie jeune femme brune d'une vingtaine d'années.

— Pas vraiment… j'aimerais juste rester avec elle si c'est possible.

— Bien sûr. Je vais demander à une infirmière de passer vous voir.

— Merci.

Un petit sourire aux lèvres, elle la regarda rhabiller son bébé avant de l'installer contre son épaule pour tenter de la soulager.

— Tout va bien, ici ? demanda Ross en entrant dans la salle une minute plus tard.

Katie, en grande conversation avec l'infirmière, se crispa, aussitôt sur ses gardes. Si Ross n'avait pu manquer sa réaction, il n'en montra pourtant rien. Après avoir salué la mère du bébé, il s'adressa à elle à voix basse.

— Qu'as-tu décidé pour ce cas ? Tu hospitalises cette petite fille ?

— Oui. J'ai demandé une batterie d'analyses complémentaires, mais je pense qu'elle souffre de bronchiolite, en plus d'une infection virale, répondit-elle en complétant le dossier.

Tout en regagnant avec lui la salle du triage, elle leva les yeux vers lui. Avec son costume sombre bien coupé, sa veste ouverte sur une chemise bleu pâle et sa cravate aux motifs discrets, elle le trouva comme toujours séduisant et, le cœur battant plus vite, souhaita ne plus rougir en sa présence. Repoussant une mèche châtaine derrière son oreille, elle tenta de recouvrer son calme.

— Je sais que tu as été reçu par M. Haskins, lui dit-il. Il a dû te mettre au courant pour le poste.

— Tu attends peut-être des félicitations ?

Elle regretta aussitôt sa petite pique désagréable.

— Je suis navré que tu subisses les retombées de cette décision… Tu penses pouvoir l'accepter ?

A ces mots, elle s'assombrit. Elle n'avait aucune envie de lui confier sa déception.

— Je vais avoir besoin d'un peu de temps… Cette promotion va tout changer, non ? Après tout, tu n'es plus habitué à rester longtemps au même endroit si j'en crois Finn. Comptes-tu te fixer ici temporairement ? Dans un an ou deux, qui sait si tu ne repartiras pas pour de nouvelles aventures.

Pour sa part, elle aurait considéré ce poste comme l'aboutissement de tous ses efforts et l'occasion de s'installer sur sa terre natale. Avec une telle opportunité, elle serait restée des années, à exercer le métier qu'elle aimait dans cet hôpital.

— C'est une éventualité, répondit Ross, mais ce boulot correspond exactement à mes aspirations. Je superviserai les urgences, aussi bien le secteur pédiatrique que celui des adultes. Par ailleurs, je m'exprimerai aussi au conseil d'administration et cela risque de m'occuper un bon moment.

— Tu vas acheter une maison dans les environs ?

Comme ils avaient atteint le guichet central, elle étudia le tableau à la recherche du nom de son prochain patient.

— Certainement. J'ai commencé mes recherches et on vient justement de me proposer la propriété du Loch Sheirach. Tu te rappelles quand nous y allions, adolescents ? La maison est vide depuis plusieurs semaines et si le propriétaire accepte, je pourrais y emménager rapidement.

La gorge serrée, elle se demanda pourquoi il avait précisément choisi cet endroit et pas un autre. Souhaitait-il vraiment retourner le couteau dans la plaie ?

— C'est une très jolie bâtisse, dit-elle avec mélancolie.

Lorsqu'elle arpentait cette route pittoresque, elle jetait toujours un coup d'œil à la demeure blanche nichée parmi les arbres. Elle adorait ses deux larges pignons, ses innombrables cheminées, sa façade orientée plein sud, et elle imaginait la magnifique vue sur le loch depuis ses grandes fenêtres.

— Je trouve aussi. J'ai eu de la chance qu'elle soit à vendre au bon moment.

— Jamais je n'aurais pensé que tu reviendrais sur l'île pour t'y installer. Quand tu es parti, tu as laissé entendre que tu n'y remettrais jamais les pieds.

Il parut amusé.

— J'étais jeune. Depuis, j'ai largement eu le temps de surmonter mon ressentiment et de digérer mes désillusions. Et puis, j'ai aussi de nouvelles raisons de vouloir rester.

Il se tut un instant et elle croisa son regard bleu. Alors, l'espace d'une seconde, elle se laissa submerger par une violente émotion. Lui faisait-il comprendre qu'il essayait de se rapprocher d'elle ?

Elle écarta rapidement cette hypothèse, même si elle ne pouvait nier leur attirance mutuelle. Elle n'était pas assez naïve pour se raconter des histoires : elle savait pertinemment que Ross n'était pas prêt à s'engager affectivement. Elle s'exprima au final d'une voix égale :

— D'autres raisons ?

Fronçant les sourcils, il se raidit et elle eut l'horrible impression qu'il lisait dans ses pensées.

— Oui, fit-il tranquillement. Finn, par exemple. Il est

encore adolescent et il a besoin d'être conseillé et écouté par quelqu'un comprenant son point de vue.

Elle s'efforça tant bien que mal de dissimuler sa contrariété. Qu'avait-elle donc espéré ? Qu'il s'installait sur l'île uniquement à cause d'elle ?

— N'est-ce pas plutôt à ses parents de veiller sur lui ? demanda-t-elle doucement.

— Mon père est bien trop sûr de lui pour admettre une autre opinion que la sienne. Quant à la mère de Finn, si elle l'aime tendrement, elle est aussi incapable de tenir tête à son mari.

— Si je comprends bien, tu n'envisages pas une réconciliation ?

Il émit un rire sans joie.

— Crois-moi, depuis mon retour, j'ai essayé plus d'une fois de discuter avec mon père ... mais je peine beaucoup. Il garde toutes ses pensées pour lui et il n'est toujours pas prêt à oublier ou à pardonner le passé. Il me reproche mon départ et mon enrôlement dans l'armée... et je doute que la situation évolue, répondit-il avec une résignation attristée.

Emue par son expression, elle éprouva soudain à son égard une brusque sympathie qui balaya ses réticences. Sous ses dehors bourrus, voire un peu rudes, elle devinait le jeune garçon blessé, avide de comprendre les choix et les actes de son père distant et sévère. Et elle dut résister à l'irrépressible envie de le prendre dans ses bras pour le consoler.

Prudente, elle se borna à constater :

— Mais sais-tu pourquoi vous avez tant de mal à communiquer ? Après tout, tu es son fils aîné. Il doit certainement t'aimer profondément, même s'il ignore comment te le montrer.

— Tu as peut-être raison, mais je ne vois pas comment régler nos problèmes. Comme tu le sais, j'ai très mal vécu le décès de ma mère, mais pas seulement. Je lui ai aussi gardé rancune d'avoir autant privilégier son travail. Qui sait ? Peut-être se sent-il lui aussi coupable, sans oser l'avouer. Il a toujours dissimulé ses sentiments sous un vernis de dureté. Et puis, de toute manière, nous n'avons jamais été très proches tous les deux. J'étais curieux de tout, j'escaladais, j'explorais, je me fourrais dans des situations impossibles : j'ai toujours été son exact contraire.

Tout en l'écoutant, elle prit le dossier d'un patient.

— Moi-même, dit-elle, je l'ai toujours considéré comme un homme trop sérieux, totalement absorbé par ses affaires. Il estimait sans doute que ta place était à la maison, en train d'étudier.

— Sûrement… Je l'irritais parce que je filais sans cesse en douce au lieu de m'atteler à mes études.

Elle réprima un sourire. Ross n'avait jamais eu besoin de beaucoup travailler grâce à sa mémoire phénoménale.

— Au début, j'étais content qu'il s'absente aussi souvent, mais au bout d'un certain temps j'ai commencé à m'interroger. Il me confiait souvent à des proches, lors de ses déplacements, et puis un jour, il m'a présenté une femme… ma future belle-mère. J'ai été profondément choqué. Dans mon esprit d'enfant, il manquait de respect à la mémoire de ma mère.

— Je suis désolée.

Parlant avec douceur, elle lui caressa instinctivement le bras. Il se rapprocha alors d'elle pour poser une main au bas de ses reins. Soudain consciente d'avoir baissé sa garde par inadvertance, elle frémit et se hâta d'ajouter :

— Mais tu t'entends bien avec Stéphanie, aujourd'hui…

— C'est exact, dit-il en souriant. Elle s'est montrée très patiente, avec moi.

— Tant mieux. Pourquoi ne pourrait-elle pas faire le lien entre ton père et toi, en vous aidant à trouver un terrain d'entente ?

En guise de réponse, il se mit à rire et pressa brièvement sa hanche :

— Tu ne lâches jamais l'affaire, toi ! C'est l'une des qualités pour lesquelles je t'adore, Katie. Tu es honnête, tu n'abandonnes jamais un combat qui te tient à cœur et tu éprouves toujours le besoin d'aider les gens.

Il la regarda un instant pensivement.

— Nous sommes faits l'un pour l'autre… Quel dommage que tu refuses de l'admettre !

Il la fixait avec une telle intensité qu'elle en eut le souffle coupé. Et elle se détourna, incapable de soutenir la lueur farouche qui brûlait dans ses yeux. Elle se sentait déstabilisée, il la renvoyait à ses propres désirs… mais elle ne comptait pas céder ! Il pouvait lui promettre la lune, elle le savait abonné aux ruptures brutales et elle n'avait aucune envie d'être pour lui un vulgaire caprice.

— Je ne suis pas d'accord, dit-elle nettement. Mes erreurs m'ont permis de comprendre ce que je voulais : un homme prêt à s'engager. Or, tu n'es pas du genre à rester longtemps avec une femme. En épousant Stéphanie trop vite, après le décès de ta mère, peut-être ton père t'a-t-il fait douter de l'amour ?

— C'est possible. Mais en quoi cela devrait-il nous empêcher de nous amuser ensemble ? J'ai toujours eu un faible pour toi, Katie.

— Parce que je suis inaccessible ?

— Quelle idée ! Parce que tu es la femme avec qui je désire le plus sortir.

— Tu oublies une chose : désormais, tu es mon patron. Une liaison ne serait pas très professionnelle de notre part, tu ne crois pas ? En admettant que je sois intéressée, évidemment, dit-elle avec précipitation. Je veux dire que, tôt ou tard, les gens se plaindront que tu me favorises et tu sais à quel point les rumeurs vont vite dans un hôpital.

Il pencha la tête vers elle.

— L'opinion des autres n'a jamais eu d'importance pour moi. Quant à te préférer aux autres ? Ce n'est pas très difficile !

Comme il la dévorait du regard, elle s'écarta de lui, le rouge aux joues.

— Je suis sérieuse ! s'écria-t-elle, exaspérée. Je ne sais pas pourquoi je perds mon temps à discuter avec toi. J'ai des patients à voir et toi, tu devrais être avec les infirmières du triage. En ce moment même, il y a peut-être un cas délicat à résoudre.

Il lui lança un dernier regard équivoque avant de consulter le tableau d'affichage.

— Tu as raison. Je vais m'occuper de la répartition des patients. Je pense que certains cas pourraient être traités par des infirmières, au lieu de mobilier des médecins. C'est le premier changement que je compte introduire dans le service. J'aimerais que les praticiens se concentrent seulement sur les maladies les plus graves. Excuse-moi…

Trop tard, elle réalisa qu'elle lui barrait le passage. Et dès qu'il la frôla, un sourire aux lèvres, elle se troubla profondément au contact de son corps, de ses mains viriles posées sur ses hanches pour la soutenir. Elle perdit alors l'équilibre, les jambes flageolantes, et le laissa s'éloigner. Comment parvenait-il à lui faire un tel effet ?

Perturbée, elle ne se rappela ses paroles qu'au cours de sa visite suivante : il projetait de donner plus de responsabilités aux infirmières. Dès son premier jour dans le service, il mettait en place des méthodes destinées à perturber son organisation rigoureuse. Elle pinça les lèvres… jamais ils ne réussiraient à travailler ensemble !

En rentrant chez elle, en fin d'après-midi, elle pensait encore aux futurs changements au sein de l'hôpital. Elle avait l'impression que le ciel nuageux, annonciateur de pluie, reflétait parfaitement son humeur morose.

— Ne t'inquiète pas, lui avait dit Ross, je ne veux pas entièrement abandonner le fonctionnement actuel. Je procède à quelques ajustements ici ou là, c'est tout. Au bout du compte, le service sera optimisé, tu verras.

Elle avait posé sur lui des yeux étincelant de rage.

— Tu crois ça ? En m'enlevant des infirmières, tu penses faciliter les choses ? Mais pour qui ? Tu devrais travailler aux urgences quand la moitié du personnel est malade ou en congé et que tu dois recourir à une agence d'intérim pour remplacer les absents. Tu n'as pas entendu parler de la pénurie d'infirmières, ces derniers temps ?

Il n'avait pas semblé troublé outre mesure par cette tirade :

— D'une manière générale, les gens n'aiment pas les changements, surtout quand ils s'enlisent dans la même routine depuis des années. Une fois que tu seras habituée à la nouvelle organisation, tu en mesureras pleinement les avantages.

— Il ne me reste qu'à espérer. Et je te ferai remarquer au passage que toutes les habitudes ne sont pas forcément mauvaises !

— Je suis d'accord et c'est pourquoi nous devons collaborer tous les deux. J'ai conscience que tu aurais mérité ce poste et je suis certain que nous pouvons former une excellente équipe. Quand j'irai trop loin, je compte sur ta franchise pour me le dire. Mais, pour le moment, je sais exactement ce que je fais.

Elle avait préféré ne pas discuter avec lui puisqu'il semblait décidé à appliquer sa stratégie. Trop contrariée, elle lui avait alors tourné le dos pour s'occuper de son prochain patient avant de perdre complètement son sang-froid.

Par la suite, elle ne l'avait pas revu avant son départ et

ne s'en plaignait pas. Il était le patron, désormais, et elle jugeait inutile d'étaler leurs divergences devant tout le monde.

En pénétrant dans la cuisine, elle posa son sac sur la table. Jessie n'était pas encore rentrée du travail mais elle fut accueillie par Baz, qui quitta son panier dans un coin de la pièce en agitant frénétiquement la queue.

— Je t'ai manqué ? demanda-t-elle en lui grattant gentiment les oreilles. Tu t'es reposé, aujourd'hui ?

D'un regard elle repéra un haltère en caoutchouc déchiqueté sur le sol dallé.

— Je crois que j'ai deviné… Finn t'a acheté de nouveaux jouets !

Baz courut chercher sa balle favorite, avant de décrire des cercles autour d'elle.

— Très bien, on va sortir dans le jardin et je lancerai ta balle, mais pas trop longtemps. Je dois préparer le dîner et, d'ailleurs, il va bientôt pleuvoir.

Elle baissa les yeux sur l'énergique boule de poils brune et blanche, si différente de la misérable créature qu'elle avait rencontrée la première fois. A sa seule vue, elle avait l'impression de retrouver le moral. Lui avait seulement besoin de jeu, de nourriture et de tendresse. Peu lui importaient les restrictions budgétaires, les patients lassés d'attendre et les objectifs à atteindre.

Comme elle l'avait prévu, la pluie commença à tomber alors qu'elle hachait des oignons pour son plat. Elle leva le nez vers le plafond où une tache brune avait commencé à se former. De l'eau suintait dans le plâtre depuis plusieurs mois et aucun ouvrier n'acceptait de se déplacer pour réparer la fuite. Cette partie de la maison ne comportait qu'un rez-de-chaussée et elle soupçonnait que quelques tuiles devaient être changées sur le toit.

Entrant à cet instant dans la pièce, Jessie devina le cours de ses pensées.

— Ils sont tous trop occupés. J'ai appelé plusieurs entreprises, mais ils estiment que notre chantier n'est pas assez important, alors ils nous mettent au bas de la liste.

Ayant mis tous les ingrédients dans son plat, Katie le glissa dans le four.

— Je le sais bien ! Comment s'est passée ta journée ?

Sa sœur s'agenouilla par terre, près de Baz. Depuis une semaine, elle lui apprenait à s'asseoir et à rester tranquille sur demande. Chaque fois qu'il obéissait, elle le récompensait avec une friandise.

— Bien. Papa a décidé d'utiliser certains terrains en friche et je l'ai aidé à affiner son projet. Le reste du temps, j'ai travaillé dans la boutique de cadeaux.

Baissant les yeux vers Baz, elle ajouta :

— Tu ne trouves pas qu'il est très intelligent ? Il retient tous mes ordres.

— C'est parce que tu le gaves de douceurs, répliqua Katie avec un sourire. Mais tu as raison. Il est déjà propre et il n'a rien abîmé depuis au moins deux jours.

Pendant que les légumes mijotaient, Jessie passa l'aspirateur à l'étage et Katie s'attaqua au repassage. Au moment où la sonnerie de l'entrée retentit, elle préparait le repas de Baz. Celui-ci leva vers elle des yeux anxieux en voyant qu'elle posait sa gamelle sur l'évier et s'éloignait pour ouvrir la porte.

— Ne t'en fais pas, je ne t'oublie pas.

— M'oublier ? J'espère bien que non ! s'écria Ross, sur le seuil de la maison. Nous ne nous sommes pas vus de l'après-midi, mais ce n'est pas une raison.

— Oh ! fit-elle, stupéfaite. Je ne m'attendais pas à ta visite ! Je veux dire… je parlais au chien. Euh… et bonjour. Que fais-tu ici ? Veux-tu entrer ?

Il posa sur elle un regard amusé.

— Si tu m'invites… Tu m'adresses encore la parole, alors ?

Elle parut un peu contrariée, même si elle admettait que, tôt ou tard, ils devraient trouver le moyen de coopérer.

— J'admets… je n'étais pas de très bonne humeur, tout à l'heure, dit-elle en s'écartant pour le laisser passer. Tu m'as causé un sacré choc, mais Baz et moi en avons longuement discuté. Il est persuadé que tant qu'on a trois repas par jour… ou même quatre dans son cas… tout va pour le mieux dans le meilleur des mondes.

Il éclata de rire en la suivant dans la cuisine.

— On dirait que vous vous entendez bien, tous les deux. En fait, je suis venu à cause de lui. Je lui ai apporté de la nourriture dans le coffre de ma voiture… un gros sac de croquettes pour chiots et quelques boîtes de pâtée. Il mange bien de la viande ?

— Si on ne le surveillait pas, il dévorerait n'importe quoi. Mais oui, on lui en donne et je peux t'affirmer qu'il en raffole : il lèche son bol jusqu'à ce qu'il brille.

A cause d'un glapissement désespéré du chiot, elle se hâta de déposer la gamelle sur le sol.

— Tu n'avais pas à acheter de croquettes, dit-elle à Ross. J'ai dit que je m'en occupais.

— Je sais, mais c'est le minimum étant donné que Finn et moi t'imposons cette charge.

— J'en suis ravie. Je redoute juste le moment où je devrai vous le rendre. Assieds-toi donc, que je te serve à boire. Thé ou café ?

— Du thé, merci.

Balayant la cuisine du regard, Ross prit place devant la table et admira le décor tandis que Katie ouvrait le four. Son plat était presque cuit. Devait-elle l'inviter à rester ? Si jamais elle ne le proposait pas, sans doute Jessie la bouderait-elle. Et puis tant qu'elle gardait ses distances, tout irait bien…

— Nous allions passer à table, dit-elle. Tu veux rester dîner avec nous ? Il y en a largement assez pour trois.

— Je n'ai pas pu m'empêcher de humer ce délicieux fumet… mais je ne t'ennuie pas au moins ? Je ne voudrais pas te forcer la main.

— Tu es le bienvenu.

— En ce cas, je resterai volontiers. Jessie est là, si je comprends bien ?

A ce moment, il se baissa pour caresser la tête de Baz qui se frottait à ses jambes. Il promena ensuite ses doigts sur le poitrail du chiot, allongé sur le dos en une attitude de soumission.

— Elle est occupée à l'étage, mais elle ne va plus tarder à descendre.

— Tu as besoin d'aide ? Je peux mettre le couvert, si tu veux.

— Merci. Tu trouveras tout le nécessaire dans ce tiroir.

Après s'être lavé les mains, il regarda autour de lui avec un air approbateur.

— Tu as rénové la cuisine toi-même, ou tu l'as achetée en l'état ? demanda-t-il en sortant les couteaux et les fourchettes. C'est une pièce très accueillante et chaleureuse. J'aime ce mélange de couleurs, ainsi que les portes vitrées des placards et les étagères en chêne. Le mobilier offre un contraste très plaisant.

— Je suis contente qu'elle te plaise. Quand j'ai emménagé, je n'étais pas certaine de mon choix concernant la nuance, entre le bleu pâle et le vert. Finalement, je trouve ça pas mal.

— Superbe, oui !

— Enfin, si on excepte cette tache au plafond. Il y a une fuite quelque part, sur le toit, mais je n'ai trouvé personne pour le réparer.

Soudain sérieux, il examina la zone brune.

— Après le dîner, je jetterai un coup d'œil dans la mansarde, pour voir si je localise le problème.

— Ne te donne pas cette peine ! Je trouverai bien une

solution, même si ça prend un certain temps. Tant que le plâtre résiste, je n'ai pas à me plaindre.

— C'est le moins que je puisse faire pour te remercier de ton invitation… d'autant que je t'ai contrariée, aujourd'hui. Je n'en avais pas l'intention, d'ailleurs. Ma tête fourmille d'idées et j'ai tendance à me laisser emporter. Tu as parfaitement raison de souligner les inconvénients, notamment la question du nombre d'infirmières. Nous allons d'abord résoudre ce problème.

Elle remarqua alors que le visage de Ross s'assombrissait.

— Tu es vraiment déçue de ne pas avoir décroché le poste, n'est-ce pas ? demanda-t-il. Je ne me le pardonnerais pas si tu envisageais de partir pour travailler ailleurs.

— J'ai été contrariée, évidemment, répondit-elle avec désinvolture. Jusqu'à ton arrivée, j'avais toutes mes chances d'obtenir la place car j'ai vraiment travaillé dur et je me serais attelée avec passion à ce défi. Quand j'ai appris ta candidature, j'ai tout de suite su que tu serais choisi.

Tout en devisant, elle avait disposé les assiettes sur la table et Jessie choisit cet instant pour entrer.

— Salut ! s'écria-t-elle à la vue de Ross. Je suis ravie que tu sois passé nous voir. Katie m'a raconté que tu étais son nouveau chef de service ! Dites-moi, vous n'allez pas vous brouiller pour autant, j'espère !

— Non, voyons.

— C'est possible !

Ross et Katie avaient répondu d'une même voix et il conclut avec un petit sourire désabusé :

— Tu vois, nous devons d'abord régler ce problème !

— Si tu as besoin d'une oreille compatissante, je suis là, répondit Jessie, visiblement de fort bonne humeur.

Katie la laissa bavarder avec Ross pendant qu'elle sortait son plat du four.

Un instant plus tard, ils dégustaient un bœuf braisé, entouré de légumes fondants.

— C'est très bon, déclara Ross. On mange bien, chez McAskie, mais pas à ce point. Je ne me rappelle pas la dernière fois où j'ai dégusté un vrai repas fait maison.

— Tu ne cuisines pas toi-même ? demanda Katie.

— Je sais à peine me faire griller un steak ou réchauffer une pizza. Je n'ai aucune compétence.

— Je n'y crois pas une seconde ! s'exclama Jessie. Une fois, tu nous avais fait cuire des saucisses au barbecue, près de la rivière. Je n'en avais jamais mangé de si bonnes.

Pendant tout le repas, terminé par une salle de fruits, ils évoquèrent de vieux souvenirs. Katie prépara ensuite le café pendant que Ross et Jessie remplissaient le lave-vaisselle.

— Je vais te faire visiter la maison, déclara Jessie en glissant un bras sous celui de Ross.

Comme elle l'entraînait vers le salon, il se tourna vers Katie.

— Je n'oublie pas la fuite !

Hochant la tête, elle caressa distraitement le chiot. Depuis une heure, elle sentait son estomac curieusement noué en présence de Ross. Certes, elle entendait son instinct lui répéter de ne pas tomber amoureuse de son chef de service, de ne pas commettre cette erreur.

Mais déjà prise au piège, elle devait à chaque instant lutter contre ses sentiments, terrifiée par l'ampleur de cette bataille perdue d'avance.

Et si elle avait déjà été blessée par le passé, elle avait conscience que, cette fois, les choses seraient différentes.

Au moindre faux pas, elle ne s'en remettrait pas.

7.

Josh poussa le lourd bac à fleurs en terre cuite jusqu'à un coin ensoleillé du patio.

— Ça te va ici ? demanda-t-il à Katie.

— C'est parfait, merci.

A cette place, le rosier hybride était mis en valeur et son parfum délicat embaumait l'air.

— Je crois que je vais devoir me mettre à la musculation, si je décide de jardiner, dit-elle avec un sourire.

— Surtout pas ! Je reste à ta disposition autant que tu le souhaites.

— Encore merci pour ta proposition. D'habitude, Jessie et moi nous débrouillons toutes seules, mais ce bac est particulièrement encombrant.

— A ce sujet, je me demandais si Jessie serait avec toi, aujourd'hui. Elle ne travaille quand même pas tous les week-ends sur la propriété familiale ?

— Non, mais elle est passée contrôler les travaux d'agrandissement et, ensuite, elle doit faire les boutiques. Je crois qu'elle a besoin de nouveaux vêtements.

Jessie voulait trouver une tenue adéquate pour le barbecue organisé au bar McAskie, la semaine suivante.

— On va bien s'amuser, Ross viendra, avait déclaré la jeune fille. J'ai déjà hâte d'y être.

Katie l'avait dévisagée avec attention.

— J'ai l'impression que tu l'apprécies.

— C'est un type bien, avait répondu sa petite sœur sur

un ton détaché, comme si elle était préoccupée par autre chose. Il n'a rien à voir avec sa réputation, et papa et maman se trompaient sur lui. Je lui dois beaucoup.

— Que veux-tu dire ?

— Rien… Rien du tout. Ne fais pas attention à moi. Je suis à côté de la plaque ces derniers temps.

Un instant, elle avait paru désarçonnée. Depuis le retour de Ross, Jessie avait visiblement une idée derrière la tête et semblait davantage perdue dans ses pensées.

— Ça va ? fit soudain la voix de Josh. Tu as l'air très lointain, tout à coup.

Sursautant, elle fit un effort pour revenir au présent.

— Désolée… tout va bien, ne t'inquiète pas.

Elle se pencha alors pour examiner la branche que Baz avait déposée à ses pieds.

— C'est super, Baz, mais on a assez joué. Va chercher l'os que tu as caché. Il doit être quelque part par là.

Se redressant, elle se tourna vers Josh.

— Je me demandais si Jessie allait faire sauter la banque, avec ses achats.

— C'est une possibilité, répondit Josh en riant. De toute façon, elle est toujours ravissante, quoi qu'elle porte ! Y a-t-il autre chose que je peux faire pour toi avant de partir ? Si on ne m'attendait pas au bureau, j'aurais été ravi de rester plus longtemps. C'est si paisible, ici… si différent de la frénésie de mon cabinet juridique.

— Tu as raison. Quand je reviens des urgences, je me sens tout de suite apaisée.

Pensive, elle regarda la mangeoire pour oiseaux, où des pinsons venaient profiter du grain qu'elle avait déposé pour eux. Plus loin, les ajoncs jaunes et les giroflées se disputaient un bout de jardin.

— Tout est parfait ici, dit-elle. Un grand merci pour ton

aide… et pour me tenir au courant des avancés du dossier de Finn. Je me suis vraiment inquiétée à son sujet.

— Moi aussi. Nous le connaissons tous les deux depuis qu'il est gamin et nous sommes choqués de le voir plongé jusqu'au cou dans les ennuis. Ross est passé régulièrement au cabinet pour s'assurer que nous faisions le maximum. Finalement, nous avons envoyé nos conclusions, où nous remettons en cause les preuves de la police contre lui. Maintenant, il ne reste plus qu'à attendre. Quant à sa morsure au visage… le propriétaire du chien a été sévèrement blâmé et doit prendre des mesures strictes, au risque de perdre son animal. Il a beaucoup de chance qu'on lui octroie une seconde chance… et à mon avis, Finn n'y est pas étranger. En tous les cas, le maître était très secoué et il s'est répandu en excuses auprès de Finn. Apparemment, son chien a été effrayé par un bruit et il s'est enfui par la porte ouverte de la maison. Sans doute a-t-il pensé que Finn menaçait son territoire.

Josh semblait très sérieux.

— Finn a eu de la chance que ses blessures ne soient pas plus graves.

Sortant de la maison, ils empruntèrent le sentier. Josh se tourna alors vers Katie pour déposer un baiser rapide sur sa joue.

— N'oublie pas qu'en cas de besoin, tu n'as qu'à me passer un coup de fil.

— Je m'en souviendrai. Merci, Josh.

Après l'avoir serrée dans ses bras, il monta dans sa voiture au moment où elle apercevait un second véhicule garé de l'autre côté de la rue… celui de Ross. Ce dernier adressa un signe à Josh, puis il remonta à son tour l'allée, les yeux fixés sur elle.

— Vous paraissez bien vous entendre, Josh et toi, dit-il. Comme larrons en foire, si je puis dire.

— C'est vrai. Ça te pose un problème ?

— Pas le moins du monde. Cela dit, je ne refuserai pas de mouiller son beau costume avec ton tuyau d'arrosage !

Elle se mit à rire.

— Tu es un homme dangereux, Ross McGregor. Tu l'as toujours été.

— Je plaide l'innocence ! Je surveille simplement ce qui m'appartient.

Choquée, elle manifesta sa réprobation.

— Tu ne serais pas un peu présomptueux, par hasard ?

Il en profita pour glisser un bras autour de sa taille et la serrer contre lui.

— Pas du tout. Tu es à moi depuis toujours, simplement tu ne le sais pas encore. A ce propos, tu es ravissante.

— Je ne crois pas, mais merci quand même.

Touchée par son compliment sincère, elle rougit... même si elle portait une simple tenue de jardinage : un jean moulant et une longue chemise. Elle avait aussi relevé ses cheveux pour éviter que ses boucles ne tombent dans son visage.

Souriante, elle évita alors la bouche gourmande de Ross, qui se penchait pour l'embrasser, et parvint à se dégager.

— Tiens-toi bien, Ross ! Je te rappelle que tu es mon chef. Dis-moi plutôt pourquoi tu es venu... Y a-t-il un problème avec Finn ?

Beau joueur, il reconnut sa défaite de bonne grâce.

— Pas du tout, rassure-toi. C'est même le contraire, en fait. Finn va très bien. On lui a retiré ses fils et la cicatrice est impeccable. Grâce à toi, elle sera à peine visible.

— J'en suis ravie. Je ne le vois pas souvent, même s'il possède la clé de ma maison pour rendre visite à Baz en mon absence.

— Il est plein d'enthousiasme, depuis que tu as parlé avec ton père et qu'il a décroché un petit boulot sur la propriété. Je t'en suis très reconnaissant.

Entourant sa taille d'un bras, il l'entraîna vers le jardin où elle s'efforça de masquer son trouble, secouée par leur proximité. Visiblement, il ne tenait aucun compte de ses protestations.

— Je savais que ce travail en forêt lui conviendrait parfaitement.

— C'est vrai. Il parle même de s'inscrire en C.A.P.

— Oui. Mon père va s'en occuper aussi. Il veille toujours sur ses ouvriers et il encourage ceux qui décrochent des qualifications professionnelles.

— En parlant de main-d'œuvre, je voudrais te remercier en réparant ton toit. J'ai trouvé les tuiles nécessaires et, dès que je les aurai posées, tu n'auras plus de problème.

Soudain, elle fut submergée par une vague d'anxiété.

— Tu n'es pas obligé, Ross. Je préférerais même que tu t'en abstiennes. Tu n'es pas couvreur et j'ai peur que tu ne tombes. Je ne supporterais pas d'avoir cette chute sur la conscience.

— Merci de ta sollicitude, mais tout se passera bien. J'ai vraiment envie de le faire.

Il regarda autour de lui, ravi par l'agréable spectacle de la rocaille, des pelouses et des parterres de fleurs.

— Tu as travaillé dur, ces dernières semaines. On dirait un tableau.

— Merci.

— Tu pourrais peut-être m'aider à dessiner mon jardin ? Pour l'instant, il évoque un peu la jungle, mais je voudrais conserver certains éléments.

— Alors c'est sûr ? Tu vas t'installer ?

— J'ai signé la promesse de vente et tout sera réglé dans un bref délai. Aussi, j'aimerais vraiment avoir ton avis pour aménager les lieux : tu possèdes un don pour rendre un foyer chaleureux et accueillant.

Tout en l'enviant d'avoir acquis une demeure qu'elle aimait, elle se sentit flattée par ses paroles.

— Je serai ravie de te donner un coup de main.

Au moins pourrait-elle visiter la propriété et contribuer à sa rénovation. Malgré ses sentiments mitigés, elle sourit, contente du tour que prenait la vie de Ross. Ils échangèrent un long regard avant de réaliser soudain que le jardin avait perdu sa quiétude.

Baz vagabondait au milieu des fleurs, enfouissant son nez parmi les copeaux de bois disposés entre les plantes. Au fil de sa progression, le chiot en projetait dans toutes les directions.

— Arrête tout de suite, Baz ! s'écria-t-elle, inquiète à l'idée qu'il écrase ses précieuses plantations.

Une odeur de lavande se répandit dans l'air au moment où il piétinait un buisson… Au lieu d'obéir, il battit de la queue en enfonçant son museau dans la terre pour déterrer, l'air triomphant, son os à mâcher. Très content de lui, il trottina jusqu'à elle et le déposa à ses pieds.

— Merci, Baz. J'admets que tu es un chien très intelligent, puisque je t'avais demandé de le retrouver. Mais tu ne dois pas abîmer mes fleurs, compris ?

Ross se mit à rire en entendant les jappements du chiot, avide d'attentions et de caresses. Il lui tapota gentiment les flancs.

— On voit qu'il se sent chez lui, dit-il. Finn vient-il le promener tous les jours ?

— Oui. Il se comporte vraiment très bien avec Baz. Il lui a appris à s'asseoir, à ne pas bouger et à chercher des objets. Il a vraiment un très bon flair… je veux dire Baz, pas Finn. Il est capable de dénicher n'importe quoi. Il me manquera beaucoup quand vous le récupérerez… ce qui ne devrait plus tarder, n'est-ce pas ? Finn m'a expliqué qu'il espérait emménager avec toi — bien que je ne trouve pas forcément l'idée judicieuse. Il est encore un peu jeune pour quitter le nid familial, non ?

— C'est son projet et j'aurais d'abord besoin de l'assentiment de ses parents. Je suppose qu'ils ne seront pas ravis et je préfère rester en bons termes avec eux. Finn n'est pas très bien traité depuis que j'ai révélé à mon père ses problèmes avec la justice. Même si j'ai présenté cette histoire au mieux, il a bondi au plafond et s'est montré très contrarié.

Tout en discutant, ils s'installèrent dans le patio, garni d'une table et de chaises en fer forgé.

— En ce qui concerne le chien, déclara Ross, j'emménage dans quinze jours mais j'aurai besoin d'une bonne semaine supplémentaire pour la décoration. Ensuite, je pourrai le prendre chez moi. Cela dit, il faudra aussi que je trouve quelqu'un pour le promener et s'occuper de lui en mon absence.

Comme Katie faisait une petite grimace, il continua :

— Cet arrangement va te faciliter la vie et tu pourras passer le voir quand tu veux. Tu pourrais même rester sous mon toit autant de temps que tu le souhaites… dans le seul intérêt de Baz, évidemment.

Elle remarqua aussitôt la lueur malicieuse dans ses yeux.

— Je suis certaine qu'il en serait ravi ! s'exclama-t-elle avec un sourire.

Elle se leva ensuite pour leur servir un verre de jus de fruits.

— Le jardinage m'a donné soif, dit-elle en buvant une première gorgée. Surtout par ce beau soleil. Pendant deux heures, je n'ai pas cessé de désherber et de couper les fleurs fanées.

— Josh est venu pour t'aider ?

— Il a déplacé un bac trop lourd pour moi, mais il voulait surtout m'entretenir du dossier de Finn. J'ai l'impression qu'il faudra rester patients le temps d'apprendre s'il est poursuivi en justice. Tu dois te faire un sang d'encre.

D'un seul coup, elle vit les traits de Ross se rembrunir.

— En effet. J'ai d'ailleurs été étonné que ton père engage Finn sur sa propriété malgré ses ennuis judiciaires. Tu lui en as parlé ?

— Oui, évidemment. Mais papa veut lui donner une chance, d'autant plus que ce n'est pas la première expérience de Finn dans une ferme. Mon père a recueilli de très bons échos sur son travail de la part de son ancien patron.

— Je suis quand même surpris. Les gens du coin, et en particulier ton père, ont toujours estimé que les McGregor étaient des fauteurs de trouble. Nous sommes de la mauvaise graine, en quelque sorte.

Pendant un instant, ils sirotèrent en silence leur jus de fruits.

— Leur opinion n'est sans doute pas aussi tranchée, dit-elle finalement.

— Je n'en suis pas aussi sûr… Jessie m'a raconté que tes parents parlaient encore récemment de l'incendie de l'ancienne brasserie. Apparemment, ils ne mettent toujours pas ce drame sur le compte de notre folle jeunesse. Elle m'a d'ailleurs avoué qu'elle se sentait encore très coupable, même si je pense qu'elle se tracasse pour rien. De l'eau a coulé sous les ponts depuis tout ce temps.

— Ainsi, elle est toujours obnubilée par cette histoire ? Je la trouvais un peu distante, ces derniers temps, et elle refusait de me dire pourquoi. J'ai cru qu'elle s'inquiétait au sujet de sa maison.

Ross sourit pour alléger un peu l'atmosphère.

— Peut-être est-ce aussi le cas. Quoi qu'il en soit, si tes parents sont en de meilleures dispositions envers mon frère, ils ne se formaliseront peut-être pas si je sors avec leur fille aînée. Crois-tu qu'ils m'accorderont leur bénédiction ?

Amusée, elle fit semblant de réfléchir.

— A ta place, je n'y compterais pas trop. Mon prétendant devra répondre à certains critères drastiques… et une nouvelle fois, tu sembles présumer de mon accord. Je n'ai jamais dit que je sortirais avec toi.

Ross savait qu'elle plaisantait, mais son sourire se transforma en grimace.

— D'accord, oublions cela. J'espère seulement qu'ils ne verront pas en Josh le prétendant idéal pour toi. Il est bien éduqué, il appartient à un milieu social élevé…

— Tu es sérieux ? Tu penses vraiment qu'ils accordent de l'importance à ce genre de choses ?

— Oh ! Je crois surtout qu'ils veulent le meilleur pour leurs filles ! Et, malheureusement, je ne corresponds pas vraiment à leurs attentes.

Elle tendit subitement le bras pour lui enserrer l'épaule.

— J'aimerais que tu dépasses ce complexe d'infériorité qui te ronge.

Vidant son verre d'une traite, il se leva enfin.

— Tu as peut-être raison. Je ferais mieux de m'atteler à la réparation de ton toit tant qu'il fait beau. Je fais chercher le matériel dans ma voiture.

— Non, c'est trop dangereux !

— Je te promets d'être prudent. J'ai acheté des semelles antidérapantes et je vais faire très attention. Ne t'inquiète pas pour moi.

De toute manière, il ne lui laissait pas le choix. Et lorsqu'il revint avec ses outils, elle lui demanda :

— Que puis-je faire pour t'aider ? Tenir l'échelle ?

— Bonne idée. Et ne fais pas cette tête, Katie ! Parle-moi plutôt de nos jeunes patients, à l'hôpital. Je n'ai pas eu le temps de passer les voir hier.

De toute évidence, il essayait de la distraire.

— Tu ne devrais pas plutôt te concentrer sur les travaux au lieu de parler avec moi ?

— J'aime t'écouter. Comment va Sam ? Comme tu as l'habitude de suivre tes malades, j'imagine que tu n'ignores rien de son état actuel.

— Il a quitté les soins intensifs. Apparemment, ton intervention l'a définitivement guéri. Il a repris des forces et son rythme cardiaque est de nouveau normal.

— C'est une bonne nouvelle.

— Il est encore si petit, si fragile !

— Exact, mais c'est aussi un bagarreur.

Tout en parlant, il avait réussi à atteindre le toit et grimper jusqu'au sommet. Une fois là-haut, il commença à ôter les tuiles défectueuses une à une avant d'entreprendre la pose des nouvelles. Et même s'il se déplaçait avec l'agilité d'un chamois, elle avait le cœur au bord des lèvres et ne le quittait pas des yeux.

— Où en est ta petite patiente avec des troubles respiratoires ? interrogea-t-il soudain.

— Elle se porte beaucoup mieux, mais nous la gardons sous oxygène jusqu'à sa stabilisation complète. Tu sais, Ross, je ne répondrai plus à aucune de tes questions tant que tu joueras les équilibristes.

— D'accord. En plus, j'ai presque fini.

Quand il descendit du toit, un peu plus tard, elle maintint fermement l'échelle.

— C'est vraiment terminé ? demanda-t-elle.

— Oui. Je vais arroser le toit avec le tuyau pour m'assurer que la fuite est colmatée et vérifier le plafond dans la mansarde.

Elle laissa échapper un soupir de soulagement.

— Comment as-tu appris à exécuter ce genre de réparations ? C'est plutôt rare, pour un médecin.

— J'ai eu l'occasion d'apprendre pas mal de choses utiles,

au cours de mes années sur le terrain. A l'armée, tu dois survivre dans des conditions souvent difficiles.

— Je n'arrive pas à oublier que tu as été gravement blessé à l'adolescence. J'étais tellement inquiète, à l'époque, lors de mes visites à l'hôpital ! D'ailleurs, j'ai souvent rêvé par la suite que j'avais appelé l'ambulance pour te sauver.

Elle leva soudain vers lui ses grands yeux verts chargés d'angoisse.

Il la prit alors dans ses bras, l'attirant contre son corps athlétique où elle se sentait en sécurité.

— Bénie sois-tu pour ta compassion, Katie. Mais ne te fais pas de souci pour moi. Je ne voudrais pas que des rides prématurées creusent ton ravissant visage, et encore moins lire de la tristesse dans ton regard. Tu es faite pour sourire… et pour embrasser.

Baissant la tête, il posa les lèvres sur les siennes. Et lorsque leurs langues se touchèrent, elle crut s'enflammer, son sang bouillant dans ses veines. En fait, en dépit de ses réticences, elle adorait être blottie contre lui et sentir son cœur battre dans sa poitrine. Avec un long soupir, elle abandonna alors toute prudence et répondit avec ardeur à son étreinte.

Agréablement surpris, il gémit aussitôt et la serra plus fort, leur donnant à tous deux l'impression de ne faire qu'un.

— C'est si bon…, dit-il d'une voix rauque. Si tu savais depuis combien de temps je brûle de te prendre dans mes bras, de presser ton corps contre le mien.

De ses mains chaudes, il caressa ses courbes parfaites, ses rondeurs féminines et ses creux jusqu'à ce qu'elle éprouve une insupportable excitation. Elle n'avait plus qu'une envie dorénavant : qu'il continue à explorer la moindre parcelle de sa peau.

Comme s'il lisait dans ses pensées, il traça un sillon le long de sa gorge avec des baisers, en s'attardant sur son épaule. Puis il chercha son sein du bout des doigts.

— Ah, Katie… J'ai tant rêvé de toi ! Je te désire tellement !

Etait-ce la chaleur du soleil, le doux gazouillis des oiseaux tout proches ou le parfum des fleurs ? Tout à coup, elle avait le sentiment que la nature entière se liguait pour qu'elle baisse sa garde sous les caresses de Ross. Consumée par l'urgence du désir, elle avait envie de lui et elle aurait tout donné pour lui appartenir.

Elle ne réalisa pas tout de suite qu'il défaisait déjà habilement les boutons de sa chemise… du moins pas avant de sentir la brise sur sa peau nue. Elle vit alors le regard brûlant de Ross fixé sur sa poitrine, à peine cachée par son soutien-gorge… et poussa un gémissement quand sa bouche se posa sur ses seins, échappés de sa lingerie en dentelle blanche.

Au même moment, elle se demanda vaguement quelle était cette chose douce et soyeuse qui effleurait ses mollets.

— Tu es si belle…, murmura Ross avant de prendre ses lèvres.

Cette fois, une petite boule de fourrure s'interposa franchement entre eux. Ils s'écartèrent à regret l'un de l'autre et baissèrent les yeux vers Baz. Le chiot les contemplait avec joie, dans l'espoir de participer à leur jeu.

— Nous devrions peut-être rentrer à la maison, déclara Ross, et trouver un endroit confortable… et isolé !

D'une main tremblante, elle rejeta ses cheveux en arrière. Pendant quelques minutes, elle avait perdu pied et se réveillait enfin grâce à l'intervention de Baz, qui lui faisait l'effet d'une douche froide.

— Non, ce n'est pas une bonne idée. Je ne sais pas ce qui m'a pris… Le soleil a dû me taper sur la tête cet après-midi.

Si elle s'était donné le temps de la réflexion, sans doute aurait-elle évité cette scène. Certes, Ross la désirait, mais il s'était lui-même avoué incapable de donner son cœur à une femme, par crainte d'être blessé. A aucun moment il ne lui avait parlé d'amour ou d'engagement.

Devinant le cours de ses pensées, il fixa sévèrement le chiot.

— Tu me le paieras, petit imbécile !

Le visage sombre, il se tourna ensuite vers elle.

— J'aurais dû savoir que tu reculerais au dernier moment. Entre nous, il y aura toujours une différence de classe sociale. J'ai eu tort de vouloir te faire l'amour sous ton propre toit. Dans ta maison, sur ton territoire, tu garderas toujours en tête que nous n'appartenons pas au même milieu.

Serrant rageusement les mâchoires, il ajouta :

— Tu seras toujours l'héritière d'un château et moi, le minable saisonnier.

— Ça n'a rien à voir, Ross. Tu n'as pas compris.

— C'est bon, Katie, ne te fatigue pas, répondit-il en s'écartant d'elle. Je vais boire un verre d'eau, ensuite je vérifierai l'imperméabilité de ton toit. Où est le tuyau d'arrosage, d'ailleurs ?

Il se trompait… et elle voulait qu'il le sache ! Pendant une seconde, elle chercha désespérément des arguments pour lui expliquer les raisons de son hésitation. Mais était-ce vraiment utile ? Ross la désirait, mais son passé se dresserait toujours entre eux.

Elle garda donc le silence. Si elle tentait d'arranger les choses, ils se retrouveraient dans la même situation et elle ne devait pas commettre cette terrible erreur, car Ross ne pouvait pas être l'homme de sa vie.

8.

— Je peux débarrasser, ou tu reprendras un peu de café ? demanda Jessie.

— Non, merci, répondit Katie. J'en ai bu suffisamment.

Sa sœur consulta brièvement sa montre.

— Je dois partir. Je suis censée organiser l'anniversaire d'une petite fille et de ses amis aujourd'hui. Il y aura des promenades, des batailles dans le foin et toutes sortes d'activités à organiser. Pour finir, le goûter se déroulera dans le hall et, bien entendu, nous aurons un enfant malade.

Katie fit la grimace.

— Je ne voudrais pas être à ta place ! Cela me fait penser à Baz. Je ne sais pas pourquoi il n'est pas dans son assiette. Je surveille sa nourriture, il a eu tous ses vaccins et le vétérinaire assure qu'il est en pleine forme.

Elle se demandait aussi comment aborder ce sujet délicat avec Finn et Ross…

Jessie jeta un coup d'œil par la fenêtre.

— Je ne comprends pas non plus, dit-elle. En tout cas, le petit Jack me semble aussi préoccupé.

— Je vais aller les voir tous les deux. De toute façon, il est temps que Baz rentre, parce que je vais bientôt partir au travail.

Dans le jardin, Katie rejoignit son jeune voisin sur la pelouse. Agé de sept ans, le petit garçon fixait un parterre de fleurs, les sourcils froncés. En même temps, elle aperçut Baz parmi les fougères.

— Tu as un problème, Jack ? demanda-t-elle.

— Il a vomi… Et je ne me sens pas très bien.

— C'est vrai que tu as l'air un peu pâle, mon chéri. Tu ferais peut-être mieux de retourner chez toi et d'en parler à ta maman. Tu retrouveras Baz tout à l'heure.

Hochant la tête, l'enfant se dirigea lentement vers sa maison alors qu'elle le raccompagnait. L'instant d'après, elle perçut un bruit de voix venant de l'intérieur.

— Ce matin, j'ai rangé trois pâtés de porc en croûte dans le frigo et, maintenant, il n'y en a plus que deux, disait la mère de Jack. Je comptais les servir au dîner. Je ne comprends pas… ça arrive de plus en plus souvent ces temps-ci. J'ai l'impression de devenir folle. Les choses ne cessent de disparaître autour de moi.

En jetant un coup d'œil à Jack, elle trouva soudain la clé de l'énigme. Le petit garçon se mordillait la lèvre inférieure, hésitant visiblement à franchir le seuil.

— Tout va bien se passer, Jack, lui dit-elle. Je vais prévenir ta maman que tu es malade, d'accord ?

Elle le poussa devant elle avant de frapper à la porte de la cuisine.

— Je crois que Jack souffre de l'estomac, déclara-t-elle à sa voisine venue lui ouvrir. Il devrait s'allonger un moment. Désolée de ne pas pouvoir rester, mais je dois partir pour l'hôpital.

La jeune femme lui sourit.

— Merci d'avoir ramené Jack, Katie, répondit-elle en posant la main sur le front de son fils. Je vais m'occuper de lui.

En retournant sur ses pas, Katie siffla Baz, qui trotta à ses côtés. Apparemment, il se sentait mieux et manifesta bruyamment sa joie en retrouvant son panier et ses jouets. Elle alla ensuite prévenir Jessie :

— Je crois savoir pourquoi Baz semblait patraque. J'ai

l'impression que Jack le nourrit avec du pâté en croûte et d'autres bonnes choses.

Moins d'une heure plus tard, Katie reçut à l'hôpital sa première patiente de la journée… et constata avec surprise que Ross l'avait précédée dans la salle. Depuis le jour où il avait réparé son toit, ils manifestaient l'un envers l'autre une grande prudence. Mais parce qu'ils étaient bien obligés de collaborer, elle s'efforçait de rester neutre en sa présence. Elle trouvait l'exercice difficile… Enfin, tant qu'ils se bornaient aux questions professionnelles, elle parvenait à gérer la situation.

La petite fille de deux ans se tenait sur les genoux de sa mère. Assis près d'elle, Ross maintenait le masque à oxygène sur le nez et la bouche de l'enfant, à la fois léthargique et souffrante. Il la salua en la voyant :

— Bonjour. Le Dr Brechan va s'occuper d'Alise, ajouta-t-il à l'intention de la maman.

Elle sourit à la jeune femme.

— Je vais l'ausculter et découvrir le problème, ne vous inquiétez pas.

De toute évidence, le bébé peinait terriblement à respirer. En examinant ses mains et ses pieds, elle remarqua aussi ses doigts et ses orteils légèrement bleutés.

— Nous allons l'hospitaliser en pédiatrie et lui administrer de l'oxygène humidifié, de l'adrénaline en nébulisation ainsi que des corticostéroïdes. Cela devrait l'aider, déclara-t-elle en reportant ses prescriptions dans le dossier de la petite patiente.

— Vous devriez aussi lui ôter quelques vêtements, ajouta Ross à l'intention de la mère. Elle est un peu fiévreuse et elle se sentira mieux dès que sa température commencera à baisser.

Confiant le masque à la jeune femme, il se leva pour

placer sur la poitrine du bébé des électrodes reliées à un moniteur respiratoire.

— Tout va bien se passer, ma puce, dit-il doucement à la petite fille. Je sais que tu ne te sens mal pour l'instant, mais nous allons nous occuper de toi.

Touchée par sa gentillesse, Katie observa cet homme grand et athlétique révéler soudain cet aspect inattendu et tendre de sa personnalité. La gorge serrée, elle se détourna et se concentra sur sa tâche : elle fit d'abord une prise de sang au bébé, puis elle administra elle-même le début du traitement.

Plus tard, enfin certaine que sa patiente était un peu soulagée et rassurée par le protocole mis en place, elle confia la mère et l'enfant à une infirmière.

Elle se laissa ensuite escorter par Ross jusqu'au guichet central. Il rompit le silence le premier :

— As-tu des nouvelles de Finn ? J'ai appris que la situation s'était dégradée à la maison, et qu'il envisageait de partir. Est-ce qu'il vous a demandé de l'héberger, toi ou Jessie ?

— Les choses vont si mal ? demanda-t-elle, soucieuse. Il est passé chez moi hier comme d'habitude et il a emmené Baz en promenade. Je n'avais pas le temps de discuter avec lui, mais il m'a confié que son père lui menait la vie dure. Je lui ai expliqué que les antagonismes entre les parents et les adolescents étaient monnaie courante, mais qu'ils finiraient bien par régler leurs différends.

— Plus facile à dire qu'à faire, répondit Ross. Quand je pense à ma propre enfance, j'ai l'impression que l'histoire se répète.

— Raison de plus pour éviter ça ! Sinon, Finn risque de fuir et s'engager dans l'armée comme toi. Sa mère en sera folle de chagrin. Je sais que tu veux l'aider, mais elle sera sans doute blessée si tu encourages ton frère à s'installer chez toi. Il doit régler ses problèmes, pas leur tourner le dos.

Ross serra légèrement les mâchoires.

— Tu me crois responsable de sa rébellion ?

— Je n'ai pas dit ça ! Je pense seulement qu'il peut trouver un autre moyen de surmonter ses difficultés.

Il réprima une petite moue cynique.

— Je crois que tu n'imagines pas la façon dont vit l'autre moitié de la société ! Dans ton univers, tout est simple et facile… Ta famille est toujours là pour toi, prête à te soutenir. Mais tout le monde ne bénéficie pas des mêmes privilèges, tu sais.

Elle lui darda un regard exaspéré.

— Tiens-tu vraiment à remettre ces bêtises sur le tapis chaque fois que nous discutons ? Les riches ne sont pas différents des autres. Nous avons des hauts et des bas, comme tout le monde.

— Alors peut-être vaut-il mieux blâmer mon milieu et dire que les pauvres sont plus difficiles ! rétorqua-t-il en haussant les épaules.

Voyant Shona surgir près d'eux, un dossier à la main, elle réprima la repartie cinglante qui lui montait aux lèvres. L'infirmière voulait lui demander d'examiner un petit garçon qui présentait des symptômes d'arthrite septique.

— J'y vais tout de suite, dit-elle.

— On nous amène aussi un adolescent, reprit Shona à l'attention de Ross. Son rythme cardiaque est anormal. Les ambulanciers pensent à un problème de drogue.

— Je m'en occupe, répondit-il en se dirigeant vers l'entrée des ambulances.

Après leur friction, Katie l'aperçut seulement de loin pendant le reste de la journée. Au terme de son service, elle enfila finalement sa veste, prête à rentrer chez elle. Elle gagnait déjà la sortie quand son téléphone portable sonna. Reconnaissant le numéro de Jessie, elle s'arrêta un instant.

— Je rentre tard, ce soir, fit la voix de sa sœur. Josh

m'accompagne sur le chantier de ma nouvelle maison pour régler mes problèmes avec l'entrepreneur. Je crois que ce type se fiche de moi. Un jour, les ouvriers sont chez moi, le lendemain, ils travaillent sur un autre terrain. Les travaux n'avancent pas, mais on me réclame quand même de l'argent.

— Je suis rassurée si Josh est là pour t'épauler.

— Moi aussi. J'ai de la chance que tu puisses m'héberger, mais je pensais être partie depuis longtemps.

— Ne t'en fais pas pour ça. Tu peux rester aussi longtemps que nécessaire.

— Merci, tu es un ange… Ah, il y a aussi un autre problème. Notre petit voisin, Jack, a disparu. Ses parents le cherchent depuis deux ou trois heures, mais ils ne l'ont toujours pas trouvé. Ils étaient en train de se disputer quand il s'est enfui, sans doute parce qu'il a eu peur.

— Il n'a pas dû aller bien loin !

Elle leva les yeux vers Ross qui venait d'arriver devant la porte. Devinant qu'elle avait un souci, il attendit un moment… et afficha une mine franchement inquiète en l'entendant évoquer la disparition de Jack.

— Je n'en sais rien, répondit Jessie. Nous sommes nombreux à l'avoir cherché partout et ses parents ont contacté tous ses amis, sans grand résultat. La police est prévenue mais Freya est folle d'inquiétude. En plus, elle dit qu'il souffrait de maux de ventre et qu'il n'a rien mangé de la journée.

— Je sais. Il ne se sentait pas bien, ce matin. Sa pauvre mère doit être dans tous ses états. Quand je rentrerai, je me joindrai aux recherches s'il n'est toujours pas revenu.

— Je m'en doutais. Josh et moi rentrerons dès que possible. A plus tard, Katie.

Après avoir raccroché, elle fourra son téléphone dans la poche de sa veste.

— C'est plutôt inquiétant, fit Ross. S'ils ont fouillé tous les environs, où comptes-tu aller ?

— Je n'en sais rien, dit-elle, impuissante. Jusqu'à maintenant, ils se sont cantonnés aux alentours de la maison, mais ils vont sans doute élargir leur champ d'action. Je sais que Jack est fasciné par la côte. Il y a deux jours, nous avons promené Baz ensemble le long du détroit, à marée basse. Je lui ai bien précisé qu'il ne pouvait pas s'y rendre seul parce que les lieux sont très dangereux quand la mer monte. Cela dit, il a aussi pu se cacher dans les bois. J'imagine qu'ils ont d'abord orienté leurs recherches de ce côté.

— Ecoute, j'ai un rendez-vous important, mais ensuite, s'il n'a toujours pas donné signe de vie, je viendrai vous aider.

— D'accord. Peut-être à tout à l'heure, alors.

— Oui. Mais j'espère que Jack aura reparu avant.

En rentrant chez elle, elle avait l'esprit encombré par toutes sortes de pensées, à la fois perturbée par Jack et par sa relation avec Ross. Il lui adressait encore la parole, mais plus de la même façon, et elle prenait lentement conscience qu'elle n'appréciait pas du tout le changement.

En se garant, elle aperçut une silhouette. Elle était attendue par Freya, la mère de Jack, très pâle sur le seuil de sa maison.

— J'ignore ce qui s'est passé, dit-elle à Katie en pleurant. Je n'arrête pas de me demander s'il ne s'est pas perdu du côté du loch. J'aurais voulu le chercher avec les autres, mais je suis obligée d'attendre ici, au cas où il reviendrait.

La jeune femme serrait la petite sœur de Jack contre son cœur, comme si elle craignait de la perdre également. Katie l'embrassa sur la joue.

— Je vais emmener Baz avec moi. Nous verrons si nous arrivons à débusquer Jack. D'ailleurs, auriez-vous un vêtement que Jack a mis récemment ? Ce chiot a vraiment un très bon flair !

Freya lui remit un sweet-shirt porté par son fils dans la journée et Katie le donna aussitôt à renifler à Baz. L'animal erra un instant dans le jardin avant de reconnaître l'odeur du petit garçon. Remuant la queue avec excitation, il tira sur la laisse pour se libérer. Cette fois, Katie ne l'exauça pas et s'éloigna de la maison avec lui en longeant la côte. Ne commettait-elle pas une erreur ?

Après tout, elle n'avait jamais entraîné le chiot à exercer son flair. De temps à autre, celui-ci semblait distrait par une butte de terre ou un buisson de bruyère… au point qu'elle se considéra bientôt partie sur une fausse piste.

Baz l'entraîna ensuite sur le sentier étroit reliant l'île à un petit îlot, au nord. Cet endroit n'était pas habité, à l'exception de quelques hérons gris nichés dans les bois.

Inquiète, elle jeta un coup d'œil à la mer en train de monter. Deux fois par jour, elle recouvrait le sentier, coupant ainsi le petit lopin de terre du reste de l'île pendant plusieurs heures.

— Es-tu bien certain de savoir où tu m'emmènes ? demanda-t-elle à Baz. Nous devons retrouver Jack avant la marée haute, tu comprends ?

La queue frétillante, le chiot la conduisit plus loin dans le passage ensablé. Elle se donnait encore un quart d'heure avant de revenir sur ses pas… du moins, si elle le pouvait encore !

Quand, soudain, Baz s'arrêta près d'un petit talus, comme s'il avait perdu la piste. Elle jeta un regard désespéré autour d'elle, puis se baissa pour flatter la tête du chien.

— Je sais que tu as fait de ton mieux, mais on dirait bien que Jack n'est pas ici. On devrait plutôt rentrer, dit-elle. Il va bientôt faire nuit et le sentier sera noyé sous l'eau, si nous ne nous pressons pas.

Pourquoi perdait-elle son temps à parler à un chiot ? Il ne comprenait pas ses paroles… même s'il avait dressé les oreilles en entendant le prénom du petit garçon.

Plongeant brusquement le museau dans les broussailles, il entreprit d'explorer un tronc d'arbre pourri, probablement tombé lors d'une tempête hivernale. Pour l'aider un peu, elle allongea la laisse et le perdit de vue au bout de quelques minutes. Elle ne perçut alors plus que ses jappements et fronça les sourcils. Avait-il trouvé quelque chose ?

Rapidement, elle contourna les branchages et s'engagea parmi un entrelacs de racines et de feuilles. Le tronc de l'arbre était massif et creusé aux endroits rongés par la décomposition. Au début, elle ne remarqua rien de particulier, les vêtements sombres du petit garçon se confondant avec l'écorce.

Puis, elle poussa un cri, figée sur place. Jack était blotti sous les branches, le front ruisselant de sueur et la respiration sifflante.

— Dieu merci, te voilà ! Tu es hors de danger, maintenant, mon chéri.

S'agenouillant près de lui, elle le prit doucement dans ses bras... mais ne réussit qu'à lui arracher un cri de douleur.

— Où as-tu mal, Jack ? Tu peux me montrer ?

Il posa la main sur le côté droit de son abdomen et elle frémit, épouvantée... Jack était malade et, apparemment, il ne souffrait pas seulement d'un problème gastrique.

Retirant doucement sa veste, elle en couvrit le petit garçon avant de composer le numéro de la police sur son téléphone portable. Elle découvrit avec stupeur qu'elle n'obtenait aucune tonalité. Sous le choc, elle fixa un instant l'écran où ne s'affichait aucun réseau. Qu'allait-elle faire ?

Le cœur battant la chamade, elle embrassa le paysage du regard. Elle se trouvait dans un endroit complètement sauvage et Jack était bien trop malade pour marcher. Or, jamais elle n'aurait la force nécessaire pour le porter sur le sentier avant la marée. Ils étaient coincés sur ce petit îlot.

Pendant quelques secondes, elle céda à la panique. Si seulement Ross s'était trouvé à ses côtés ! Il lui manquait cruellement. Avec lui, elle et Jack auraient été en sécurité.

Mais plus que tout, elle aurait voulu qu'il la serre dans

ses bras et la rassure… Malheureusement, elle était seule et n'avait aucun moyen de le joindre au téléphone. Jack et elle étaient donc bloqués sur cet îlot lugubre pour la nuit entière.

Elle sentit alors le désespoir la submerger.

9.

Le ciel se couvrait maintenant de nuages d'un gris sombre et menaçant. Sans doute n'allait-il pas tarder à pleuvoir et, déjà, le vent se levait en soufflant par rafales. Les cheveux ébouriffés, frissonnante, elle sentit bientôt le froid s'insinuer sous ses vêtements. Baz était couché à ses pieds, la tête posée sur ses pattes avant, content de se reposer après une si longue course.

Elle baissa les yeux vers Jack et remonta la veste sous son menton. Les yeux fermés, il n'avait pas prononcé un seul mot jusque-là.

— Je vais encore être malade, dit-il enfin.

Tournant la tête d'un coup, il vomit sur le sol avant de pleurer de douleur et d'épuisement. Elle l'installa aussitôt plus confortablement et essuya sa bouche avec un mouchoir en papier trouvé dans son sac.

Les cheveux de l'enfant étaient poisseux de sueur et elle devinait sa température en train de monter. Dans ces conditions, elle devait absolument trouver un abri avant la tempête.

Epuisé, Jack se blottit dans ses bras.

— Maman et papa vont me gronder, déclara-t-il d'un air penaud.

— Pourquoi ça ? Je suis sûre qu'ils s'inquiètent pour toi.

— J'ai pris un morceau de tarte à la cerise pour le donner à Baz, mais je l'ai mangé et ça m'a rendu malade. Ils vont être fâchés après moi.

— C'est pour cette raison que tu t'es enfui ?

Comme il hochait la tête, elle sourit avant de poser la main sur son front et repousser en arrière ses cheveux humides.

— Ils ne t'en veulent pas, Jack, et ce n'est pas la tarte qui te donne mal au ventre. Tu dois avoir une infection et cela n'a aucun rapport avec ton alimentation. Maintenant, nous devons nous abriter. Je me rappelle une cabane dans le coin, où nous pourrions nous réfugier. Si seulement je me souvenais d'où elle se trouve !

Elle fronça les sourcils. Ross connaissait ce refuge : il y avait fait allusion une fois, en parlant des îles environnantes. Ne lui avait-il pas raconté une anecdote à son sujet ? Il y avait passé une nuit à l'adolescence, suite à une dispute avec son père.

Pour sa part, elle n'avait pas visité l'îlot depuis longtemps et dut se creuser la cervelle, à la recherche de son emplacement exact. La maisonnette de pierre avait été construite pour accueillir les promeneurs égarés, coincés par la marée. Mais où était-elle ?

Tentant de discerner le paysage derrière les arbres, malgré le crépuscule, elle vit seulement un vague sentier au milieu de la broussaille. Le chemin disparaissait ensuite dans un pré en contrebas.

— Tu ne vois pas la cabane avant de sortir des fourrés, lui avait dit Ross. Mais dès que tu en émerges, c'est une expérience merveilleuse. La maison domine la vallée et, par beau temps, la vue porte à des kilomètres.

— Ecoute, Jack, dit-elle à mi-voix. Je vais te soulever et te porter. Je sais que tu souffres, mais je vais faire très attention.

Aussitôt, elle souleva doucement le petit garçon en essayant de le ménager… mais il émit malgré tout un geignement sourd.

Ils suivirent le sentier pendant environ cinq minutes.

De temps en temps, elle s'arrêtait et s'appuyait à un chêne pour reprendre son souffle. A aucun instant, elle n'osa poser l'enfant, de peur d'accroître ses douleurs, mais elle sentait ses bras s'engourdir. Quand parviendraient-ils à destination ?

Et puis, elle perçut une voix dans le lointain. Elle écarquilla d'abord les yeux, stupéfaite. Ce n'était pas possible ! Comme le son se rapprochait, elle cria à son tour :

— Nous sommes là, Ross !

Un instant plus tard, il apparut en haut de la colline et elle crut que son cœur allait se gonfler de gratitude. Il était là… elle avait été entendue dans ses prières.

— Comment m'as-tu trouvée ? lui demanda-t-elle, rayonnante de joie.

Parce qu'il portait un sac à dos, elle devina qu'il s'était préparé au pire et n'était pas venu les mains vides.

— Il n'y a pas de réseau, dit-elle. J'ai essayé d'appeler les secours, mais je n'avais pas de tonalité.

— Je sais. J'ai tenté en vain de te contacter, alors je suis passé voir Freya. Elle m'a dit que tu étais partie avec Baz et je me suis souvenu de tes paroles à propos de la côte, à la sortie de l'hôpital. Etant donné que personne ne t'avait vue depuis un bon moment, j'ai décidé de partir sur tes traces.

— Mais la marée est sûrement haute maintenant ? Tu es venu en bateau ? On va pouvoir rentrer ? Nous devons emmener Jack à l'hôpital le plus vite possible.

— J'ai emprunté un canot à moteur, mais on ne peut pas s'en servir pour le moment. La mer est trop agitée et j'ai déjà eu beaucoup de mal à vous rejoindre. Laisse-moi le prendre.

— Merci, mais fais attention. Il souffre beaucoup et il a vomi deux fois.

— C'est bon, je le tiens… La cabane n'est plus très loin, juste de l'autre côté de la butte.

Autour d'eux, le vent mugit de plus belle. Tremblant de la tête aux pieds, elle baissa alors la tête et attaqua la montée.

— Je crains qu'il n'ait une crise d'appendicite, dit-elle à Ross. Ou pire, une péritonite. On doit le bouger le moins possible.

En quelques minutes, ils atteignirent la bâtisse. Elle maintint la porte ouverte pour Ross, puis alluma la lampe à huile à l'intérieur. Pendant ce temps, celui-ci déposait Jack sur l'un des lits alignés sur une plate-forme peu élevée. Elle libéra alors Baz, qui se mit à explorer son nouvel environnement.

Ils se trouvaient dans une grande pièce en forme de L, pourvue de tout l'équipement nécessaire pour y passer la nuit. Dans un coin, elle repéra même un poêle et des bidons d'eau fraîche.

— Tu veux bien m'éclairer, Katie ? Je vais examiner ce petit bonhomme et voir si nous pouvons le soulager.

Il déposa son sac sur la mezzanine et lorsqu'il l'ouvrit, elle aperçut sa trousse de soins complète. Comment avait-elle pu imaginer que Ross laisserait quelque chose au hasard ?

— Tu es venu avec tout ton équipement ! J'aurais dû y penser moi-même, mais après avoir parlé avec Jack, ce matin, j'ai cru qu'il souffrait d'une légère intoxication alimentaire... Je n'ai pas pensé que son mal était peut-être plus sérieux.

— Quand j'ai vu Freya, elle m'a parlé de ses symptômes et cela m'a mis la puce à l'oreille.

Elle posa une main sur son bras musclé.

— Je suis si contente que tu sois là, Ross ! Tu n'imagines pas mon soulagement, quand je t'ai aperçu.

Il la serra brièvement dans ses bras.

— Je devais venir. Je redoutais que tu ne sois bloquée sur l'îlot par la marée et j'ai pensé que tu aurais peut-être besoin d'aide.

Retirant sa veste, il la lui tendit avec un sourire.

— Mets ça. Tu as l'air complètement gelé.

— Merci.

En enfilant le vêtement, elle perçut aussitôt la chaleur

bienfaisante produite par le corps de Ross et respira une faible odeur de cuir.

— Je vais voir si je peux allumer le poêle, dit-elle. Il y a des allumettes, sur l'étagère. On va pouvoir se chauffer.

— Tant mieux.

De nouveau, elle tenta vainement d'utiliser son téléphone.

— Nous devons trouver un moyen de prévenir ses parents… A l'heure qu'il est, ils doivent être fous d'inquiétude.

— J'y ai pensé…

Il examina soigneusement le petit garçon pendant qu'elle faisait du feu et déposait une bouilloire remplie d'eau sur le réchaud de camping. Durant son inspection, elle découvrit aussi dans un placard du thé, du café, du lait en poudre, du sucre et des biscuits. Au moins ne mourraient-ils ni de faim ni de soif.

Retournant près du lit, elle déposa une tasse de café près de Ross.

— Comment va-t-il ? C'est une crise d'appendicite, n'est-ce pas ? Il a l'air plus calme. Tu lui as donné un antalgique ?

— Oui, ainsi qu'un anti-inflammatoire et un antiémétique pour qu'il cesse de vomir. L'analgésique devrait faire baisser rapidement la fièvre.

— Tu as apporté des antibiotiques ?

— Absolument. Je vais les lui administrer en intraveineuse dès à présent. Il faudra aussi le perfuser pour le réhydrater.

Tout en l'écoutant, elle sortait déjà des gants médicaux du sac.

— Je m'en occupe pendant que tu bois ton café.

— Je te remercie.

Après avoir avalé une gorgée brûlante du breuvage, il se leva.

— Je vais voir si je peux allumer un feu dehors. La police a sans doute mobilisé un hélicoptère pour favoriser les recherches. S'ils voient la fumée et ou la lumière des flammes, ils comprendront où nous sommes.

— Bonne idée ! Il y a du petit bois à côté du poêle. Eh ! Prends ta veste. Maintenant, il fait chaud à l'intérieur et tu en auras besoin dehors.

— D'accord.

Son vêtement sur le dos, il ramassa une brassée de bois et sortit de la cabane pendant qu'elle posait rapidement un cathéter, relié à une poche de sérum. Elle injecta ensuite au garçonnet l'antibiotique nécessaire pour combattre l'infection de son appendice. Elle avait conscience que si Jack n'était pas opéré dans les plus brefs délais, il risquait la rupture et la septicémie.

En rentrant de nouveau, Ross introduisit encore une bouffée d'air glacé dans la pièce.

— Ça a marché ? lui demanda-t-elle.

— Je crois que oui. Les flammes sont hautes et tant qu'il ne pleut pas, nous avons une chance d'être repérés. J'y retournerai de temps à autre pour alimenter le brasier.

Il baissa alors les yeux vers Jack et son visage s'adoucit.

— Bénissons le ciel qu'il dorme !

— Oui. J'ai du mal à croire qu'il n'ait pas osé avouer à ses parents combien il souffrait… tout cela parce qu'il se croyait responsable de sa maladie et qu'il craignait leur colère. Pauvre petit ! Le monde semble étrange quand on a seulement sept ans.

— Sans doute. Au moins, il n'a plus mal pour l'instant.

— Pourquoi ne pas t'asseoir près du poêle ? demanda-t-elle alors en se levant. J'ai trouvé à manger dans le placard et je meurs de faim.

— Moi aussi.

Après s'être réchauffé sur ses conseils près du feu, il alla à son tour inspecter leur modeste garde-manger.

— Des gâteaux secs, de la soupe en sachet, des fruits

en conserve… un véritable festin ! Celui qui a laissé ces provisions mérite une médaille. En plus, j'ai apporté du chocolat dans mon sac.

Elle lui lança un regard, partagé entre respect et admiration, avant de répéter :

— Du chocolat ?

Puis elle passa les bras autour de son torse :

— Tu es la personne que je préfère dans le monde entier, dit-elle avec un sourire espiègle. T'ai-je déjà précisé à quel point j'aime le chocolat ?

En réponse, elle aperçut une lueur malicieuse dans les yeux de Ross.

— Je pense que tu l'as mentionné une ou deux fois, en effet. Mais jusqu'où serais-tu prête à aller pour en avoir ?

— Tout dépend de tes exigences…

— Eh bien, laisse-moi réfléchir. Un baiser fera peut-être l'affaire… au moins pour commencer, répondit-il en enlaçant sa taille fine.

— Pour commencer ? Parce que ce n'est pas suffisant ?

— Je ne sais pas encore. On pourrait d'abord s'embrasser et aviser ensuite…

Elle ne se fit pas prier. En seulement une heure, elle était passée du désespoir, en étant perdue au bout du monde avec un enfant malade, au ravissement suscité par l'arrivée de Ross.

Et quand il s'empara tendrement de sa bouche, elle s'abandonna à son étreinte, pressée d'enlacer le corps athlétique de son sauveur.

Glissant ses mains dans ses courts cheveux, elle caressa sa nuque solide, puis ses larges épaules tandis qu'il la serrait dans ses bras. Au paroxysme du désir, elle sentit bientôt une cuisse musclée s'introduire entre ses jambes. Elle se suspendit alors à son cou et, au milieu du ballet de leurs langues, elle souhaita secrètement que cet instant ne prenne jamais fin. Même si elle formulait un vœu irréaliste à cause du petit garçon malade étendu près d'eux… Ross ne l'avait d'ailleurs pas non plus oublié et, revenant sur terre après ces instants délicieux, il se détacha d'elle avec un regard plein de regrets.

— Considère ça comme un acompte, fit-il d'une voix rauque.

Ne pouvant se résoudre à s'écarter tout à fait d'elle, il laissa sa main s'attarder sur sa hanche.

— Cela signifie que j'ai une dette envers toi ? dit-elle avec un petit air moqueur. C'est ce que nous verrons. D'ailleurs, quand tu auras goûté à mon délicieux potage au poulet, c'est peut-être toi qui me seras redevable.

Il émit un petit rire amusé.

— Intéressant… Dans les deux cas, je suis partant.

Elle lui jeta alors un coup d'œil charmeur.

— C'est bien ce que je pensais.

Elle aimait jouer de cette manière avec lui. Oublieux du reste du monde, ils se sentaient bien ensemble. Elle prit finalement un paquet de soupe dans le placard et en versa le contenu dans une casserole avant d'y ajouter une mesure d'eau.

— Le dîner sera prêt dans cinq minutes.

En entendant le mot « dîner », Baz dressa les oreilles et trottina vers eux, déjà en appétit. Ross lui chatouilla les oreilles en souriant.

— Je vais surveiller le feu, déclara-t-il. Même si nous n'avons pas entendu le bruit d'un moteur pour le moment, il reste encore une chance pour que la police élargisse les recherches. En tous les cas, je l'espère pour Jack. Si j'en crois ses douleurs, son appendice risque de rompre bientôt.

Elle hocha la tête sans répondre. A cette heure-ci, l'enfant aurait dû entrer au bloc à cause de sa péritonite. En entendant ses gémissements dans son sommeil, elle se rapprocha de lui et effleura son visage brûlant. Apparemment, sa température grimpait en flèche malgré les remèdes. Dans le sac à dos de Ross, elle trouva un linge propre qu'elle trempa dans l'eau pour rafraîchir ses tempes.

— Il y a un problème ? s'enquit Ross en revenant dans la pièce. La situation a empiré ?

— Il a une poussée de fièvre. On doit essayer de l'hydrater.

Après avoir rempli un récipient d'eau, elle le plaça à côté du lit.

— Je m'en occupe pendant que tu finis de préparer le repas, dit-il alors avec sollicitude.

Prenant le relais, il mouilla de nouveau la serviette-éponge pour la passer sur le cou et la poitrine du petit garçon.

Quelques minutes plus tard, elle servait le repas… qu'ils mangèrent à tour de rôle, afin de veiller en permanence au chevet du bambin. Ils se régalèrent d'une soupe étonnamment bonne et d'abricots au sirop.

Jack dormait toujours au moment où elle débarrassa et lava en silence les couverts dans l'évier. En constatant qu'il était un peu moins rouge, elle fut toutefois soulagée. De son côté, Ross gardait un œil sur lui et vérifiait fréquemment la poche de sérum pour contrôler sa réhydratation.

— Quand cette histoire sera terminée, nous reviendrons approvisionner la maison, dit-elle en s'asseyant près de la plate-forme.

— Ils ont commandé pas mal de bois de chauffage, chez McAskie. J'espère que le propriétaire acceptera de m'en vendre un lot.

— Je suppose que tu ne vas plus tarder à t'installer dans ta maison, maintenant ?

— Les meubles me seront livrés dans un jour ou deux.

— Alors tu passeras ton dernier week-end à l'auberge. On m'a aussi dit qu'un barbecue avait été organisé et je sais que Jessie attend l'événement avec impatience.

— C'est vrai, répondit-il, amusé. Elle m'a dit qu'elle ne

travaillait pas pendant deux jours, et qu'elle comptait bien en profiter.

— Vous vous entendez bien, tous les deux. Sais-tu qu'elle me parle souvent de toi ?

— Ah, tiens… Cela dit, je l'aime aussi beaucoup, et cette affection ne date pas d'hier. Elle est souvent venue au pub, ces derniers temps, et nous avons eu l'occasion d'évoquer le bon vieux temps.

— Tu viendras au barbecue ?

— Evidemment, puisque nous comptons faire un appel de fonds destinés à la formation d'une équipe d'infirmières en charge des blessures mineures. Pendant que j'y pense : as-tu bien reçu mon mémo ? Je l'ai envoyé à tous les membres du personnel pour leur demander de participer à l'événement.

— Je vois… Non, je ne l'ai pas eu. Cela signifie que tu es toujours décidé à réaliser ce projet ? Je me demandais si tu y avais renoncé pour l'instant…

— A quoi bon reculer pour mieux sauter ? Je pense que tu me connais, tu sais que ce n'est pas mon genre. Mais viendras-tu à la fête ?

Elle ne répondit pas immédiatement. Depuis leur baiser, elle avait recouvré la maîtrise de ses émotions. Etait-ce vraiment une bonne idée de fréquenter Ross en dehors du travail ? Evidemment, elle mourait d'envie de passer du temps avec lui, mais elle ne se surestimait pas et se savait aussi incapable de lui résister.

— Peut-être…

Il parut perplexe.

— Es-tu toujours fâché parce que j'ai obtenu le poste que tu convoitais ? Tu sais bien que je te considère comme mon bras droit, Katie ! Je souhaite plus que tout ta présence.

Pour quelle raison ? Pour qu'elle l'aide à organiser et gérer son équipe d'infirmières… ou pour autre chose ? Elle n'osa pas demander de précision, de peur d'être déçue.

Jugeant qu'elle avait besoin d'être convaincue, il poursuivit sur sa lancée :

— Dois-je te rappeler que tu as une dette envers moi ? Si je me souviens bien, tu as mangé mon chocolat !

Elle se détendit aussitôt.

— Un seul minuscule carré ! Ne crois pas que ça suffira pour me faire du chantage !

Il éclata de rire… à l'instant précis où Jack gémissait douloureusement. D'un même mouvement, ils se précipitèrent à son chevet.

— Tout va bien, nous sommes là ! s'écria Katie en prenant son pouls.

Quelques minutes plus tard, elle tourna vers Ross un visage défait.

— Son cœur bat trop vite ! On est en train de le perdre.

— Je peux encore lui administrer des antalgiques, répliqua-t-il avec un coup d'œil à sa montre. J'aurais pensé que les secours arriveraient plus vite…

Comme s'il avait été entendu, un grondement de moteur retentit justement au-dessus de leurs têtes. Sans réfléchir, il sortit en trombe, agitant à bout de bras une serviette blanche en guise de drapeau. Assise près de Jack, Katie, elle, attendit, le cœur gonflé d'espoir…

Dix minutes plus tard, l'enfant était en sécurité à l'intérieur de l'hélicoptère, dans une cabine équipée de tout le matériel indispensable. Durant l'évacuation, Katie put enfin poser des électrodes sur la poitrine du petit et brancher le moniteur cardiaque. En parallèle, grâce à la radio, le pilote informa sa base : l'enfant disparu avait été retrouvé ! Aussitôt, elle perçut les cris de joie des malheureux parents enfin informés.

De son côté, Baz ne comprenait rien mais paraissait apprécier l'aventure. Reniflant chaque recoin de l'appareil, il s'installa finalement aux pieds de Ross. Et au moment du décollage, en direction de l'hôpital où attendait déjà une équipe médicale, Katie regarda la maisonnette blanche disparaître à ses pieds. Elle éprouva un pincement au cœur à l'idée de quitter ce refuge. L'espace d'un court instant, elle avait connu un bonheur intense dans les bras de Ross.

Et, cette nuit, elle avait mesuré la force de son amour pour lui, au point de ne plus être sûre de pouvoir vivre sans cet homme. De toute évidence, elle était tombée amoureuse de lui durant les dernières semaines. Mais cet amour était-il réciproque ? Pour lui, n'était-elle pas seulement une conquête supplémentaire sur sa longue liste de maîtresses ?

Pour l'heure, elle ignorait ce que l'avenir lui réservait et si Ross en ferait partie.

Après plusieurs minutes, l'appareil amorça enfin sa descente vers l'héliport de l'hôpital. L'aube ne s'était pas encore levée et l'obscurité régnait autour de l'aire d'atterrissage, éclairée par des projecteurs.

Le visage tordu par la douleur, Jack geignait doucement. Jetant un regard inquiet vers l'écran, Katie se tourna ensuite avec angoisse vers Ross.

— Rupture de l'appendice, dit-elle dans un souffle.

Il acquiesça d'un signe de tête et, quelques instants plus tard, ils débarquaient avec leur patient.

— Je vais me préparer pour le bloc, déclara-t-il, à peine l'enfant pris en charge par le personnel.

— Je m'en doutais…

Elle savait déjà qu'il refuserait d'abandonner Jack. Depuis le début, ils priaient tous deux ardemment pour que le petit garçon sorte indemne de sa dramatique aventure.

Ayant installé Jack sur un brancard, les médecins se précipitèrent vers la salle d'opération, talonnés par Ross qui leur faisait à voix haute son rapport.

Pendant ce temps, une infirmière vint trouver Katie.

— Les parents sont dans la salle d'attente. Ils sont très anxieux.

— C'est compréhensible. Je vais leur parler.

Comment allait-elle leur annoncer la maladie de leur fils ? L'infection pouvait se propager à l'ensemble du péritoine, et si elle devenait incontrôlable le risque de septicémie augmentait encore. S'efforçant au calme, elle tenta pourtant de réconforter Freya et son mari.

— Le chirurgien va enlever l'appendice et installer un drain pour évacuer le pus. Après l'intervention, Jack sera sous antibiotiques et, en cas de rupture de l'appendice, on le transférera directement aux soins intensifs.

— Merci de l'avoir retrouvé, merci d'avoir veillé sur lui, Katie, répondit Freya en serrant compulsivement ses mains. Nous étions si inquiets… Tu n'imagines même pas toutes les hypothèses qui nous sont passées par la tête. Pourtant, à aucun moment nous n'avons pensé qu'il était malade !

— Cela a dû être terrible et je suis navrée de ne pas avoir pu vous joindre plus tôt. En fait, c'est Baz qui a trouvé Jack. Il a suivi sa piste sans hésiter.

Elle sourit en pensant à l'enthousiasme du chiot — que Finn était venu récupérer dès leur arrivée à l'hôpital.

— Il est formidable, hein ? s'était écrié l'adolescent, les yeux brillant de fierté. Je savais qu'il était spécial.

— Tu as raison, Finn. Il est extraordinaire.

Elle avait regardé le jeune garçon s'éloigner avec Baz, occupé à remuer frénétiquement la queue. Complimenté et caressé par tous, le jeune chien avait vaguement pris conscience de sa bonne action.

Durant plus d'une heure, Jack resta au bloc… et elle se rongea les sangs jusqu'à ce que Ross la rejoigne et l'entraîne à l'écart. Au même moment, le chirurgien recevait les parents dans son bureau pour leur parler.

— Je suis content que tu sois restée, dit-il avec sincérité. Depuis tout à l'heure, je me demandais si tu étais rentrée chez toi. Tu as vécu une nuit si difficile !

— Toi aussi. Et je ne serais jamais partie sans avoir des nouvelles de Jack. Comment se porte-t-il ?

Elle scruta le visage de Ross, marqué par la tension des dernières heures. Et, pendant quelques secondes, elle redouta le pire.

— Il y a bien eu rupture de l'appendice. Au début, les choses se présentaient mal mais nous avons réussi à retirer presque tout le pus. Avec les antibiotiques et un bon suivi, il s'en remettra sans doute rapidement. Il est à présent sous sédatifs et il ne reste plus qu'à attendre.

— Tu as fait tout ce que tu pouvais, dit-elle doucement. Que se serait-il passé si tu n'étais pas venu à notre secours ?

Il passa un bras autour de ses épaules.

— Je devais absolument vous retrouver, tous les deux… Viens, je vais demander aux ambulanciers de nous conduire chez toi.

Exténués, ils se turent pendant tout le trajet. Pensait-il, comme elle, au fait que Jack avait frôlé la mort ?

— Repose-toi bien, lui dit-il quand la voiture s'arrêta devant sa maison. On se voit demain.

Sur ces mots, il l'attira contre lui et l'embrassa sur la bouche.

— Dors un peu, toi aussi, Ross.

Malgré la brièveté de leur baiser, elle sentit ses lèvres la brûler longtemps après son départ. Et, en rentrant chez elle, elle eut la surprise de découvrir sa sœur dans l'entrée.

— Alors ? Que s'est-il passé ? demanda Jessie. Vous avez retrouvé Jack ? Et… J'ai été victime d'une hallucination ou Ross vient de t'embrasser ?

— Ralentis un peu, s'il te plaît. A quelle question dois-je répondre en premier ?

— Commence par Jack ! La rumeur prétend que vous vous êtes retrouvés bloqués sur un îlot, tous les deux. Je me doutais bien que Ross était avec toi.

— Les nouvelles circulent vite, on dirait… Jack est en ce moment même aux soins intensifs, où ses parents le veillent.

— Je suis tellement soulagée ! Et maintenant, question suivante : que se passe-t-il entre Ross et toi ? Tu n'as rien à me dire ?

— Euh… si, peut-être. Je crois que je suis amoureuse de lui, Jessie.

Elle s'étonna de la réaction de sa cadette, qui demeura silencieuse un moment.

— C'est sérieux, alors ? fit-elle enfin d'une voix étrange. Depuis ta rupture avec ton ex, je sais que tu te protégeais. Tu sais si Ross ressent la même chose pour toi ?

— Je n'en ai aucune idée.

Etait-il seulement capable de donner son cœur à une femme ? Hanté par ses démons depuis l'enfance, il craignait lui aussi d'être blessé dans une relation amoureuse.

— Qu'y a-t-il, Jessie ? Tu as l'air troublé.

— Ce n'est rien, répondit-elle en rougissant. Simplement…

— Cela te poserait un problème si nous étions ensemble, Ross et moi ?

— Je me dis juste que c'est à toi que cette relation pourrait causer des ennuis.

Elle parut chercher ses mots avant de poursuivre :

— Comment vas-tu l'annoncer à papa et maman ? Tu connais leur opinion à son propos. A leurs yeux, il est encore le jeune garçon qui a provoqué un incendie voici plusieurs années. Il a toujours eu des problèmes et ils ne lui font pas confiance. Pour l'instant, ils sont fâchés parce qu'il a obtenu le poste que tu souhaitais. Ils pensent qu'il aurait dû y renoncer en apprenant que tu étais sur les rangs.

Katie pinça les lèvres. Elle avait l'impression que sa sœur s'éloignait volontairement du sujet pour éviter de lui dire la vérité. D'ailleurs, celle-ci n'osait même pas soutenir son regard.

— Tu as peut-être raison sur toute la ligne, déclara tristement Katie, mais je ne crois pas être en mesure de les faire changer d'avis.

— C'est vrai.

Sur ces mots, un peu contrariée, elle regarda sa cadette se diriger vers l'escalier. Elle ne comprenait pas les réticences de Jessie. Après tout, n'appréciait-elle pas Ross depuis toujours ? Elle aurait donc dû se réjouir de la nouvelle. A moins…

Lentement, elle laissa la vérité s'imposer à son esprit. Prise de vertige, elle se rappela que Jessie avait rencontré Ross à de nombreuses reprises au pub. Et ces temps-ci, ne l'avait-elle pas trouvée anormalement silencieuse et réservée ?

Jessie était-elle tombée amoureuse de Ross ? Elle ne trouvait pas cette hypothèse si fantaisiste. Décontracté et charmant, Rose incarnait le rêve de toutes les femmes et Jessie était toujours célibataire.

Qu'aurait-il pu arriver de pire ? Et qu'allait-elle faire ? Elle n'avait jamais pu supporter que sa petite sœur soit malheureuse.

10.

— Comment avez-vous retrouvé le petit garçon, docteur Brechan ? Son transport à l'hôpital était-il une course contre la montre ? Se trouve-t-il encore aux soins intensifs ? Comment va-t-il ?

Katie vit un jeune homme s'avancer vers elle.

— Je suis James Standis, de l'*Evening Messenger*. Accepteriez-vous de me raconter votre histoire ?

Clignant des yeux à cause du flash, elle cacha son visage derrière ses mains. Finn parut à cet instant sur le seuil de la maison, visiblement ahuri. Accompagné par Baz, il s'apprêtait à l'emmener pour sa promenade quotidienne. Le chiot jeta un regard à la ronde avec curiosité, tout en s'interrogeant sur la cause de cette agitation.

— Je ne sais pas quoi vous dire, répondit-elle. Oui, Jack se trouve encore aux soins intensifs et son état nous a inspiré une immense frayeur. Quant aux recherches, c'est Baz qui l'a retrouvé !

Elle désigna d'un doigt le chiot, qui reniflait avec intérêt les pieds du photographe.

Le journaliste sourit, devinant qu'il pouvait tirer parti d'une telle histoire.

— N'est-il pas un peu jeune pour un chien policier ?

— Il apprend vite grâce à son propriétaire, Finn.

James parut très intéressé par le rôle joué par Baz, Finn et Ross durant le sauvetage. Après avoir écouté attentivement le récit de Katie, il remballa soudain son matériel.

— Si je retourne au bureau maintenant, l'article sortira cet après-midi.

Katie et Finn contemplèrent alors le journaliste et son photographe s'éloigner en toute hâte.

— J'ai l'impression que tu vas devenir célèbre, Finn ! s'exclama-t-elle avec un sourire. Je parie qu'ils vont mettre une photo de Baz et de toi en première page.

L'adolescent se mit à rire.

— C'est bien possible. Allez, Baz, on y va ! De toute façon, je n'aurai pas le temps de lire le journal, puisque je vais à la kermesse et au barbecue, chez McAskie. Je pense qu'il y aura beaucoup de monde.

— Sans doute.

Katie avait appris que même le directeur de l'hôpital, Dave Haskins, assisterait à la fête.

— Ce sera l'occasion de promouvoir notre service des lésions mineures, lui avait-il expliqué. Vous devez venir pour montrer votre adhésion au projet de Ross McGregor. Le personnel a été contrarié en apprenant que vous n'aviez pas obtenu le poste. Tout le monde attend de voir si vous soutenez son action.

— Vous avez sans doute raison… Alors j'y serai.

L'estomac noué, elle s'était néanmoins demandé comment gérer la situation en présence de Jessie et de Ross…

Elle quitta sa maison en milieu d'après-midi par un temps magnifique. Le ciel était clair et le soleil nimbait la campagne d'un éclat chaud et doré.

Longue bâtisse aux murs blanchis à la chaux, le pub était égayé ce jour-là par de nombreux paniers remplis de ballons colorés. Avec toutes ses portes et ses fenêtres ouvertes, l'édifice laissait librement circuler l'air frais. Tout autour, les champs s'étendaient jusqu'aux pieds des collines, et des montagnes au profil acéré se découpaient contre les nuages pâles tandis qu'un lac aux eaux scintillantes s'étirait superbement sur l'un des côtés.

Profitant de cette belle journée automnale, les invités s'étaient rassemblés autour des tables, au-dehors, sous de gigantesques parasols. Grâce au barbecue au gaz installé sur la terrasse, une appétissante odeur de poulet, de saucisses et de côtelettes de porc flottait dans l'air. Au-delà du parking, une aire avait été spécialement réservée aux stands qui proposaient des produits locaux, comme les fruits du jardin ou les confitures faites maison.

Pendant un moment, Katie se mêla à la foule, bavardant avec des amis avant de faire quelques achats. De loin, elle avait aperçu Josh, qui la rejoignit un peu plus tard au bord de l'eau.

— Tu as vu Ross ? lui demanda-t-il. Je souhaiterais lui parler.

— Non, mais je crois qu'il règle un problème avec les bonbonnes de gaz. Apparemment, Jessie est aussi avec lui.

Josh fit la grimace, visiblement contrarié.

— Il paraît qu'ils sont restés ensemble toute la matinée.

Ne souhaitant pas partager ses doutes avec lui, elle ne formula aucun commentaire. Elle se plongea plutôt dans la contemplation du loch pendant qu'il s'absentait pour leur chercher des boissons. A son retour, Josh portait deux grandes chopes de bière blonde glacée… et Ross et Jessie se trouvaient sur ses talons. Elle sentit sa bouche s'assécher… Comment allait-elle les affronter ?

— Salut, Katie ! fit Ross. Je suis content que tu sois venu.

Elle essaya de garder son calme.

— Bonjour. Tu as résolu ce problème de gaz finalement ?

Jessie et lui paraissaient sur la même longueur d'ondes, même si sa sœur semblait un peu tendue. Malgré elle, elle se demanda soudain quel lien les unissait.

— Oui, les bonbonnes étaient vides et le chef ne parvenait pas à brancher les nouvelles. Heureusement, Jessie m'a aidé à les changer et tout est réparé maintenant.

— Tant mieux. Tout se passe à merveille ici et personne n'aurait pu soupçonner qu'un drame avait lieu en coulisse, répondit-elle avec un sourire.

Jessie s'approcha de sa sœur.

— En parlant de drame… J'ai repensé au sauvetage de Jack. Tu as dû avoir la trouille de ta vie, quand tu as compris qu'il te faudrait passer la nuit sur l'îlot. A ta place, je ne sais pas ce que j'aurais fait.

— Exactement comme Katie, déclara Josh avec empressement. Tu te serais abritée dans la cabane… et bien entendu, j'aurais réussi à te rejoindre, ajouta-t-il, une petite lueur dans les yeux. Je suis sûr que cette maisonnette aurait bien des histoires à raconter, si elle pouvait parler.

— Je ne sais pas ce que tu imagines, Josh Kilburn, rétorqua aussitôt Jessie, mais tu peux oublier.

— Plus facile à dire qu'à faire !

Jessie lui adressa un regard moqueur avant de se tourner vers Ross.

— Jack a dû vivre des moments horribles… à souffrir autant, loin de chez lui. Heureusement pour lui, tu étais venu avec ta trousse médicale. Katie et toi, vous lui avez sauvé la vie.

— Je l'espère, en tout cas, répondit Ross avec un peu de gêne. Tant qu'il sera aux soins intensifs, je ne dormirai pas tranquille.

Katie intervint à cet instant :

— J'ai demandé à ses parents de me tenir au courant. Freya n'a pas quitté l'hôpital une seconde et Harry est seulement retourné chez eux quelques minutes, le temps de prendre le pyjama de Jack et quelques affaires de toilette. En leur absence, les grands-parents s'occupent de la petite fille.

Hochant la tête, Ross regarda au bout du champ : Finn s'y promenait avec Baz et une adolescente de son âge. Ross leur adressa un petit signe de la main tandis que Katie remarquait :

— Je ne l'avais pas vu si heureux depuis longtemps. Peut-être a-t-il une petite amie qui l'encourage ?

— C'est possible… Ils se sont rencontrés sur la propriété de ton père, apparemment. Ou alors, il a retrouvé le moral grâce à l'article paru dans le journal local. Il est en première page avec Baz.

Après avoir terminé sa bière, Katie posa son verre sur la table la plus proche.

— Cette nouvelle devrait adoucir ton père, non ? Tu devrais peut-être lui en apporter un exemplaire.

— C'est inutile, Stéphanie et lui sont abonnés. Et j'ai récemment demandé à mon père d'accorder à Finn le bénéfice du doute car c'est vraiment un brave gamin. Peut-être va-t-il me croire, maintenant ?

Elle se montra aussi surprise que ravie :

— Tu as parlé avec ton père ?

— J'ai suivi ton conseil et nous avons discuté. Tu avais raison : comme prévu, la conversation a mal commencé… mais Stéphanie était de mon côté et elle a joué les médiatrices. Elle lui a même assuré que Finn partirait un jour s'il ne lui fichait pas un peu la paix. Bien sûr, mon père est encore tourmenté par cette affaire d'effraction… d'ailleurs, nous le sommes tous.

— Justement, je voulais t'en parler, déclara Josh. Ce matin, j'ai reçu une confirmation officielle : aucune poursuite ne sera entamée contre Finn. Ils ne disposent d'aucune preuve contre lui, ni empreinte ni indice attestant de sa présence sur les lieux du délit. Au contraire de tous les autres gamins ! Finn était simplement là au mauvais endroit au mauvais moment.

Levant la main, Ross fit un signe victorieux.

— C'est une grande nouvelle, Josh ! Finn est-il au courant ?

— Oui, je lui ai téléphoné dès que je l'ai su, il y a environ une heure. Par chance, je suis passé au bureau ce matin pour lire mes mails… Sans cela, nous n'aurions pas été au courant avant lundi.

— Pas étonnant qu'il semble si heureux ! s'exclama Ross. Tous ses problèmes sont enfin résolus.

— Tu oublies Baz, répondit Katie. Il adore ce chien, mais tant que ton père ne l'acceptera pas sous son toit, il ne lui appartiendra jamais vraiment.

Il se rembrunit.

— Tu as raison. Malheureusement, je n'ai pas trouvé de solution à ce dilemme.

Cédant à une brusque impulsion, elle posa une main légère sur son bras.

— Je suis certaine que tu réussiras à l'aider une nouvelle fois.

— Ta confiance en moi me touche !

— Je suis sincère.

Tout en levant les yeux vers lui, elle admira son chaud sourire… et se détourna bien vite en sentant le regard de Jessie sur elle.

— Et si nous allions visiter le stand de décoration d'intérieur ? demanda Josh en attrapant soudain Jessie par le coude. Je sais que tu prévois d'acheter des meubles pour ta nouvelle véranda. D'après ce que j'ai vu, ils proposent de très bonnes idées.

— Je préférerais rester avec Ross et Katie et peut-être manger un morceau, répliqua-t-elle d'un air buté. On n'a pas eu vraiment le temps de parler…

Josh ne parut pas désarçonné :

— Je t'offrirai un steak comme tu les aimes, entre saignant et cuit à point.

— Oui, mais…

— De toute façon, je ne peux pas m'attarder ici, dit Ross. Je dois organiser la loterie et m'assurer du bon déroulement de la séance d'équitation dans une demi-heure. J'espérais que tu pourrais m'aider, Katie. Tes parents nous ont prêté les chevaux, après tout.

— Tu ne veux pas que je vienne ? demanda aussitôt Jessie. Ce sont aussi mes parents, tu sais !

— Bien sûr, Jessie, mais Katie et moi sommes collègues et nous devons nous montrer ensemble devant tous les éventuels sponsors. Josh et toi n'aurez qu'à nous rejoindre plus tard, pour la promenade à cheval. Nous avons préparé un trajet, sur les sentiers et dans les champs. Ça devrait être amusant.

— On sera de retour dans une demi-heure, répondit Josh avec un sourire encourageant pour Jessie. Inscris-nous pour le premier départ, Ross.

Les jeunes gens s'éloignèrent à travers le pré, en direction des stands. De leur côté, Katie et Ross quittèrent le loch pour regagner la table où étaient disposés les prix de la loterie.

— Je m'inquiète pour Jessie, déclara-t-elle à mi-voix. Elle n'est plus la même ces temps-ci. Je la sens tracassée et j'ai l'impression qu'elle aimerait t'en parler.

— Tu crois ? Une chose est sûre, nous n'avons pas eu l'occasion de bavarder ce matin. Il y avait trop de monde avec nous. Tu as une idée de ce qui l'inquiète ?

— Pas vraiment.

Elle ne voulait pas lui confier ses craintes. Quoi que Jessie dise à Ross, elle n'était pas concernée et le saurait bien assez tôt. Elle espérait seulement que cette révélation ne creuserait pas un fossé entre sa sœur et elle.

Après l'annonce des lots mis en jeu, la foule se pressa autour de la table. Ils distribuèrent d'abord les plus gros prix : une radio digitale, un panier gourmand et une bouteille de vin, puis Ross annonça le début de la séance d'équitation.

— Les chevaux sont habitués à être montés, précisa-t-il. Ils sont très dociles.

Une douzaine de montures était à disposition et, parmi eux, quelques poneys pour les enfants. Ross apporta d'autres précisions :

— Nous avons plusieurs moniteurs prêts à aider les cavaliers amateurs. Si vous êtes débutants, dirigez-vous vers le champ. Les autres pourront se promener sur les chemins de campagne. Tout le monde sera encadré par du personnel expérimenté.

Près du portail, ils furent rejoints par Josh et Jessie, à l'endroit où les chevaux étaient regroupés. Une jeune fille s'approcha d'eux pour leur indiquer la route à emprunter :

— Quelqu'un va vous accompagner pour s'assurer que tout va bien, dit-elle.

— Ce ne sera pas nécessaire, répondit Katie. Ma sœur et moi connaissons bien ces animaux. Ils appartiennent à notre famille.

Jessie semblait plus détendue, maintenant, et Josh souriait. Sans doute avaient-ils passé un bon moment ensemble, au point de dissiper la mauvaise humeur de la jeune fille.

Profitant que Josh choisissait sa monture, Ross attira Jessie à l'écart. Et en remarquant son expression sérieuse, Katie retint son souffle. Ils discutèrent pendant quelques minutes, et même sans percevoir la moindre bribe de leur conversation, elle s'inquiéta pour sa sœur, particulièrement crispée et tendue.

Pour s'occuper, elle caressa son cheval et échangea quelques mots avec Josh. A côté, le moniteur donnait ses instructions aux autres cavaliers, qui enfilaient les casques d'équitation mis à leur disposition.

Quand la promenade commença, Josh et Jessie se retrouvèrent en tête et Ross en queue de file. En passant devant des buissons chargés de mûres, Katie regretta de ne pas avoir apporté un panier.

— Nous pourrions cuisiner des tartes et les faire congeler, dit-elle.

— Le paradis ! s'exclama Ross. Des tartes aux mûres recouvertes de crème, des mûres à la chantilly, un sorbet aux fruits rouges…

— C'est bon, on a saisi l'idée ! s'écria Jessie en riant. Tu n'as qu'à passer dîner chez moi, un de ces soirs. Je te préparerai ma spécialité.

— Je peux me joindre à vous ? demanda aussitôt Josh, profitant de l'aubaine. J'adore ce genre de desserts, moi aussi.

— Euh… Je vais y réfléchir.

— Est-il si difficile de m'inviter ? Je te rappelle que tu as une dette envers moi… Qui a remis ton entrepreneur à sa place, l'autre jour ?

— Eh bien… dans ce cas…

Tout en longeant un sentier et en bavardant, ils respirèrent l'air frais de la campagne en admirant au passage la beauté des collines et des vallées environnantes. Inhabituellement calme, Jessie ne semblait pas dans son état normal : elle s'évertuait plutôt à ne pas troubler la bonne humeur ambiante.

En parvenant devant un grand portail de bois, ils ralentirent enfin pour contempler le paysage. Une prairie parsemée de fleurs sauvages s'étendait à perte de vue, jusqu'à la surface scintillante d'un lointain lac.

A cet instant, Ross se pencha vers Katie, leurs deux visages si proches que leurs joues se frôlèrent.

— Regarde ! fit-il. Une grouse se cache dans les bruyères. Tu vois sa tête rousse ?

Elle suivit la direction de son regard en tâchant d'ignorer le plaisir éprouvé à son contact.

— Oh ! oui, je la vois, dit-elle à mi-voix. Elle est bien dodue, tu ne trouves pas ?

Avec son bec légèrement recourbé, l'oiseau demeurait parfaitement immobile et les fixait, imperturbable. Soudain, il s'éleva à tire-d'aile dans le ciel et disparut rapidement.

Se retournant sur sa selle, elle voulut vérifier que Jessie et Josh n'avaient pas manqué le spectacle… mais, au même moment, elle entendit le grondement d'un moteur. Une voiture arrivait sur le sentier et roulait dans leur direction, radio allumée à fond. A mesure que le chauffard approchait, le vacarme s'intensifiait.

Pris de frayeur, le cheval de Josh s'agita fiévreusement, paniquant lorsque l'engin les dépassa dans un chaos assourdissant. Horrifiée, Katie vit alors la monture se cabrer.

Tout se passa très vite : Josh tenta en vain de la calmer, Ross s'empara des rênes… mais trop tard ! Dans une dernière ruade, l'animal projeta son cavalier à terre.

— Oh non, Josh ! hurla Jessie comme il heurtait le sol. Non, non, c'est impossible !

Sans se concerter, ils sautèrent tous à bas de leurs montures et s'élancèrent vers lui. Jessie s'agenouilla la première puis Katie prit son pouls. De son côté, Ross apaisait tant bien que mal les chevaux, tous très agités désormais. Après les avoir attachés au portail, il se précipita à son tour vers le blessé.

— Il est inconscient, déclara Katie, occupée à l'examiner. Sa tête a probablement heurté une branche dans sa chute mais sa bombe aurait dû le protéger.

Elle déboutonna la chemise de Josh pour contrôler sa respiration, puis leva vers Ross des yeux inquiets.

— Il doit souffrir d'un volet costal, fit-elle, et je crains aussi qu'une côte n'ait perforé son poumon.

— Appelle une ambulance ! rétorqua Ross. Je vais chercher ma trousse au pub. Avec un peu de chance, je serai de retour avant les secours.

— On t'attend !

Remontant à cheval, il s'éloigna rapidement au galop.

— Un volet costal ? répéta Jessie, complètement paniquée. Pourquoi ne se réveille-t-il pas ?

Après avoir passé un coup de fil à l'hôpital, Katie lui expliqua rapidement :

— Un segment de côte s'est détaché et se déplace librement dans la cage thoracique, ce qui peut gravement nuire à la respiration. Et comme son poumon a visiblement été transpercé, cela ne nous aide pas. Le problème se double d'une fuite d'air ou de sang.

Très pâle, le visage barbouillé de larmes, Jessie émit un bref sanglot à l'instant où Josh battait de nouveau des paupières.

— Que s'est-il passé ? demanda-t-il d'une voix hachée.

Il essaya de remuer et laissa finalement échapper un gémissement plaintif.

— Reste tranquille, Josh, dit Katie, un peu rassurée par son réveil. On va s'occuper de toi.

Jessie lui prit la main.

— Tu as fait une chute, mais l'ambulance est en route et on va t'emmener à l'hôpital… Pardonne-moi d'avoir été aussi dure avec toi. Je me croyais drôle !

Josh sourit faiblement.

— Il faut donc que je risque la mort pour que tu me remarques enfin ?

Il ferma les yeux, luttant pour respirer. Soucieuse, Katie mesura encore son pouls, de plus en plus rapide et irrégulier. Elle craignait un état de choc et s'impatientait du retour de Ross avec son matériel. Pour le moment, elle se sentait totalement impuissante.

Et elle dut encore attendre plusieurs minutes avant de percevoir le ronronnement d'un moteur. Une voiture venait vers elle et, en voyant Ross au volant, elle se laissa envahir par le soulagement. Trois jeunes filles l'accompagnaient.

— Elles vont ramener les chevaux, dit-il en la rejoignant.

— Très bien.

Ross s'agenouillant déjà auprès de Josh, ils se concentrèrent exclusivement sur lui.

— Salut, vieux. Je suis bien content que tu aies repris conscience. De toute manière, je savais bien que tu avais une tête de bois !

Josh voulut riposter mais il ferma seulement les yeux, en proie à une violente douleur. Ross ouvrit aussitôt sa trousse.

— Peux-tu maintenir le masque à oxygène en place, Jessie ?

La jeune fille acquiesça, heureuse de se rendre utile.

— Josh, je vais te donner un médicament pour te soulager. Je vais aussi introduire un tube dans ta poitrine pour faciliter ta respiration et utiliser un anesthésique local. Tu es d'accord ?

— Fais ce que tu as à faire, répondit le malade.

Pour l'aider, Katie nettoya la zone d'intervention avec un antiseptique, puis il introduisit un drain thoracique dans la poitrine de Josh. Ils échangèrent un bref regard où perçait clairement leur inquiétude. Katie mit ensuite en place le bocal de drainage permettant à l'air et au sang d'être aspirés dans l'eau.

— Tout semble fonctionner, déclara Ross. Comment te sens-tu, Josh ?

— Beaucoup mieux, merci.

— Parfait. Une fois à l'hôpital, tu passeras sans doute un scanner, pour qu'on puisse déterminer les dommages et vérifier la position du drain. Ils te garderont certainement quelques jours et te donneront des antidouleurs.

Tout en aidant Ross à ranger sa trousse de secours, Katie vit sa sœur en train de parler avec Josh pour lui remonter le moral. Deux minutes plus tard, à l'arrivée des ambulanciers, ils placèrent Josh sur le brancard avec leur concours.

— Je l'accompagne à l'hôpital ! s'écria Jessie.

Katie s'écarta pour permettre aux infirmiers d'installer Josh dans le véhicule.

— J'ignorais pouvoir ressentir une telle émotion, avoua la jeune fille. Mais Josh est notre ami depuis toujours et je ne peux pas supporter de le voir blessé.

— Je sais, répondit Katie en enveloppant ses épaules d'un bras. Nous éprouvons tous la même chose.

Jessie essuya ses larmes avant de soutenir son regard.

— Ross et toi, vous formez une merveilleuse équipe. Vous savez toujours ce dont l'autre a besoin, sans avoir à prononcer le moindre mot.

— Nous sommes habitués à collaborer.

— Oui, mais pas seulement. Je ne m'explique pas bien, mais vous enchaîniez les gestes comme si vous lisiez dans les pensées de l'autre.

— C'est possible.

Sans doute Jessie avait-elle raison… Katie avait en effet anticipé chaque demande de Ross pendant qu'il soignait Josh. Avait-il ressenti la même chose de son côté ?

Une minute plus tard, l'intéressé les retrouva.

— Essaie de ne pas céder à la peur, dit-il à Jessie. Ils vont bien s'occuper de lui, à l'hôpital.

Mais, malgré ses efforts pour rester digne, la jeune fille craqua. Le visage ruisselant de larmes, elle posa sa tête sur l'épaule de Ross, qui la serra dans ses bras.

— Il va s'en remettre, Jessie.

Le grondement du moteur couvrit soudain le bruit de leurs voix. Un peu apaisée par les propos réconfortants de Ross, elle sécha ses larmes avec un pâle sourire avant de grimper à côté de Josh.

— Merci de l'avoir soigné, dit-elle d'une voix ferme et claire.

Un ambulancier ferma les portières du véhicule, qui

démarra à toute vitesse. L'instant d'après, Katie et Ross le suivaient dans leur propre voiture.

— Je n'imaginais pas une fin de journée aussi dramatique, dit-il.

— Moi non plus. Jessie est bouleversée.

— Elle a subi un traumatisme. Elle n'est pas habituée à voir des blessés. Et même pour nous, qui sommes médecins, ce n'est pas toujours facile.

— En tout cas, elle a cherché du réconfort dans tes bras et tu as été là pour elle, répondit-elle d'une voix neutre. Je vais rester un moment à l'hôpital, pour m'assurer que la situation évolue bien. Quand Josh aura passé ses radios, nous aurons une meilleure idée de son état.

— Ensuite, peut-être pourrions-nous rentrer chez moi ? demanda Ross.

— Dans ta maison ? J'ignorais que tu avais emménagé.

— Je me suis installé hier. Comme je vivais à l'hôtel, je n'ai pas eu grand-chose à emporter. J'achèterai des meubles au fur et à mesure. Mais au moins, là-bas, nous serons au calme pour discuter.

— Je vois…

Elle en mourait d'envie mais comment aurait-elle pu s'engager dans une liaison avec lui, au risque de blesser sa sœur, déjà si perturbée ? Elle ne souhaitait pas mettre de l'huile sur le feu. Certes, elle aimait Ross, mais cela ne l'autorisait pas à peiner Jessie.

— J'ai bien réfléchi, Ross… et nous devions cesser de nous voir en dehors du travail.

Il parut retenir son souffle.

— Tu es sérieuse ? C'est impossible, Katie ! Quelle mouche t'a piquée ?

— C'est mieux pour tout le monde, voilà tout. Entre nous, les choses sont trop compliquées… et tant d'obstacles nous séparent. Déjà, tu es mon patron… et puis, nous peinons tous les deux beaucoup à accorder notre confiance.

— Mais on peut surmonter tous ces problèmes avec un peu de volonté, répondit-il.

Elle ne sembla pas convaincue.

— Je suis désolée mais j'ai pris ma décision. C'est fini. Nous ne pouvons pas être ensemble.

11.

Katie rejoignit sa sœur dans la salle d'attente avec un gobelet de café à la main.

— Comment va Josh ? Tiens ! Je l'ai pris au distributeur pour t'aider à tenir.

— Merci. Ils l'ont mis sous oxygène et lui ont administré une forte dose d'antalgiques. Au moins, il ne souffre pas.

— Tant mieux. Je suis certaine qu'il va s'en sortir, Jessie. Je sais combien tu t'inquiètes pour lui, mais il va guérir.

— Le médecin m'a dit la même chose. Je croyais que Ross serait avec toi. Il n'est pas à l'hôpital ?

Elle baissa les yeux pour dissimuler à sa petite sœur les larmes qui lui montaient aux yeux malgré tous ses efforts.

— Si, si… il discute avec le chirurgien.

A quoi bon évoquer leur rupture avec Jessie ? Un instant, elle revit l'expression abasourdie de Ross, comme si elle venait de lui flanquer un coup de poing dans l'estomac.

— Il veut superviser le traitement de Josh, dit-elle simplement, et s'assurer qu'on le soulage au mieux.

— Je savais bien qu'il s'en occuperait personnellement. C'est un tel choc, Katie ! Je n'avais pas conscience de tenir autant à Josh avant cet accident. Je veux dire… J'avais de l'affection pour lui, mais j'ignorais à quel point il compte pour moi. Je suis paniquée par son accident.

— Je comprends. Enfin… je crois.

Tout en fronçant les sourcils, elle prit lentement la mesure des révélations de sa cadette.

— J'ai toujours su que Josh était un peu amoureux de toi et je pensais que vous formeriez un jour un très beau couple. Mais aujourd'hui tu as réagi bizarrement, quand tu as découvert mes sentiments pour Ross. J'ai pensé que tu étais peut-être… amoureuse de lui.

— Quelle idée ! s'exclama Jessie. Je suis désolée de t'avoir induite en erreur… mais nous avions seulement besoin de discuter… Je me sens coupable depuis trop longtemps et je voudrais enfin t'avouer toute la vérité.

— Coupable ? Je ne comprends pas.

Sa sœur lui sembla soudain si sérieuse qu'elle se tut en attendant la suite.

— Cela concerne l'ancienne brasserie, déclara gravement Jessie. Personne n'a jamais su la vérité. J'avais tellement honte que je n'ai osé me confier à personne. Et encore aujourd'hui, seuls Ross et moi sommes au courant.

— Que veux-tu dire, Jessie ? Je suis perdue… Tu fais allusion à la nuit de l'incendie ?

Hochant la tête, la jeune fille prit son courage à deux mains.

— En fait, j'avais rencontré quelqu'un. Un homme nommé Craig, plus âgé que moi de quelques années. A l'époque, j'avais seulement quinze ans… J'étais jeune et stupide. Je suis tombée follement amoureuse de lui. J'avais bien conscience de me fourvoyer, mais c'était plus fort que moi.

Hésitant à poursuivre son récit, elle se tordit nerveusement les mains alors que Katie s'asseyait près d'elle.

— Ne t'arrête pas. Raconte-moi ce qui est arrivé.

— Nous avons échangé des mails pendant un certain temps, répondit-elle en frissonnant. Mais au bout d'un moment, il m'a persuadée de le rencontrer à l'ancienne brasserie. Je pensais qu'il m'aimait, ce qui prouve bien à quel point j'étais naïve.

Elle s'interrompit en posant sur sa sœur un regard chargé de remords.

— J'ai rapidement découvert qu'il n'attendait qu'une seule chose de moi et, lorsque j'ai clairement refusé, il est devenu agressif. Il ne voulait plus me laisser partir.

Fermant les paupières, elle renoua avec les événements qui s'étaient succédé cette nuit-là.

— Je suis tellement désolée pour toi, déclara Katie en la prenant par le bras. Pourquoi ne m'en as-tu pas parlé avant ? J'aurais peut-être pu t'aider.

— Je n'y ai pas pensé et, en plus, j'étais dingue de ce type. Je savais que j'avais tort, mais j'ai quand même foncé droit dans le mur.

Elle fixa un instant ses mains avant de poursuivre d'une voix tremblante :

— Qu'aurais-je fait si Ross n'était pas arrivé ? Je n'ai jamais su comment il a découvert mon rendez-vous secret avec Craig mais il était très inquiet pour moi. Il venait s'assurer que j'allais bien. Finalement, ils se sont battus et Ross a obligé Craig à déguerpir. Il a menacé de le lui faire regretter s'il revenait me tourner autour.

Katie lâcha un cri de surprise.

— Alors Ross te protégeait ? Mais qui a déclenché l'incendie ?

— Je suppose que Craig a délibérément mis le feu au bâtiment pour se venger. Il savait que Ross serait accusé et il a quitté l'île tout de suite après. Ensuite, je ne l'ai plus jamais revu.

Elle serra sa petite sœur dans ses bras.

— Je suis vraiment désolée, Jessie, mais pourquoi n'as-tu jamais avoué la vérité à personne ? Pendant toutes ces années, tout le monde a cru Ross coupable.

— Je sais… Je me sens affreusement responsable, mais j'étais trop honteuse et humiliée. J'étais certaine que maman et papa seraient horrifiés en apprenant que j'avais négligé tous leurs conseils de prudence, notamment à propos d'internet. Et puis Ross disait qu'un délit de plus à son actif ne changerait rien à sa mauvaise réputation. J'avais si peur, Katie ! Si Ross n'était pas arrivé à temps, Craig m'aurait certainement…

Parce que Jessie tremblait, elle la serra contre son cœur.

— Tout va bien… Tu étais une enfant à l'époque. Aujourd'hui, tu dois surmonter toute cette histoire.

— J'ai décidé de tout révéler aux parents. Ils doivent connaître la vérité, si Ross et toi êtes ensemble. C'est pour cette raison que j'étais si inquiète en surprenant votre baiser, l'autre jour. Je ne veux plus leur mentir et les laisser croire que Ross est un homme mauvais. Je lui en ai parlé et il m'a répondu que la décision m'appartenait. Ai-je raison selon toi ?

— Oui, bien sûr. Tout va s'arranger, tu verras.

Mais elle ne nourrissait pas le même optimisme concernant sa relation avec Ross. Lui pardonnerait-il son rejet de tout à l'heure, qu'elle n'avait assorti d'aucune explication ?

La porte de la salle d'attente s'ouvrit, livrant passage à une infirmière venue les autoriser à voir Josh.

— Il ne souffre plus, mais tâchez de le ménager.

— D'accord. Merci beaucoup.

Elles entrèrent ensemble dans la chambre attribuée à Josh, Jessie s'asseyant près de lui pendant que Katie se réjouissait de sa bonne mine.

Au bout de quelques minutes, elle laissa sa petite sœur seule au chevet de leur ami.

— Je reviendrai te chercher, dit-elle. J'imagine que tu vas rester ici un moment.

— Ne t'inquiète pas pour moi. Mais toi ? Tu rentres à la maison ?

— Je vais essayer de trouver Ross. J'ai besoin de lui parler.

Elle le savait à l'hôpital encore une heure auparavant. Peut-être n'avait-il pas quitté les lieux ?

— Il est rentré chez lui après avoir examiné Josh, précisa

l'infirmière à laquelle elle posa la question. Mais il a assuré qu'il repasserait bientôt.

Par prudence, elle partit se renseigner sur ses heures de service et trouva finalement un confrère qui lui proposa plutôt de la conduire chez Ross en voiture.

— Je vais du côté de loch Sheirach, lui dit-il, je peux te déposer en route.

Elle accepta, tout en se demandant si elle n'avait pas perdu la tête. Une fois devant sa porte, que ferait-elle s'il refusait de lui adresser la parole ?

Après un long trajet, elle se retrouva au seuil de sa maison et appuya avec hésitation sur la sonnette. Malgré son impression qu'il mettait un siècle à lui ouvrir, elle prit le temps d'admirer sa superbe demeure, avec ses deux magnifiques pignons blancs. Pour l'avoir explorée avec lui par le passé, elle savait qu'à l'arrière, les chambres donnaient directement sur le loch.

A cette heure, l'édifice baignait dans la lumière dorée de la fin d'après-midi, comme une invitation à entrer.

Elle vit soudain Ross apparaître devant elle. Il semblait surpris.

— Katie ? Je ne m'attendais pas à te voir. Josh a eu une rechute ?

Elle se hâta de le rassurer :

— Non, ne t'inquiète pas.

— Tant mieux… Entre, ajouta-t-il en s'écartant pour la laisser passer.

— Merci.

Elle le suivit dans une grande entrée lumineuse, puis dans une salle spacieuse dont les larges baies vitrées ouvraient sur le lac. Un bon feu flambait dans la cheminée face à deux canapés bien rembourrés aux couleurs pastel et une table basse. Plus loin, une chaîne hi-fi et une télévision à écran plat trônaient sur des rayonnages. Elle remarqua aussi une fougère luxuriante qui projetait ses immenses feuilles comme des éclaboussures vertes contre le mur pâle.

— Je manque de mobilier pour le moment, déclara-t-il. J'ai aussi l'intention de refaire les peintures dans certaines pièces, pour qu'elles soient plus à mon goût, mais je trouve que la maison est déjà très bien comme ça.

Elle devina tout de suite qu'il parlait pour meubler le silence. Sans doute était-il gêné par la tension qui régnait entre eux, si forte qu'elle les écrasait tous deux.

— Je vais te servir un verre, Katie. Que préférerais-tu ?

— Une tasse de thé, s'il te plaît.

Elle en aurait bien besoin pour affronter la suite. Redressant les épaules, elle ajouta alors :

— Je sais que ma visite peut paraître étrange, surtout après notre dernier échange, mais je devais absolument te voir.

— Très bien, répliqua-t-il, le visage sombre. Je me doutais que tu avais une idée derrière la tête. Suis-moi.

Elle l'accompagna dans une cuisine magnifiquement équipée. Des placards en chêne masquaient les murs et un comptoir en granit occupait le centre de la pièce.

— Installe-toi, dit-il en écartant une chaise de la table de bois massif.

— Merci.

Tout en s'asseyant, elle jeta un coup d'œil aux eaux calmes du loch visibles depuis la fenêtre. Et, dans le lointain, elle aperçut même des montagnes peu élevées.

— Chaque matin, tu dois te sentir en pleine forme rien qu'en regardant le paysage, murmura-t-elle.

Hochant la tête, il remplit la bouilloire d'eau et la posa sur une plaque électrique quand son téléphone se mit à sonner. Il le sortit de sa poche avec un coup d'œil à l'écran.

— C'est Finn, dit-il en décrochant. Bonjour, petit frère. Ça roule ?

Depuis sa place, elle entendit la réponse de l'adolescent :

— Tout va très bien, Ross ! Josh t'a prévenu pour l'abandon des charges contre moi ?

— Je suis au courant, oui, et j'en suis heureux. Tu dois être si soulagé.

— Ouais… Et attends, ce n'est pas tout ! Papa a lu l'article dans le journal et il pense que Baz est une pointure dans son domaine, pour avoir retrouvé Jack aussi vite. Au début, il n'était pas vraiment convaincu mais je l'ai emmené voir Baz et je lui ai montré tous les tours qu'il connaît. Ensuite, papa a accepté de le prendre à la maison.

— C'est fantastique, Finn ! On dirait que les choses s'arrangent.

— Ouais. D'ailleurs, en conduisant papa chez Katie, on a croisé le père de Jack. Le petit va beaucoup mieux et il s'apprête même à quitter les soins intensifs.

— C'est une très bonne nouvelle.

Ross jeta un coup d'œil à Katie, qui souriait faiblement. Décidément, la situation s'arrangeait pour tout le monde !

— Tu as entendu ? demanda-t-il en rangeant son téléphone après avoir raccroché.

— Oui. Je suis ravie pour lui.

— Moi aussi. Au fait, tu as bien dit que tu voulais me parler… Où est le problème, Katie ?

— Ah… oui. C'est au sujet de Jessie. Elle m'a tout raconté au sujet de cette fameuse nuit, à l'ancienne brasserie. J'ai appris que tu étais venu l'aider.

— En effet. Je m'inquiétais pour elle.

— Mais comment as-tu appris qu'elle avait rendez-vous là-bas ?

— Je buvais un verre au pub au moment où les amis de ce type ont pris des paris sur le dénouement de cette histoire. Ils avaient défié Craig d'emmener Jessie dans cet endroit lugubre pour… tu devines la suite. Elle était jeune, innocente, et j'eus l'intuition que cette rencontre risquait de très mal tourner. Je ne pouvais pas rester sans réagir.

A ces mots, elle soupira longuement.

— Donc, elle m'a raconté la vérité… Tu es bel et bien venu à son secours. Et que s'est-il passé ensuite ?

Il se fendit d'une grimace expressive.

— Exactement ce que j'avais redouté. Quand elle a compris ses intentions, elle a paniqué. Et comme il ne comptait pas la laisser tranquille, j'ai dû employer les grands moyens. Nous nous sommes bagarrés, Craig a perdu… et finalement il a incendié la vieille baraque pour prendre sa revanche. Il voulait que je sois accusé à sa place. Et il a réussi.

— Oh ! Ross ! Pendant toutes ces années, les gens t'ont pris pour un voyou, alors que…

Elle tenta de se ressaisir tant sa voix chevrotait.

— Je remercie le ciel que tu sois intervenu à temps pour Jessie. Que se serait-il passé sans toi ? Nous te sommes tous redevables.

— Sur le coup, j'ai trouvé ça normal, répondit-il avec sincérité. Jessie craignait la réaction de ses parents lorsqu'ils apprendraient son rendez-vous avec un parfait inconnu. Par ailleurs, elle s'inquiétait aussi pour la santé de ton père et n'avait aucune envie d'aggraver ses troubles cardiaques.

Elle posa sur lui un regard troublé.

— Alors tu as accepté d'être accusé à tort… Je n'ai jamais vraiment cru que tu étais à l'origine de cet incendie. J'aurais aimé t'en parler, t'ouvrir mon cœur, mais j'appréhendais la réaction de mes parents à ton égard. Pourras-tu me pardonner ?

— Je n'ai rien à te reprocher, Katie. Tu as rompu avec moi, mais j'éprouve toujours les mêmes sentiments à ton égard. Cela ne changera jamais. Je t'aime et Jessie le sait. C'est sans doute pour cette raison qu'elle a décidé de révéler enfin la vérité.

— Tu m'aimes ? fit-elle avec émerveillement. Si tu savais depuis combien de temps j'espère entendre ces mots… Je t'aime, moi aussi. Mais quand je l'ai avoué à Jessie, elle semblait si perturbée que je me suis méprise : j'ai cru que nous étions rivales. Or, je n'aurais pas supporté de la perdre…

Posant la tête sur son épaule, elle se lova dans ses bras.

— Tu t'es trompée, répliqua-t-il. Il n'y a jamais rien eu, entre Jessie et moi. Tu es la seule femme dans ma vie. Mais persuadé que tu ne m'aimais pas, j'ai prétendu chercher une liaison sans lendemain… pour me protéger, en quelque sorte. Et quand tu m'as brutalement quitté, tout à l'heure, j'ai cru que je ne m'en relèverais pas. Je ne peux pas vivre sans toi.

Depuis des années, elle avait rêvé d'une telle déclaration. Avec un soupir, elle caressa sa poitrine solide du bout des doigts.

— Tu ne m'as jamais rien dit.

— Non, mais j'ai essayé de te le montrer à plusieurs reprises. D'abord en réparant ton toit, ensuite en te rejoignant sur l'îlot. Chaque fois, j'ai agi par amour.

Il s'empara de ses lèvres douces. Ivre de joie, elle goûta à son baiser profond, à ses mains caressant ses hanches. Autour d'eux, le monde cessa soudain d'exister.

Et lorsqu'il s'écarta d'elle, il avait une voix rauque :

— Plus tu me tenais à distance, plus je craignais que tu ne me rejettes.

En guise de réponse, elle se haussa sur la pointe des pieds et l'embrassa tendrement.

— C'était tout le contraire ! Je tentais de lutter contre mon amour, de peur d'être malheureuse.

— Exactement comme moi… Pourtant, peu à peu, j'ai acquis la certitude que tu m'aimais. J'ai alors cherché le moment opportun pour te parler, pour ne pas risquer de te perdre mais… Katie, tu es mon âme sœur, la seule femme dont je souhaite partager la vie.

Le cœur gonflé d'amour, elle sentit une grosse boule lui nouer la gorge.

— Je ne pensais pas qu'un tel bonheur existait, répondit-elle.

— Moi non plus.

Elle glissa les bras autour de son torse.

— Je me sens enfin soulagée de mon angoisse et de ma culpabilité. C'est si bon ! Je ne supportais plus de te désirer à chaque instant et d'être obligée de garder mes distances.

— Et moi, j'attendais ce moment depuis une éternité. Je t'ai toujours aimée, même à l'adolescence. Tu étais inabordable, toi, la fille de la grande maison, héritière d'une immense propriété. J'avais l'impression de ne pas faire partie de ton monde et tu m'intimidais trop pour que je te déclare mes sentiments.

Il se troubla avant de continuer :

— Après toutes ces années, tu es toujours la plus belle et la plus inaccessible des femmes.

De nouveau, il l'embrassa passionnément.

— Je t'aime tant, dit-elle contre sa bouche.

— Veux-tu bien m'épouser, Katie ? Je t'en prie, accepte ! Je ne veux plus jamais te perdre. J'ai acheté cette maison parce que je savais qu'elle te plaisait et que nous y serions heureux ensemble. Tu m'apporteras enfin l'apaisement en devenant ma femme.

— Oui, bien sûr que oui !

Avec un soupir de plaisir, elle se blottit dans ses bras. Ils échangèrent alors un baiser enfiévré, pour célébrer un bonheur qui, elle le savait déjà, durerait toute leur vie.

SCARLET WILSON

Si proche de toi

Traduction française de
CHARLINE McGREGOR

BLANCHE

HARLEQUIN

Titre original :
RESISTING THE SINGLE DAD

Ce roman a déjà été publié en 2018.

1.

Cordelia Greenway se cala dans son fauteuil et tâcha de ne pas prêter attention aux palpitations de son cœur. Prenant une profonde inspiration, elle ferma les yeux et se massa délicatement le cou. Le vertige ne la quittait pas.

Elle sentit une goutte de sueur passer entre ses omoplates — encore un symptôme. Autour d'elle, les discussions suivaient leur cours ; personne n'avait remarqué sa petite « baisse de forme ». Et tant mieux. Elle détestait se faire remarquer, être dans la lumière.

Alors elle resta tranquille, attendant que son petit massage produise son effet et que son cœur se calme. Elle aurait sans doute dû consulter sa montre et noter la durée de la crise, mais gérer ses malaises, les masquer, était devenu si fréquent qu'elle était passée en mode survie.

De sa main libre, elle dégagea ses cheveux ; sa nuque était moite.

Beurk.

Mais cela fonctionnait, les battements de son cœur s'apaisaient. Dieu merci.

Après quelques minutes, elle prit de nouveau une profonde inspiration et posa la tête sur le bureau frais. Elle tira sur son chemisier pour y faire circuler de l'air. Sitôt rentrée chez elle, elle sauterait dans la douche.

Un bruit, sur sa gauche, la fit se redresser. Plusieurs autres chercheurs avaient, comme elle, tendu le cou par-dessus les cloisons qui délimitaient leurs bureaux ; on aurait dit une famille de suricates.

Le Pr Helier, le téléphone à l'oreille, faisait les cent pas dans son bureau. Le cri étouffé était venu de là. Cordelia n'hésita pas une seconde et se précipita vers la porte vitrée.

— Franc ?

Il griffonnait frénétiquement sur un morceau de papier. Et il était si pâle. Il semblait sur le point de tomber. Cordelia entra et tendit instinctivement le bras derrière lui, au cas où il s'effondrerait.

Quand elle avait appris que ce célèbre chercheur dirigeait le département de recherche cardiaque du laboratoire, elle avait fait des pieds et des mains pour intégrer l'équipe.

Au bout du compte, quelques coups de fil avaient suffi. À l'époque, elle était à la tête du département de recherche sur le poisson-zèbre au Royaume-Uni. C'est-à-dire qu'elle dirigeait les toutes premières études menées au niveau mondial sur les capacités de ces poissons à régénérer leur muscle cardiaque, et la manière dont cela pouvait s'appliquer à l'homme.

Après un premier rendez-vous, le Pr Helier lui avait proposé de diriger l'une de ses équipes, ce qu'elle avait accepté sans hésiter.

La chance de travailler en Suisse, avec ses montagnes enneigées et son air pur, avait aussi compté. Et tant pis pour le chocolat local, qu'elle ne toucherait jamais. Quand elle avait expliqué au professeur ses motivations personnelles pour s'intéresser à la recherche cardiaque, il lui avait répondu avec un sourire radieux et une tape amicale sur la main :

— Cordelia, nous avons tous nos raisons, c'est ce qui rend chacun des membres de l'équipe spécial. C'est ce qui nous donne du cœur à l'ouvrage, avait-il ajouté avec un clin d'œil.

Et, depuis trois ans, les blagues n'avaient plus cessé.

Le professeur chancela de nouveau en raccrochant

l'appareil. Franc devait approcher les soixante-dix ans, et les années n'avaient pas été très clémentes avec lui. Il avait l'air perpétuellement éreinté, dans sa blouse à peu près blanche.

— Franc, qu'y a-t-il ? Que puis-je faire pour vous ?

Personne, pas même Internet, ne connaissait son âge véritable. Depuis quarante ans, il avait la même crinière grise échevelée, la même silhouette mince. Certains jeunes collègues le comparaient à un mélange d'Albert Einstein et du professeur fou de *Retour vers le futur*. Mais, pour Cordelia, tout cela importait peu. Franc était son ami, et vice versa.

Il prit appui de ses deux mains sur le bureau.

— C'est Emily, dit-il dans un souffle.

— Votre sœur ?

Il opina de la tête, le regard flou.

— Elle était à l'hôpital, à Marseille. Apparemment, elle s'est évanouie chez elle et doit subir une intervention en urgence.

Cordelia ne perdit pas de temps. Elle tendit à Franc son manteau et son chapeau.

— Allez-y. Vite. Tenez, fit-elle après avoir contourné le bureau pour ouvrir le second tiroir. Votre passeport. Je vous réserve un vol et un taxi ? Je peux aussi vous trouver un hôtel, dit-elle en jetant un coup d'œil aux notes jetées sur la feuille.

Le vieux professeur cilla. Elle lui posa une main sur la joue. Franc n'avait plus que sa sœur, sa femme était décédée dix ans plus tôt.

— Allez, Franc, ne tardez pas. Ici tout ira bien, vous le savez.

— Bien sûr, Cordelia, je vous fais entièrement confiance.

Elle lui remonta le col de son manteau.

— Je vous envoie par mail les informations sur le vol, le taxi et l'hôtel. Rentrez chez vous préparer vos bagages.

Il paraissait toujours un peu sidéré.

— Y a-t-il autre chose que je peux faire, Franc ?

La question sembla lui reconnecter les neurones.

— Les investisseurs japonais viennent mardi. Il faut suivre les tests AZ14 et CF10, et enregistrer toutes les données pour le milieu de semaine. Et couvrir les gardes dans les cliniques.

Souriante, elle lui tapota le bras.

— Je m'en occupe. Ne vous souciez de rien.

Il croisa son regard et sembla enfin un peu rassuré.

La maladie de Cordelia l'avait éloignée de l'exercice traditionnel de la médecine, mais, des années durant, elle avait traité ses propres symptômes en parallèle de ceux de ses patients. Puis les longues gardes et les services de nuit avaient aggravé son état. Alors, quand elle avait compris qu'elle ne pourrait plus exercer la profession qu'elle adorait, elle avait opté pour son second choix. Ici, son rôle consistait à effectuer à cinquante pour cent de la recherche et à cinquante pour cent de l'exercice de la médecine dans un cadre très contrôlé. Ce qui lui convenait. Cela lui permettait de s'investir dans des recherches susceptibles de changer la vie de millions de patients — elle comprise.

— Oh ! et on a un nouveau médecin qui arrive. J'étais censé aller l'accueillir à l'aéroport de Genève.

— Qui est-ce ?

— Jane DuBois. Ça sonne français, mais c'est américain. Et… Oh ! là, là… Je m'étais proposé de l'héberger aussi, la décision du transfert a été un peu précipitée.

Elle déglutit, avant de hocher la tête comme il se devait. Avec un sourire.

— Franc, vous finirez comme une femme à chats, à force de recueillir toutes les âmes en peine.

La semaine précédente, le plafond de son appartement s'était effondré, et Franc avait eu la gentillesse de l'héberger dans son manoir à l'extérieur de la ville. Il en faisait souvent de même pour les chercheurs de passage.

— Je m'en occupe. D'ailleurs, ce sera plus pratique. Comme ça, on fera connaissance sur le chemin de la maison. Enfin…

— Mais oui, Cordelia. Ma maison est votre maison. Elle le sera toujours. D'ailleurs, j'espère qu'ils mettront plus qu'un mois pour réparer votre plafond. Car il se pourrait…, dit-il en fermant brièvement les yeux, que vous soyez bientôt ma seule famille.

Elle sentit son ventre se serrer. Elle n'avait pas entendu la conversation téléphonique, mais a priori c'était sérieux. Elle prit Franc dans ses bras sans retenue. Il était si frêle, si mince. Avait-il encore perdu du poids ?

— Pour moi aussi, vous faites partie de la famille, lui chuchota-t-elle. Ne l'oubliez pas.

— Merci, dit-il en se libérant de son étreinte pour fourrer son passeport dans sa poche. Je vous appelle.

— Non, c'est moi qui vous enverrai un message. Rentrez préparer votre valise et filez directement à l'aéroport, j'aurai tout organisé pour vous d'ici là.

— Qu'est-ce que je ferais sans vous ? dit-il en se dirigeant vers la porte.

Le cœur lourd, Cordelia le regarda s'engouffrer dans l'ascenseur. Mais ce n'était pas le moment de s'appesantir. Baissant les yeux sur le bureau, elle découvrit un Post-it rose :

Mardi 2/01 Genève : 20 h 00

Bon sang, pourvu que ce ne soit pas l'horaire d'arrivée du vol du médecin. Elle farfouilla sur le bureau de Franc, connu pour son désordre. C'était amusant, à quel point il pouvait être méthodique, méticuleux dans ses travaux de recherche et anarchique sur son bureau.

Elle eut beau chercher, elle ne trouva pas d'autre note

ressemblant de près ou de loin à un horaire d'avion. Zut alors. Attrapant son sac en vitesse, elle se rua dehors. Si elle se dépêchait, elle arriverait peut-être juste à temps pour accueillir cette pauvre doctoresse. Elle n'avait aucune idée de l'âge qu'elle pouvait avoir, mais il allait falloir avoir l'œil et le bon, car, de son côté, cette Jane DuBois en provenance des États-Unis s'attendait à être accueillie par le Pr Helier, pas par une brune dans la trentaine.

Brandissant un panneau au nom de la doctoresse, Cordelia scannait la foule des passagers en provenance du hall des arrivées. Un couple âgé accueilli par leurs enfants adultes. Une femme qui lâchait ses valises pour courir vers un homme qui lui ouvrait les bras. Quelques touristes, carte à la main, qui se dirigeaient vers la station de taxis.

Et un homme, bottes de cow-boy et stetson, en jean et T-shirt gris sombre. Qui voyageait en stetson ?

Amusée, Cordelia le regarda balayer la zone du regard. Il était grand, même sans tenir compte du chapeau, et ce jean bien ajusté… Elle s'obligea à détourner les yeux pour se reconcentrer sur la porte. De quoi Jane DuBois aurait-elle l'air ? Fatiguée, sans doute, après de longues heures de vol et peut-être plusieurs correspondances.

Appuyée à la barrière, Cordelia fut rappelée à l'ordre par les gargouillis de son estomac : elle n'avait pas pris le temps de manger.

Tirée de ses pensées par le bruit des santiags sur le carrelage, elle se tourna vers une paire d'yeux d'un brun profond plantés sur elle. Il inclina son chapeau et désigna le panneau qu'elle tenait à la main.

— Je crois que vous m'attendez.

Surprise, elle regarda le carton comme si on le lui avait changé pendant qu'elle attendait. L'homme était assez proche pour qu'elle sente l'odeur boisée de son après-rasage et apprécie sa peau dorée par le soleil. Mais c'était l'accent, le plus sexy de tout. Traînant, épais comme de la mélasse ou du sirop d'érable. Quelque chose qui vous engluait dans sa beauté et… Waouh.

— J'attends une femme, dit-elle. Jane DuBois.

Il esquissa un sourire nonchalant.

— C'est moi. Sauf que je ne m'appelle pas Jane DuBois, mais Gene. On prononce Giiiiine. Comme Gene Kelly, vous voyez ? Ou Gene Hackman ?

Bon sang, cet accent…

— Vous êtes du Texas ?

De nouveau, il inclina son chapeau.

— Ma mère était française, mais je suis texan jusqu'aux orteils. Enchanté, m'dame, fit-il en lui tendant la main avec un clin d'œil. Le Pr Helier a manifestement changé de sexe et il s'est teint les cheveux.

— Euh oui… Pardon.

Elle lui prit la main, et son contact chaud envoya une petite décharge le long de son bras.

— Je suis Cordelia Greenway, le bras droit du Pr Helier. Désolée, il a eu une urgence familiale et m'a demandé de venir chercher Jane DuBois. J'en ai déduit qu'il s'agissait d'une femme.

— Eh bien, on va peut-être me prendre régulièrement pour une femme, en Suisse, répondit-il avec un haussement d'épaules.

Elle faillit éclater de rire. Il n'y avait absolument aucune chance que cet homme passe pour une femme !

— Où sont vos bagages ? Je suis garée au parking. Je peux vous conduire chez le Pr Helier, j'y habite aussi.

Une fraction de seconde, elle vit une drôle de lueur dans ses prunelles chocolat.

— Oh. D'accord. Oui, super.

Elle sentit le rouge lui monter aux joues. Il s'imaginait des choses…

— Euh… Non, non, le Pr Helier et moi sommes juste… amis. Il me dépanne, le plafond de mon appartement s'est effondré la semaine dernière.

— Ça alors ! Quel cauchemar !

— Je ne vous le fais pas dire. Et ma voisine du dessus, qui est responsable de la fuite d'eau, est partie pour une croisière d'un mois autour du monde. Elle n'est toujours pas au courant qu'une de ses canalisations a rompu, ni que le facteur a dû enfoncer sa porte pour couper l'eau.

Il jeta un coup d'œil par-dessus son épaule, avant de reporter son attention sur elle.

— Et du coup, vous faites quoi ?

— Je suis sans domicile. Et j'ai de l'eau qui dégouline le long de mes murs, qui détruit ma moquette et mon installation électrique. Bref, tant qu'elle n'est pas rentrée, nos assurances respectives ne peuvent pas se mettre en contact et…

Elle laissa sa phrase en suspens.

— … Et vous êtes coincée.

Il retira son chapeau de cow-boy pour révéler des cheveux bruns coupés court dans lesquels il se passa la main.

— Il ne doit plus y avoir beaucoup de place chez le Pr Helier.

— Oh ! si ! Sa maison n'est pas une maison mais un manoir, plein de coins et de recoins. Un endroit digne des contes de fées. La place ne manque pas, ne vous tracassez pas. Tout n'est pas habitable, mais il y a des chambres près de la mienne qui sont tout à fait confortables. Vous voulez aller chercher vos bagages, qu'on se mette en route ? proposa-t-elle en le voyant regarder une nouvelle fois les portes derrière lui.

Avec un hochement de tête, il remit son chapeau et, à la surprise de Cordelia, il demanda :

— Vous voulez bien m'aider à porter mes valises ?

— Vous en avez combien ?

— Une par personne, fit-il en souriant.

— Une par personne ? Pourquoi, vous êtes accompagné ?

— Le professeur ne vous a pas avertie ? demanda-t-il, l'air inquiet.

Elle sentit son ventre se tordre. Elle qui se réjouissait de rentrer, d'avaler un plat tout préparé et de sauter dans son pyjama, elle n'avait pas vraiment besoin de ces péripéties inattendues. D'autant plus qu'elle devait se lever à 6 heures pour aller consulter à la clinique.

— Avertie de quoi ? fit-elle à contrecœur.

— Que je n'étais pas seul, répondit-il d'une voix nerveuse.

Ainsi, une beauté en robe de soirée et talons hauts, avec une chevelure blonde jusqu'au milieu du dos, allait apparaître. Gene était le genre d'homme à sortir avec des reines de beauté, rien de moins.

— Non, répondit-elle en s'efforçant de ne pas laisser paraître sa déception. Il ne m'en a rien dit. Votre épouse est en train de se rafraîchir ?

Il eut un regard perplexe.

— Non, il ne s'agit pas de mon épouse. Je n'en ai pas. C'est mon fils, Rory. Il dormait, je l'ai laissé sous la surveillance d'une des hôtesses pendant que je venais voir si quelqu'un m'attendait.

— Votre fils ?

Elle n'avait pas pu s'en empêcher. Oublier un détail de cette importance ne ressemblait pas à Franc, et prouvait à quel point il était perturbé. Gene fronça les sourcils.

— Ça pose un problème ? Je peux très bien appeler un taxi et réserver un hôtel, vous savez. Je ne veux absolument pas vous déranger.

Il n'avait pas caché une pointe d'agacement, ce qui n'avait d'ailleurs rien d'étonnant. Il venait de subir des heures de voyage, débarquait dans une ville étrangère pour commencer un nouveau travail… et n'était pas accueilli de la meilleure des façons.

— Non, non, aucun problème. Allez chercher votre fils, je m'occupe des bagages.

L'air hésitant, il la dévisagea quelques secondes sans bouger. En remarquant les marques de fatigue sur son visage, elle se sentit coupable. Elle se plaignait de lassitude, mais cet homme venait de traverser l'Atlantique, quand même ! Gene DuBois rêvait probablement d'un bon lit, lui aussi.

Enfin il hocha la tête et se dirigea vers les portes où une hôtesse le rejoignit, un enfant endormi dans les bras. Gene le lui prit aussitôt et, lui passant un bras sous les jambes, laissa le petit se blottir contre son épaule. De sa main libre, il saisit une grande valise bleu marine et une autre, vert vif avec un lion sur le devant.

Cordelia sourit malgré son cœur lourd. Les enfants. En général, elle parvenait à les éviter. Concevoir n'était pas vraiment compatible avec son problème cardiaque, et plus elle prenait de l'âge, plus elle y pensait. Pourtant, elle avait appris à vivre avec ce manque, du moment qu'elle gardait ses distances. C'était plus facile quand elle n'était pas le témoin direct de ce qu'elle allait rater.

Elle se précipita et attrapa la valise verte qu'elle fit rouler derrière elle en tâchant de suivre les grandes enjambées de Gene.

— Docteur DuBois, le professeur ne m'a pas précisé à quel programme vous allez contribuer. Je voudrais m'assurer que tout a été préparé pour votre arrivée au labo. Quel est votre domaine de recherche ?

Ralentissant un peu, il lui accorda un coup d'œil.

— Je commence à craindre que ça ait été une mauvaise idée. Je suis venu jusqu'ici parce que le Reuben Institute est censé être à la pointe de la recherche cardiaque. Je suis là pour un mois, pour diriger les études sur la cardiomyopathie.

Elle eut un léger rictus.

— Je suis consciente que l'accueil peut vous paraître quelque peu chaotique, mais croyez-moi, la seule autre chose qui soit désordonnée, au Reuben Institute, c'est le bureau du Pr Helier. Tout le reste est d'une impitoyable efficience.

Ils traversèrent la rue pour gagner le parking.

— Quel projet dirigez-vous ? demanda Gene.

Elle ouvrit la portière.

— Euh… Les études sur les poissons-zèbres. Mais oublions les recherches cardiaques pour ce soir, vous voulez bien ? Je dois vous avouer que je ne suis pas très bonne cuisinière. Votre petit bonhomme mangerait-il une pizza, si je nous en prenais une en chemin ?

Gene installa le garçonnet à l'arrière de la voiture et l'attacha.

— Rory est très adepte de pizzas, justement, dit-il en lui ébouriffant les cheveux, et, après presque vingt heures de voyage, je n'ai rien contre un plat à emporter.

— Parfait. On devrait être à la maison d'ici à une vingtaine de minutes. Montez, vous allez voir, les paysages sont magnifiques.

Elle s'interrompit une seconde, avant de poser la question qui la taraudait depuis qu'elle avait fait sa connaissance.

— Docteur DuBois, vous voyagez toujours en costume de cow-boy ?

Il ôta son chapeau et grimpa dans la voiture.

— Que dire ? Je suis du Texas, lui répondit-il avec un clin d'œil.

Gene s'interrogeait. Il commençait à regretter d'avoir entraîné son garçon à l'autre bout du monde ou presque pour l'inscrire dans ce programme de recherches. Le Pr Helier lui avait garanti que tout serait prêt, y compris une garderie convenable pour Rory.

Il se cala dans son siège et ferma les yeux quelques secondes. Il aurait peut-être dû admirer le paysage, mais les vingt-quatre heures de décalage horaire étaient en train de prendre le pas sur sa volonté. Si sa mère avait vu la quasi-impolitesse avec laquelle il avait traité son hôtesse, elle se serait retournée dans sa tombe.

Sa mère, scientifique française, était, à la grande surprise de tout le monde, tombée amoureuse d'un cow-boy texan. Et avait quitté Paris pour Houston, où elle avait subi un profond choc culturel. Au bout de dix ans, ne voyant aucune bague de fiançailles arriver, elle avait fini par renoncer.

Et Gene avait passé sa vie entre deux continents, ce dont il s'estimait chanceux — après tout, passer d'un ranch au Texas à une ville comme Paris, il y avait pire. Son enfance et sa jeunesse avaient été heureuses. Et, malgré la déception de son père qu'il opte pour la médecine au lieu de reprendre le ranch familial, Gene savait qu'en secret il était fier.

Non, sa vie n'avait véritablement été chamboulée que par ce message, reçu trois ans plus tôt de la collègue avec qui il avait eu une aventure lors d'une conférence sur la chirurgie cardiaque. Mindy souffrait d'une cardiomyopathie hypertrophique congénitale. Jamais elle n'aurait dû envisager une grossesse. Pourtant, quand elle s'était retrouvée enceinte de Rory après quelques nuits passionnées à Istanbul, elle avait décidé de le garder.

Et n'avait contacté Gene que lorsque la situation était devenue désespérée. Après la naissance de Rory, elle avait été placée sur la liste des candidats à la transplantation cardiaque. Mais elle avait attendu d'être condamnée pour annoncer à Gene qu'il avait un fils.

Il avait été furieux. Bien sûr. Mais comment rester en colère face à une mourante ?

Sa vie avait changé de cours en un instant. Un regard sur le petit bambin de neuf mois qui essayait de se mettre debout sur des jambes tremblantes à côté du lit de sa mère avait suffi.

Pour ne rien arranger, entre-temps il avait rencontré quelqu'un. Karen. Une anesthésiste de Boston General, l'hôpital où il travaillait. Ils avaient emménagé ensemble, et évoquaient un avenir commun. Il avait même envisagé de lui acheter une bague.

Mais l'arrivée inattendue d'un fils avait tout anéanti. Le premier choc passé, Karen était partie. Comment l'en blâmer ? Après un an de relation stable, il s'était donc retrouvé célibataire.

Mindy était morte trois semaines plus tard. Et Gene avait organisé sa vie autour de Rory. Il n'avait jamais envisagé auparavant de travailler dans un laboratoire de recherches, mais apprendre que son fils portait le gène de la cardiomyopathie avait remis sa carrière en perspective.

Rory venait d'avoir quatre ans, et tous les projets de Gene incluraient désormais son fils.

Il rouvrit les yeux et les posa discrètement sur la femme au volant.

Cordelia Greenway.

Il avait vu son nom sur certains articles publiés par le Reuben Institute. Très bien documentés. En revanche, quand il avait mentionné son enfant, il avait perçu chez elle une réaction qu'il n'était pas certain de savoir analyser. Plus que de la surprise en tout cas, son instinct le lui disait. Il avait quasiment perçu un mouvement de recul. Et il n'aimait pas cela. Évidemment, tout le monde n'aimait pas les enfants. Plus précisément, tout le monde n'aimait pas son fils comme lui. C'était bien normal. Mais jamais il ne tolérerait que quiconque mette son enfant mal à l'aise. S'il le fallait, long voyage ou pas, il s'en retournerait d'où il venait. Trouver du travail n'était pas un problème.

— Alors, à quoi va votre préférence, en matière de pizzas ? demanda Cordelia, le tirant de ses pensées. Ils font tout à la demande, leurs produits sont frais. Elles sont à tomber.

Elle venait de se garer devant une pizzeria. Gene prit une profonde inspiration. OK, elle faisait des efforts, pourtant il la sentait nerveuse. Quand il prit son portefeuille, elle secoua la tête.

— Ne soyez pas ridicule, c'est moi qui invite. Considérez ça comme ma façon de vous souhaiter la bienvenue.

Elle se mordit la lèvre et désigna la petite silhouette endormie à l'arrière.

— Et Rory ?

— Jambon-fromage pour lui. Et pour moi, n'importe quoi avec de la viande.

— Pas de problème, fit-elle en sortant de la voiture. J'en ai pour cinq minutes.

Il la regarda se diriger vers le comptoir et se pencher au dessus, lui octroyant un premier aperçu de ses formes, dans son chemisier rose ajusté et son pantalon noir. Elle devait être superbe en jean, songea-t-il malgré lui, un sourire aux lèvres.

Tout en discutant avec l'employé, elle jouait avec une mèche de ses cheveux châtain foncé. Et elle ne portait pas de bague à la main gauche. Elle avait dit qu'ils séjourneraient tous chez le Pr Helier. Y avait-elle un compagnon ?

Cinq minutes plus tard, chargée des boîtes à pizza, elle rentrait dans l'habitacle.

— Vous voulez bien les tenir pendant le reste du trajet ? lui demanda-t-elle. On n'est plus très loin.

Il obtempéra et se plongea dans la contemplation du paysage. La banlieue de Genève était magnifique, avec son architecture mêlant style gothique et bâtiments modernes tout en verre. Tout cela sur fond de montagnes enneigées et ciel presque noir.

Bientôt, sur une route plus étroite, Cordelia tourna vers un grand portail en fer forgé et s'engagea dans une allée qui traversait une vaste étendue de terrain. Quelques minutes plus tard, une vaste maison émergea comme de nulle part. Gene ne put réprimer un sourire : le manoir semblait effectivement tout droit sorti d'un roman gothique. Des gargouilles ornaient certains murs de pierre grise, une myriade de fenêtres étroites étaient alignées sur la façade au milieu de laquelle une imposante porte peinte en noir s'ornait d'un énorme heurtoir en bronze.

Cordelia se gara pile devant et se tourna vers Gene.

— Avant que vous ne le disiez, oui, on se croirait chez Dracula. Mais, vous verrez, c'est beaucoup plus accueillant à l'intérieur. Bienvenue en Suisse, docteur DuBois.

2.

Cordelia se mordit la lèvre. Voilà, elle recommençait à parler à tort et à travers. Ridicule. À trente et un an, docteur expérimentée, elle n'avait aucune raison d'être nerveuse, pourtant ce cow-boy du Texas avec son enfant blond l'avait troublée.

— Vous voulez le mettre directement au lit ? demanda-t-elle, priant pour que les lits des chambres d'amis soient prêts.

— Non, je préfère le réveiller pour qu'il mange avant. J'essaie toujours de l'acclimater d'emblée.

— Ah… Vous déménagez souvent ?

Il haussa les épaules, puis balaya des yeux l'immense hall et l'escalier monumental qui desservait les étages.

— Par le passé, oui. Jusqu'à présent, Rory a été à la crèche au Royaume-Uni, aux États-Unis et en France. Apparemment, il a aimé les trois. Mais l'an prochain, il commence l'école, nous devrons nous poser.

— Waouh. Ça fait beaucoup, en effet. Bon, la salle à manger officielle est par là, mais que pensez-vous de déguster nos pizzas à la cuisine ? Je vais chercher les valises.

— Pas question.

Son accent texan figea Cordelia sur place.

— Laissez-moi installer Rory à table et j'y vais, dit-il. Il est en train de se réveiller, de toute façon. Vous pouvez lui servir un verre d'eau, en attendant ?

Elle s'empressa de le guider jusqu'à la cuisine à l'ancienne, où elle tira une chaise à haut dossier pour le petit. Sitôt son père parti, l'enfant la regarda d'un air suspicieux tandis qu'elle lui sortait un verre, avant de changer d'avis et d'opter pour un mug. Sortant une bouteille d'eau du frigo, elle le servit et s'assit à côté de lui.

Que raconter à un enfant de quatre ans ?

— Bonjour, Rory, je m'appelle Cordelia, je vais travailler avec ton papa.

Sur ce, elle ouvrit la plus petite des pizzas.

— Jambon et fromage, tu en veux ?

Elle en détacha une part qu'elle déposa sur le côté afin qu'il se serve lui-même.

Le garçonnet la dévisageait de ses yeux sombres. C'était étrange, l'effet d'un regard d'enfant de quatre ans sur elle. D'autant que Rory avait sans aucun doute les yeux de son père. Ce dernier revenait déjà s'asseoir à côté de son fils, et il lui ébouriffa les cheveux.

— Allez, mange, mon grand. Tu dois être affamé.

— Et les frites ? demanda Rory.

Cordelia faillit éclater de rire. Le petit avait pris un peu de tous les accents qui avaient parsemé sa jeune vie. À présent que son père était là, il avait cessé de la fixer des yeux et avait commencé à manger.

— Où je vais dormir ? demanda-t-il.

— À l'étage, dit Cordelia en réponse au regard interrogateur de Gene. Il y a deux chambres, tu pourras choisir entre avoir la tienne ou partager avec ton papa.

Mais déjà le petit s'endormait à nouveau, sa part de pizza à moitié mangée posée devant lui.

Gene la suivit en haut et déposa Rory dans la première chambre, décorée en vert, où la femme de ménage avait même pensé à apporter un vieil ours en peluche. Gene allongea son fils et resta un moment assis à ses côtés à lui caresser les cheveux.

— À quelle heure part-on pour l'institut demain ? demanda-t-il, se tournant vers elle.

Elle y était généralement de 6 heures du matin à 19 heures, mais il allait la prendre pour une folle. Ou une pauvre fille. Ou les deux.

— J'y arrive habituellement vers 8 heures. J'aime être là pour rendre visite aux patients qui participent aux tests. Un petit déjeuner vers 7 heures, cela vous conviendrait ?

— Parfait. De toute façon, avec le décalage horaire, nous serons sans doute réveillés avant.

— Si vous laissez une liste, demain la femme de ménage ira acheter tout ce dont Rory et vous aurez besoin.

Un million de questions la taraudaient — où était la mère de Rory ? pourquoi ne l'avait-il pas mentionnée du tout ? —, mais les cercles sombres s'accentuaient sous les beaux yeux de Gene. Il devait être épuisé.

Il approcha son visage couvert d'un début de barbe de l'enfant et l'embrassa délicatement. Sous son fin T-shirt de coton, les muscles de ses bras et de ses pectoraux étaient visibles. Elle n'avait pas l'habitude de remarquer ce genre de détails. Bien sûr, elle n'était pas aveugle, elle avait eu des relations. Mais jamais elle n'avait été du genre à reluquer les garçons. Ses yeux. Sa carrure. Sa manière de regarder son fils.

Non, vraiment, elle était ridicule. Reculant, elle se dirigea vers sa chambre. Elle avait du travail, et la recherche cardiaque était précisément le genre d'activité susceptible de la détourner de cet homme à l'accent envoûtant et de son fils tout aussi mignon.

Si Rory avait paisiblement ronflé toute la nuit, Gene, lui, avait eu un sommeil agité. Il lui fallait toujours quelques jours avant de s'adapter à un nouvel environnement. Et, pour ne rien arranger, ses pensées avaient été perturbées par la femme aux cheveux châtain et aux brillants yeux verts.

Il ne lui faisait pas entièrement confiance ; si le professeur ne rentrait pas d'ici un jour ou deux, Gene déciderait s'il restait ou pas. La vie lui avait appris à ne pas perdre de temps.

Rory se réveilla de bonne humeur et enfila son T-shirt de base-ball préféré sur un short vert vif pendant que son père se douchait. Gene, conscient que la première impression avait son importance, laissa son stetson sur la commode et choisit une tenue plus appropriée pour un chirurgien cardiaque.

Quand ils arrivèrent dans la cuisine, Cordelia mettait du pain dans le grille-pain en fredonnant pendant que le café passait. Elle avait disposé sur la table des céréales, du lait, du beurre et de la confiture. Elle avait même pensé à un bloc et un stylo, et avait noté sur la première page « Liste de courses ».

Elle portait une robe rouge, une veste noire, et avait attaché ses cheveux en arrière avec une pince. La jupe lui descendait juste au-dessus du genou, et Gene cilla en découvrant ses chaussures de base-ball rouges.

— Bonjour, leur dit-elle, tout sourires. Tu as bien dormi, Rory ?

Le petit sursauta, comme s'il avait oublié l'avoir vue la veille. Gene lui tira une chaise et Cordelia rit de son regard étonné qui s'attardait sur ses chaussures.

— Je sais, je sais. J'ai eu un problème aux pieds, il y a quelques années. Les chaussures de sport, c'est très confortable. Mais je me changerai pour partir, promis, fit-elle en désignant une paire de sandales noires aux talons raisonnables.

— Qu'est-ce que tu as eu aux pieds ? demanda Rory.

Aïe. Les enfants et leurs questions embarrassantes.

— Il y a très, très longtemps, j'étais ballerine. Et tu sais, les ballerines se tiennent beaucoup sur la pointe des pieds, dit-elle, accompagnant ses explications d'un geste de la main pour bien lui montrer. Sauf qu'à force, quand on est trop jeune, on s'abîme les orteils. Du coup, mes pieds sont vraiment moches.

Elle conclut avec une grimace et Gene soupira, soulagé. Elle semblait plus détendue, ce matin.

— J'aime bien tes chaussures de base-ball, dit Rory. J'en voulais, moi aussi, des rouges, mais papa n'a pas voulu m'en acheter.

Elle posa le pain grillé et la cafetière sur la table. Haussant les sourcils, elle adressa un regard entendu à Rory.

— Ah non ? Et pourquoi ça ?

Elle avait l'air à l'aise avec Rory ; pourtant, Gene remarqua un minuscule tressautement au coin de son œil. Elle surjouait donc ; en fait, elle était encore un peu nerveuse. Pourquoi ?

Il prit une tranche de pain et le beurra pour Rory.

— Je n'ai pas acheté les rouges, il en a déjà des bleues et des vertes.

— Oh ! c'est vrai ? dit Cordelia avec un enthousiasme un peu forcé.

— Oui, mais aujourd'hui j'ai mis des baskets de course, au cas où j'aurais besoin de courir vite.

— Et pourquoi tu aurais besoin de courir vite ? demanda Gene en servant le café.

Le petit mordit dans son toast et mâcha quelques secondes avant de répondre :

— Au cas où il y aurait… des filles.

Cordelia porta la main devant sa bouche, et ses joues rosirent. Gene ébouriffa les cheveux de son fils.

— Papa, arrête de faire ça.

— Quel que soit l'endroit où je dépose mon fils, dit-il à Cordelia, ses cheveux blonds font le même effet aux filles. Elles le trouvent mignon.

— Je ne suis pas mignon, dit Rory entre ses dents. J'ai quatre ans.

— Ben oui, quatre ans, c'est mignon, fit Cordelia.

Rory leva les yeux au ciel.

— Oh non, tu ne vas pas t'y mettre.

— Méfie-toi, lui glissa Gene à l'oreille. Si ça se trouve, elle est comme les autres filles, elle va essayer de t'embrasser.

Le petit déjeuner se poursuivit dans une atmosphère désormais réellement détendue. Puis Gene griffonna une liste de courses.

— N'oublie pas les pommes rouges, papa. Et des nanes.

Gene ajouta les bananes à sa liste. Il était fier de la manière dont son fils s'exprimait pour son âge, mais il restait des mots qui lui posaient problème.

— OK, prêt ?

Rory tendit le poing et Gene le percuta du sien. C'était leur geste. Leur geste de super héros.

— Alors on y va, dit Cordelia, tout sourires.

Cordelia arrivait à un âge où la plupart de ses amis avaient des enfants. Ceux qui la connaissaient le mieux comprenaient pourquoi elle les évitait. Évidemment, la situation avec Rory et Gene n'était pas facile. Mais, malgré son ventre serré, c'était agréable aussi. Et inattendu.

Ils firent les quelques minutes de trajet jusqu'à l'institut sans problème. Celui-ci était assez proche du centre-ville pour être accessible en transports publics, mais suffisamment à l'écart pour jouir d'un vaste espace et de parkings.

L'institut employait plus de trois cents personnes — médecins, infirmières, chercheurs et personnel administratif. Il comptait également une petite crèche.

Helene, la responsable de la crèche, les accueillit avec un large sourire.

— Ah oui, le Pr Helier nous a avertis que nous aurions une nouvelle recrue. Pour un mois, je crois ? dit-elle à l'intention de Gene.

— Oui, répondit-il, mon contrat ne court que sur un mois.

Bizarre. Il paraissait mal à l'aise. Contrairement à Rory qui, pour un garçon qui se disait rebuté par les filles, semblait tout à fait dans son élément.

Helene retourna à son bureau, où elle prit un biper et des papiers pour Gene.

— Ah, fit-il en souriant. Je n'ai plus eu de biper depuis que j'étais médecin hospitalier.

— C'est juste pour les premiers jours, dit Helene d'un ton rassurant. Que je puisse vous joindre aisément si Rory ne s'adapte pas bien.

Elle enchaîna sur les éventuelles allergies, vaccins et autres. Cordelia posa la main sur l'épaule de Gene.

— Tout va bien ?

Il avait l'air nerveux.

— Oui, oui, ça va. Je m'inquiète toujours pour lui.

— Sa mère ne le prend jamais ? osa-t-elle demander.

Son regard la fit aussitôt regretter ses paroles. Puis il baissa la tête pour remplir les papiers.

Bon sang, qu'est-ce qui clochait chez elle ? Gene était un nouveau venu, certes, mais, vu la renommée de l'institut et celle du Pr Helier, ils avaient l'habitude d'accueillir de nombreux collaborateurs occasionnels.

Elle remonta avec Gene les longs couloirs de granite en direction du hall vitré. Au-dessus d'eux s'élevaient les quatre étages de l'institut.

— Je vous fais visiter ? demanda-t-elle d'une voix chaleureuse pour dissiper le léger froid.

Gene déglutit. Bon Dieu, qu'est-ce qui lui arrivait ? La dernière fois qu'on lui avait cloué le bec, il avait quatorze ans. Il ne s'en était pas moins avéré incapable de répondre à la question de Cordelia concernant la mère de Rory.

Pourtant, cette histoire était bel et bien derrière lui. Des tas d'enfants grandissaient sans leur mère. Mais il s'était littéralement figé. C'étaient peut-être ses yeux verts. Ou ses cheveux soyeux, qui allaient si bien avec sa robe rouge. Ou ses courbes, ses courbes… Et la manière dont elles ondulaient quand elle marchait dans cette robe rouge. Ou alors les minuscules taches de rousseur sur son nez. Bref, il y avait forcément quelque chose.

Sans doute la fatigue. Les restes du décalage horaire. Il aurait peut-être dû se laisser quelques jours d'adaptation avant de se jeter dans le bain. Rory lui s'était acclimaté dans l'instant, il s'était d'emblée inséré au groupe de gamins avec qui il parlait français. Gene était tellement fier de son fils !

Arrachant son regard des courbes affriolantes de sa guide, il leva les yeux vers l'immensité baie vitrée qui laissait entrer le soleil du matin et offrait une vue superbe sur les Alpes. Une vraie image de carte postale.

— Quand je suis lasse ou énervée, je me rappelle la chance que j'ai de travailler ici, dit Cordelia comme si elle lisait dans ses pensées.

Et de fait, la vue avait quelque chose d'apaisant. Il coula un regard de côté à Cordelia qui, sourire aux lèvres, admirait la vue.

— On ne s'en lasse pas, dit-elle. Chaque jour renferme son lot d'opportunités nouvelles.

Il ne put retenir plus longtemps la question qui le taraudait.

— Vous disiez être le bras droit du Pr Helier. Quel est votre parcours ?

— Vous me faites passer un entretien ? répliqua-t-elle

avec un air amusé. Je veux bien vous répondre, mais à charge de revanche, d'accord ?

Il lui tendit la main.

— D'accord.

Ses doigts lui effleurèrent le poignet, et leur chaleur lui tira un frisson.

Tout en commençant à parler, elle passa devant lui dans l'escalier. Il dut se concentrer doublement sur ce qu'elle disait, et pas seulement sur ses jambes. Ses hanches. Ses…

— Je suis médecin de formation. Spécialisée en cardiologie. Et vous ?

— Pareil.

Elle hésita une seconde, avant de poursuivre.

— J'ai toujours été intéressée par la cardiologie. Une histoire de famille. Alors j'ai opté pour la recherche.

Elle hésita à nouveau. Pourquoi ?

Ayant atteint le palier, elle l'emmena dans une aile différente du bâtiment, puis vers une salle immaculée.

— Voici les laboratoires de recherche. L'endroit où je me perds dans le monde incroyable des poissons-zèbres, fit-elle avec un sourire. Si seulement nous avions leur pouvoir curatif et régénérant, nous humains. Ils nous enseignent tant de choses que le Pr Helier a voulu leur donner le maximum de confort. D'où l'aquarium au centre du labo.

— Beaucoup de gens sont contre la recherche animale.

— Ils ont raison. Ici, nous ne faisons aucun mal aux poissons-zèbres. Nous les observons. Nous apprenons d'eux à travers leur ADN. Et nous tentons de reproduire leurs capacités dans un environnement de recherche.

Il s'adossa au mur et croisa les bras.

— J'aime beaucoup cette éthique. J'avais lu des choses dessus avant de venir, ça a été l'une de mes motivations pour intégrer l'équipe. Même pour une courte période.

Le téléphone de Cordelia vibra. Elle consulta l'écran et blêmit. Puis elle releva vers Gene des yeux emplis de larmes.

— Que se passe-t-il ?

— La sœur du Pr Helier est atteinte d'un cancer en phase terminale. Elle est sa seule famille. Il a décidé de rester à son chevet. Pour s'occuper d'elle.

Il sentit son cœur se serrer, réaction égoïste, il en était conscient, mais il était venu ici pour travailler avec cet homme. Pour apprendre de lui.

— Ce qui signifie ?

Elle cilla et rangea son téléphone.

— Je vais devoir avertir tout le monde. Franc vous appellera ce soir.

Dans ses yeux verts, il perçut une grande lassitude, peut-être même une nuance de désespoir.

— La surveillance des patients atteints de cardiomyopathie est à un stade crucial. Je pense qu'il va vous demander de prendre la tête de cette étude.

Sa voix tremblait légèrement.

— Cordelia, vous allez bien ? demanda-t-il, posant une main sur son bras.

Elle hocha la tête et s'essuya les coins des yeux.

— Mais oui. Je suis simplement inquiète pour Franc. Cet endroit, c'est sa vie, vous comprenez. Je ne veux pas le décevoir en son absence. Les travaux que nous menons ici sont capitaux pour tant de gens.

Quelque chose le toucha dans la manière dont elle parlait. Les chercheurs étaient des gens passionnés, mais elle semblait particulièrement impliquée. Il comprenait cela, lui qui effectuait des recherches susceptibles de changer la vie de son fils. Mais elle ?

La curiosité qu'elle lui inspirait était un des effets surprenants qu'elle avait sur lui.

— Bon, fit-elle, changeant de sujet, à mon tour de poser les questions. Racontez-moi votre parcours.

Comme d'habitude quand ce sujet épineux était abordé, il eut la sensation d'avoir des choses à cacher. Mais il regarda de nouveau le paysage et tout changea. D'autant que Cordelia se tenait devant, telle la pièce maîtresse du tableau. Et il apprécia ses longs cils noirs, ses lèvres encore teintées de rouge. Il perdait l'esprit, avec cette femme.

— J'ai étudié la médecine au Texas, mais passé ma vie entre la France et les États-Unis. Ma mère était une scientifique française et mon père propriétaire d'un ranch au Texas. Ne me demandez pas comment ces deux-là se sont rencontrés, c'est une longue histoire. Mais j'ai eu la chance de recevoir des tonnes d'amour des deux côtés de l'Atlantique.

— Et qu'est-ce qui vous a fait devenir docteur ?

Ils se dirigeaient vers une nouvelle aile du bâtiment.

— J'en avais envie depuis l'enfance. Mon père aurait voulu que je reprenne le ranch, mais le cœur n'y était pas pour moi. Heureusement, j'ai un demi-frère qui a l'élevage dans le sang.

Il s'immobilisa. La suite, il la devait à Cordelia, après tout.

— La mère de Rory était une collègue avec qui j'ai eu une aventure sans lendemain. Je n'ai su que j'avais un fils que bien plus tard. Il avait neuf mois et Mindy était atteinte d'une cardiomyopathie hypertrophique. Contre les conseils de ses proches et des médecins, elle a souhaité aller au bout de sa grossesse. J'ignorais tout de son état, nous n'étions pas restés en contact. Quand elle m'a appelé, elle était sur la liste des transplantations cardiaque depuis des mois.

Cordelia écarquillait les yeux. Mais il continua ; vider son sac était plus facile, à ce stade.

— Bref, elle est morte, et Rory et moi vivons ensemble depuis. Voilà, il est tout mon univers.

Elle resta quelques secondes muette à le dévisager.

— C'est comme ça que vous avez bifurqué vers la recherche ? demanda-t-elle enfin.

— Oui. J'étais déjà spécialisé en cardiologie. Mais, comme vous devez le savoir, l'exercice de la chirurgie est particulièrement prenant. Avec un bébé à la maison et malgré l'aide d'une nurse, ça n'était plus possible. Alors la recherche, c'était le virage à prendre.

Elle assembla aussitôt les pièces du puzzle. Elle était chercheuse et savait parfaitement que la cardiomyopathie était une maladie héréditaire.

— Rory est porteur du gène ?

— Rory est porteur du gène, répondit-il.

— Oh ! Gene, je suis désolée, fit-elle aussitôt en lui prenant la main.

— Oui, moi aussi. Mais c'est la vie. Vous connaissez les probabilités. Il avait cinquante pour cent de chances d'en hériter. Pour l'instant, néanmoins, il ne montre aucun symptôme. Et je m'efforce de garder ça en tête : pas de signe d'inquiétude. Mais ça ne m'empêche pas de faire de sa guérison le projet de ma vie.

Inutile d'en dire davantage. Cette maladie, souvent non détectée en amont, était par exemple une cause fréquente de mort soudaine chez les jeunes sportifs. La nuit, quand Gene se perdait dans la contemplation de la petite bouille de Rory, les pires scénarios devaient lui passer par la tête.

— Alors vous êtes motivé. Vous voulez travailler ici.

Il perçut une forme de soulagement dans sa voix. S'il était reparti sous prétexte que le Pr Helier était absent, cela aurait pu interrompre le processus de recherche. Jamais il ne ferait cela.

— Oui, confirma-t-il. C'est important. Pour moi, pour Rory et pour des tas de gens au monde.

Elle hocha la tête, l'air convaincu.

— Dans ce cas, docteur DuBois, je vais vous présenter à notre fabuleuse équipe. Et à nos fabuleux patients.

À présent, Cordelia comprenait. Sans doute même mieux que Gene ne pouvait l'imaginer. L'idée que cet adorable bambin ait une bombe à retardement dans la poitrine — littéralement —, pareille à la sienne… c'était atroce. Il y avait quelque chose d'insupportable dans le fait de perdre un enfant.

Ils arrivèrent dans l'aile est. Comme tant d'autres centres de recherche cardiaque, le Reuben Institute monitorait des patients atteints de diverses malformations cardiaques, afin de voir si certaines adaptations, voire de nouveaux traitements ou thérapies alternatives, pouvaient améliorer leur vie quotidienne. Évidemment, il fallait s'assurer en parallèle que les tests ne provoquaient pas d'effets secondaires.

— Nous avons vingt postes de surveillance pour les essais cliniques. Et des lits disponibles et équipés de moniteurs, au cas où un patient se sentirait mal.

— Et qui s'occupe de quoi ?

Elle alluma une tablette électronique apposée à une porte et saisit la main de Gene. Ouvrant une page, elle lui pressa le doigt sur l'écran.

— Et voilà, votre empreinte digitale vous permettra d'ouvrir n'importe lequel de ces appareils. Vous aurez accès à la liste complète des patients et à leur historique. Ainsi qu'au personnel de garde. Nous avons au minimum deux docteurs et quatre infirmiers sur place à toute heure du jour ou de la nuit. Jamais moins. Nous sommes plus souvent en sureffectif que le contraire, ne vous inquiétez pas.

Il fronça les sourcils.

— Je suis inclus dans le planning ?

— Non, non, les chercheurs sont surnuméraires. Mais la

moitié à peu près d'entre eux ont une formation médicale, ils effectuent souvent les deux en parallèle, ça leur permet de conserver leur statut. Nos médecins ont souvent dû passer à la recherche à cause de leur santé, justement. Travailler ici les aide à garder le contact qu'ils affectionnent avec les patients.

— Je vois. Et qu'attendra-t-on de moi, en l'absence du Pr Helier ?

Elle tâcha de masquer son inquiétude qu'il ne parte en courant. Car au fond, elle ne savait pas grand-chose de Gene DuBois. Pour un peu, derrière ses airs d'homme fort et stable, il ne supportait pas la pression ? Et s'il n'appréciait pas ce qu'elle allait lui annoncer ?

— Franc aime mettre les mains dans le cambouis. Tous les matins, il passe voir chacun des patients — une vingtaine en général — concernés par le programme de recherche. Selon le rapport des infirmiers, il peut prescrire des échographies cardiaques, ECG ou radios, il ajuste la médication, etc. Mais nous avons des protocoles pour tout cela, dit-elle immédiatement, de crainte de l'effrayer. Vous ne travaillerez pas à l'aveugle.

Il haussa les sourcils et lui adressa un sourire rassurant.

— C'est très bien, j'aime le contact avec les patients. Certains diraient même que je le recherche. Mais une précision, tout de même : si l'un d'eux a besoin d'une intervention, sommes-nous en lien avec un hôpital local ?

Elle afficha une page de la tablette.

— Voici les coordonnées des consultants avec lesquels nous travaillons. En cas d'anévrisme ou autre complication, un simple numéro d'urgence et notre service ambulancier privé intervient. À quand remonte votre dernière intervention chirurgicale ? demanda-t-elle soudain, inquiète.

— Deux semaines, pourquoi ?

Elle fut prise de court, même si en secret elle était soulagée.

— Pourquoi deux semaines ?

— J'ai remplacé des docteurs en congés, sur mon dernier poste. Seulement en journée, et sur des opérations programmées à l'avance, pour ne pas avoir à faire garder Rory. Pourquoi cette question ?

Tout sourires, elle le guida vers une autre porte.

— Parce que nous avons notre propre salle d'op. Pour les urgences absolues. Nos médecins sont parfaitement formés, mais mieux vaut que vous soyez à jour aussi. Nous avons un anesthésiste à demeure.

Gene entra dans une salle dotée de tout l'équipement moderne. Lentement, il fit le tour, ouvrit des tiroirs, passa les doigts sur les moniteurs, se familiarisa avec les contenus des chariots à défibrillateur.

— Un code d'urgence ?

— Code rouge. Vous décrochez n'importe quel téléphone, vous annoncez : « Code rouge » et une annonce retentit par les haut-parleurs. Même pas besoin de vous localiser, l'appareil identifie automatiquement la provenance.

Il se tourna vers elle et croisa les bras.

— Tout semble bien organisé.

— Je l'espère, oui.

— Et vous, dans tout ça ? demanda-t-il en s'approchant.

— Je supervise, je fais le lien avec les entreprises pharmaceutiques et les investisseurs. On attend des investisseurs japonais dans quelques jours. Et puis, comme vous en cardiomyopathie, je poursuivrai mes recherches sur les déficiences et la régénération cardiaques. Nos services travaillent en parallèle, nous échangeons en permanence mais ce sont deux équipes distinctes. Suivez-moi, je vais vous présenter la vôtre. Mais je préfère vous prévenir : Marie, la secrétaire, est l'être humain le plus effrayant, le plus organisé et le plus impitoyablement efficace au monde.

Elle se pencha pour lui chuchoter à l'oreille :

— Je la soupçonne d'être un cyborg.

Renversant la tête en arrière, il partit d'un grand rire, le premier depuis son arrivée.

— Et qu'il ne soit pas dit que nous ne sommes pas accueillants, dit-elle en poussant une nouvelle porte. Voici notre salon de thé. Ou de café. Ou de jus de fruits. Vous avez envie de quelque chose ? Soit nous l'avons, soit nous vous le commandons. Nous tenons à ce que notre personnel se sente bien ici. Si vous avez des demandes précises en matière de nourriture — pareil pour Rory à la crèche —, il suffit d'en informer les cuisines.

Gene sembla apprécier l'espace meublé de confortables canapés rouges, d'écrans de télévision accrochés aux murs, de bureaux dotés d'ordinateurs et de vastes tables à manger blanches avec leurs chaises.

— C'est une politique que j'apprécie. Je pourrais me plaire, dans un environnement de travail pareil.

— Le Pr Helier tient à ce que les gens se sentent bien, il sait que l'on est plus efficace dans un lieu agréable.

De petits plis apparurent aux commissures des yeux de Gene, et Cordelia sentit une douce chaleur l'envahir. Bien. Elle avait à cœur que tout se passe bien en l'absence de Franc.

Gene s'approcha d'une jarre remplie de petits bonbons emballés dans du papier doré.

— Qu'est-ce que c'est que ça ? Encore des trésors inventés par le professeur pour rendre ses employés heureux ?

Tout sourires, elle le rejoignit et vola un bonbon dans le bocal.

— Gene, vous êtes en Suisse. Pour quoi sommes-nous célèbres, ici ?

Il plissa le nez.

— Les Alpes. Et la Convention de Genève.

Elle leva les yeux au ciel et secoua la tête, hilare.

— Ah, vous les Américains. Le chocolat, voyons. Voilà

pourquoi la Suisse est célèbre dans le monde entier. Le chocolat.

Elle lui agita son emballage doré sous le nez et l'ouvrit. En quelques secondes, l'odeur mêlée du cacao et de la crème lui envahit les narines. Il se pencha même un peu vers elle, sous le charme.

— C'est vraiment une bonne idée, pour un endroit qui se spécialise dans la recherche cardiaque ? demanda-t-il en fermant les yeux.

Elle sourit.

— C'est pour ça qu'ils sont tout petits. Juste la dose qu'il faut pour donner la sensation magique du chocolat sur les papilles, sans dérégler votre taux de glucose dans le sang ou votre poids. Vous savez, fit-elle d'un air faussement sérieux, la recherche a prouvé que, si l'on s'accorde une petite dose de ce dont on brûle, gérer l'envie devient bien plus simple.

Il plongea la main dans le bocal.

— Eh bien, je vais donc suivre votre conseil avisé.

Pour une raison qui lui échappait, et bien qu'elle ne soit pas entièrement sûre de Gene, il dégageait quelque chose d'extrêmement aimable. Ce n'était pas forcément le genre de compliment qui plaisait à tous les hommes, en tout cas c'était important à ses yeux, à elle.

Elle avait pris l'habitude de se protéger. Pourtant, après son étrange réaction à la question qu'elle lui posait concernant la mère de Rory — il l'avait tout bonnement ignorée —, il avait fini par lui expliquer. Le moment venu. La plupart des gens devaient le prendre en pitié, quand il leur racontait son histoire. Il aurait pu jouer le rôle du pauvre veuf. Mais non. Pas du tout. Au contraire, il s'était montré parfaitement honnête quant au déroulé des événements et à son ressenti.

Il n'y avait pas eu de grand amour, entre Mindy et lui. Il n'avait même pas eu l'occasion de lui en vouloir, au fond. Cordelia ne doutait pas une seconde que la plupart des hommes auraient raconté cela de manière totalement inéquitable, en ne donnant que leur point de vue biaisé.

Gene, lui, semblait avoir bien pris la nouvelle concernant son fils. Il l'adorait. Et, si elle se doutait bien qu'il aurait aimé pouvoir changer son héritage génétique, il semblait l'avoir tout de même accepté.

Elle croisait des tas de patients qui ne se remettaient pas de leur problème génétique, un héritage sur lequel ils n'avaient aucune prise. Elle avait été confrontée à ce défi. Elle avait compris depuis longtemps qu'accepter ce que l'on ne pouvait pas changer était le plus compliqué, pour certains.

Cela avait été le cas pour elle. Et pour Gene. Et ça le serait peut-être un jour pour Rory.

Entraînant Gene vers les bureaux, elle le regarda du coin de l'œil.

— J'aurais peut-être dû vous inciter à prendre une poignée de chocolats, pour faire face à la suite de la journée.

Il lui répondit par un coup d'œil soupçonneux.

— Pourquoi ça ? On ne va pas juste rendre visite aux patients et s'occuper des tests et des interventions courantes ?

Elle se passa la langue sur les lèvres.

— Dans votre bouche, ça paraît si simple, fit-elle dans un soupir.

Il s'immobilisa au milieu du couloir.

— Et ça ne l'est pas ?

Elle ne put retenir un clin d'œil en atteignant la porte.

— Oh ! docteur DuBois, vous avez encore beaucoup à apprendre. Bienvenue au Reuben Institute. Suivez-moi, je vais vous présenter à votre gorille en chef.

Gene était affalé sur le canapé, Rory, endormi, allongé en travers de ses genoux. Cordelia apparut dans l'encadrement de la porte et les observa d'un air amusé. Contrairement à lui, elle avait trouvé le temps de se changer. Du moins, elle avait renfilé ses chaussures de base-ball. Avec sa robe élégante, les baskets rouges lui donnaient une allure à la fois originale et charmante.

— Vous avez survécu ? demanda-t-elle.

— À Marie, votre arme fatale ?

— J'ai essayé de vous mettre en garde.

Elle vint se percher sur un accoudoir.

— Désolée, mais elle travaille à l'institut depuis l'ouverture. C'est une institution de l'institut, si je puis dire. Elle connaît tous les patients, tous les essais cliniques, et en plus elle a une mémoire phénoménale.

— En tout cas, elle ne se laisse pas faire.

— C'est le moins que l'on puisse dire. Bon, de quoi avez-vous envie pour le dîner ?

Il posa les mains sur le dos de Rory et lui fit pivoter les jambes afin qu'il soit couché sur le canapé, et plus sur lui.

— C'est mon tour de m'en occuper. Vous avez pris la pizza hier. Et puis, on m'a amené une voiture de location, vous ne serez plus obligée de nous servir de taxi. Je ne veux pas être un fardeau de plus, surtout en ce moment alors que vous avez un institut à gérer.

— Oh ! ça n'était pas un problème.

— Si vous me laissez le temps de me changer, je nous emmène dîner. Si vous nous proposez un endroit sympa.

— Dans ce cas, je vais me changer aussi.

— Non, vous êtes très bien.

Elle rosit sous le compliment qu'il n'avait pu retenir.

Une heure plus tard, ils étaient assis dans l'un des restaurants du quartier recommandé par Cordelia. Gene avait enfilé un jean et un T-shirt, mais elle ne s'était pas changée. Et ne paraissait pas prêter attention à la réaction parfois surprise que suscitait sa tenue. Elle était bien dans sa peau, et il appréciait ce trait de caractère.

Il la sentait encore un peu méfiante avec Rory, mais il comprenait — après tout, elle n'avait pas d'enfant. Du moment qu'elle se montrait attentionnée et gentille avec lui… Or c'était le cas. Il percevait simplement une sorte de nervosité quand elle devait interagir avec son fils.

— Je sais comment la faire craquer, dit-il alors qu'ils attendaient que Rory termine sa glace.

— Qui ça ?

— Marie.

Cordelia croisa les bras, l'air incrédule.

— Ah oui ? Je suis curieuse d'entendre ça.

— C'est très simple. Elle m'a avoué à plusieurs reprises qu'elle adorait mon accent.

— Ce qui ne signifie pas qu'elle vous apprécie, vous.

— En effet, mais elle y viendra. J'ai une arme secrète.

Cordelia ne répondit rien sur le coup, mais posa les yeux sur Rory, occupé à nettoyer le fond de sa coupe.

— Laquelle ? fit-elle, sur un ton qu'il trouva bizarre.

Mais il ne s'y attarda pas. Il se cala dans son siège.

— Je vais la lui jouer cow-boy. Oui, fit-il devant son air perplexe. Demain, je vais travailler en Stetson, bottes et peut-être même en jean.

— Vous êtes sérieux ?

Il se pencha par-dessus la table, inspirant une bouffée de son parfum aux notes d'oranger.

— Bien sûr. Vous pensiez à quoi ?

Elle haussa les épaules, sans toutefois croiser son regard.

— Oh ! je ne sais pas. Que vous utiliseriez Rory pour l'amadouer. Regardez-moi ce visage d'ange…

Il suivit son regard. Son fils avait de la glace sur le nez, les mains et le T-shirt.

Son cœur se serra. Malgré son étrange nervosité avec Rory, elle n'était pas insensible à son charme, loin de là.

Elle comprenait même sans doute sa gratitude de chaque jour de l'avoir dans sa vie.

— Allez, champion, dit-il en ôtant le bol des mains de Rory. On y va.

Il leva le poing et son fils vint à sa rencontre avec le sien.

— C'est quoi, ce truc ? demanda-t-elle.

— Le poing contre poing ? C'est notre geste de ralliement rien qu'à nous. Tout le monde en a un. Ou une phrase. Vous n'avez pas un truc à vous ?

Elle fronça les sourcils.

— Je ne pense pas, non.

— Je parie que si. Je vais le deviner, dit-il sur le ton de la promesse en réglant l'addition.

En arrivant à la voiture, il attacha Rory sur son siège et se mit le stetson sur la tête, avant de l'incliner en direction de Cordelia.

— Alors ? Elle n'est pas fatale, mon arme de séduction ?

Elle éclata de rire, mais leurs regards se nouèrent et elle dut reprendre sa respiration. Il sentit les battements de son cœur s'accélérer.

Quel idiot. Il se comportait comme un adolescent. Retirant son chapeau, il grimpa dans la voiture. Il n'était là que pour un mois, il avait une mission et un enfant dont s'occuper. Il n'avait ni le temps ni l'envie de se laisser distraire.

Mais, alors que Cordelia montait à son tour dans la voiture, il eut un aperçu de sa jambe musclée et bronzée. Et, malgré tous ses efforts, l'image ne le quitta pas de tout le trajet du retour.

3.

Adossée au mur, face aux tableaux, Cordelia poussa un profond soupir. L'un de ses patients était dans un état critique, Jonas Delphine, l'un de ses préférés. Ancien capitaine de bateau de quatre-vingt-six ans, il avait fumé pendant quarante ans. Ses douleurs poitrinaires ainsi que sa maladie cardiovasculaire et ses défaillances cardiaques en faisaient un candidat complexe. Mais, après tout, à quoi bon effectuer des tests sur des candidats sans problème ?

— Un problème ?

La voix de Gene la fit sursauter. En le voyant, fidèle à sa promesse, en jean, bottes et chapeau de cow-boy, elle ne put s'empêcher de sourire. Les patients avaient adoré, les collègues aussi. Même Marie, d'habitude imperturbable, avait semblé apprécier.

— Eh bien, dit Cordelia en reportant son attention sur sa tablette, vous allez pouvoir me donner votre avis sur un cas.

Il lui montra sa propre tablette.

— Je venais justement vous demander la même chose. Les grands esprits se rencontrent.

Une pointe de fierté monta en elle.

— Je vous écoute, dit-elle.

— Aryssa Maia, quarante-sept ans, cardiomyopathie hypertrophique. A subi des ablations sans succès suite à une fibrillation auriculaire, ne tolère pas les médicaments habituels. Je précise qu'elle est équipée d'un pacemaker. J'ai observé ses scans et je viens de l'ausculter, je pense que son ventricule ne fonctionne quasiment plus. Elle est essoufflée, fatiguée, et ses extrémités sont enflées.

— J'ai un cas semblable, répondit Cordelia. Jonas Delphine, quatre-vingt-six ans, BPCO et troubles cardiaques chroniques. J'envisage de le retirer de l'étude et de le mettre sous stéroïdes et diurétiques. Il a fort décliné en l'espace d'une journée.

Gene hocha la tête. Il comprenait leur fonctionnement : le bien-être des patients était leur souci prioritaire, mais les règles de toute recherche étaient très strictes. Il ne fallait pas biaiser d'éventuelles découvertes. S'ils utilisaient d'autres médicaments sur les patients, ils devaient les retirer du programme.

— Aryssa réagissait bien au traitement, jusqu'à présent, soupira-t-elle. Je pensais vraiment que ce médicament pourrait lui changer la vie.

Il se passa une main dans les cheveux.

— Je comprends, mais mon instinct me dit qu'il y a autre chose. À croire que son stimulateur a bougé. Son cœur ne fonctionne pas comme il le devrait.

— Je suis d'accord, elle a besoin d'un ECG et d'une écho cardiaque. Votre idée me paraît judicieuse, ça colle avec ses symptômes.

— J'ai déjà commandé les examens, je voulais une seconde opinion. Maintenant, allons voir votre patient, qui m'a l'air d'être une sacrée personnalité.

— Oui, sourit-elle, et je l'adore, j'avoue.

Gene était ravi, Cordelia lui avait naturellement demandé son avis. Quand il eut écouté le cœur de Jonas, vérifié ses chevilles et ses poignets, l'infirmière revint avec l'ECG d'Aryssa. Le résultat était clair : la sonde ne captait en effet plus les battements de son cœur ; n'étant plus corrigés, ils redevenaient irréguliers et lents.

— Je vais aller lui parler. En attendant, pouvez-vous la brancher sur un moniteur cardiaque et leur demander d'accélérer le mouvement pour l'échographie ?

L'infirmière opina de la tête et repartit.

— On dirait que nous allons tous les deux perdre un patient de notre programme, dit-il.

Cordelia baissa les yeux. Ce n'était probablement pas la nouvelle qu'elle espérait, mais Jonas devait prendre des stéroïdes, et elle ferait passer la santé de son patient en priorité, Gene le savait.

— Je sais, fit-elle enfin.

Elle saisit les fioles, et il remarqua le tremblement de ses mains.

— Je m'en occupe, dit-il. Allez donc annoncer la nouvelle à Jonas, vous saurez le convaincre.

— D'accord. Merci, dit-elle avec un petit sourire.

Il sentit son ventre se nouer. Il avait la sensation que Cordelia Greenway n'était pas du genre à se laisser aider. Mais, en l'occurrence, il la sentait proche de ce patient. Peut-être le connaissait-elle depuis qu'elle avait commencé à travailler ici, quatre ans auparavant.

Il était difficile de ne pas s'attacher à des patients que l'on voyait au quotidien. Alors, quand leur état empirait, ce qui se produisait forcément parfois… Il comprenait sa réaction, il était passé par là. Au cours des dernières années, il avait beaucoup bougé. Et il avait concentré son investissement émotionnel sur Rory. Pour lui, il avait dû apprendre à jouer le rôle du père et de la mère.

Cependant, le contact régulier avec les patients lui avait manqué, il ne pouvait le nier.

Il posa la main sur celle de Cordelia. Machinalement. Elle ne retira pas la sienne. Sa chaleur emplit la paume de

Gene d'une façon qu'il n'avait pas anticipée. La dernière fois qu'il avait touché une femme remontait à bien loin. Patients exceptés, évidemment. Ne souhaitant pas présenter une nouvelle conquête à Rory tous les quatre matins, il avait jugé plus facile de mettre cette partie-là de sa vie de côté. À présent, il se rendait compte à quel point ce contact aussi lui avait manqué.

C'étaient les petits gestes qui montraient à quel point quelqu'un songeait aux autres. Le fait que Gene propose à Cordelia d'administrer à sa place le médicament qui ferait sortir Jonas du traitement, c'était l'exemple même de l'un de ces gestes.

Car Jonas, avec sa jovialité et son optimisme à toute épreuve, lui avait appris à rester positive face à sa propre situation. Elle devait garder l'espoir qu'un jour son syndrome de Wolff-Parkinson-White cesserait de provoquer l'arythmie cardiaque qui la mettait constamment en danger.

Cinq ans plus tôt, son médecin lui avait annoncé qu'elle devait opter pour une contraception permanente. Son syndrome progressait, rendant son état imprévisible. Une grossesse aurait provoqué une tension énorme sur son cœur déjà faible. Le verdict était donc tombé : jamais elle ne fonderait de famille. La nouvelle avait mis un terme à la relation pourtant profonde qu'elle entretenait alors avec Han, le chercheur avec qui elle travaillait à Londres. Pas brutalement, mais lentement et sûrement, il s'était détaché d'elle. Elle avait dû accepter que toute nouvelle relation débute par cet aveu difficile : elle n'avait aucune certitude sur son avenir.

Alors elle s'était jetée à corps perdu dans le travail.

Au final, Gene l'avait soulagée au-delà même de sa

promesse, en amusant Jonas avec sa tenue de cow-boy, le distrayant pendant qu'il lui administrait son médicament.

Ils venaient de terminer quand une infirmière arriva.

— Docteur DuBois, on a besoin de vous de toute urgence : Aryssa s'est trouvée mal pendant son écho.

Ils parcoururent les longs couloirs blancs au pas de course. Gene atteignit Aryssa en premier, et vérifia aussitôt ses constantes.

— Elle bradycardise, dit Cordelia, qui se plaça de l'autre côté du lit avec l'échographiste.

— Que dit l'écho ? demanda Gene.

— Vous aviez raison : la sonde a bougé.

Il fronça les sourcils.

— Bizarre. Ça ne bouge pas, normalement.

Cordelia posa la main sur l'épaule d'Aryssa, qui ouvrait les yeux.

— Comment vous sentez-vous, Aryssa ?

— Pas très bien, dit la patiente d'une voix à peine audible.

— Ne vous inquiétez pas, on s'occupe de vous. Est-ce que quelque chose s'est produit ces derniers jours qui aurait pu déloger votre sonde cardiaque ?

— J'ai eu un accident de voiture en venant ce matin. Rien de grave, mais l'airbag s'est déclenché.

Gene jeta un coup d'œil à Cordelia.

— L'airbag vous a touchée ?

Aryssa grimaça.

— Oui, mais j'ai surtout eu peur à cause du bruit.

Elle referma les yeux, l'air épuisé.

— J'en sais assez, dit Gene dès qu'ils se retrouvèrent dans le couloir. On doit lui poser un nouveau stimulateur. Et son état empêche qu'on l'envoie ailleurs.

Sans attendre, il entra dans la salle d'opération toute proche. Ses gestes étaient précis, automatiques. Il avait manifestement déjà fait face à ce genre de situation. Il disposa le matériel sur un chariot et fit signe à l'infirmière.

— Amenez la patiente, je vous prie. Nous allons lui expliquer l'intervention.

Cordelia alla se laver les mains à l'évier tandis que l'infirmière amenait Aryssa, allongée sur le brancard. Elle était pâle et en sueur, et déjà raccordée à un moniteur cardiaque qui indiquait à quel point son pouls et sa tension étaient faibles.

Gene alla vers sa patiente et lui prit la main.

— Froid, dit-il dans un souffle en se tournant vers Cordelia.

Des extrémités froides signifiaient que l'afflux sanguin n'irriguait pas suffisamment le corps. Cordelia se sécha les mains et les tendit vers l'infirmière qui lui enfila sa tunique, puis ses gants.

— Gaine percutanée, sonde d'entraînement électro-systolique, câbles de pontage et stimulateur, dit-elle à haute voix pour s'assurer que tout était bien là.

Pendant ce temps, Gene s'adressait à Aryssa d'une voix douce.

— Nous pensons que votre sonde a été déplacée par l'accident. Nous allons insérer une sonde temporaire pour remettre votre cœur en route. Vous risquez d'avoir un peu la tête qui tourne, c'est normal.

Une larme coula sur la joue d'Aryssa, et Gene lui prit la main. Cordelia sentit son cœur se serrer. Quel dommage. Le traitement semblait avoir un effet positif sur Aryssa, ses symptômes avaient diminué. La cardiomyopathie hypertrophique pouvait causer de nombreux soucis, selon la partie du cœur la plus affectée. Mais voilà, avec cette intervention, ils allaient devoir retirer Aryssa du programme, la règle était très stricte.

— On passe par l'artère subclavière gauche ? dit Cordelia,

ayant repéré une petite cicatrice dans le cou de la patiente, du même côté.

Tandis que l'infirmière appliquait des compresses stériles au niveau de la clavicule d'Aryssa, Cordelia fit signe à l'échographiste, qui plaça son appareil juste sous la clavicule, afin d'identifier l'artère et le réseau veineux à l'écran. Une fois familiarisée avec l'anatomie de la patiente, Cordelia lui injecta un léger anesthésique local.

Gene n'avait pas cessé de parler à Aryssa tout en lui tenant la main. Sa voix basse faisait un fond sonore apaisant.

Cordelia enfila le dilatateur dans le cathéter, l'attacha à l'aiguille et l'inséra, attendit l'afflux de sang, puis continua sa progression. Elle maintenait l'aiguille bien droite tout en faisant avancer la sonde à l'intérieur de l'artère. Une fois celle-ci en place, elle retira l'aiguille et effectua une petite entaille au scalpel pour y insérer la gaine, avec le dilatateur, autour de la sonde.

À l'écran, ils observèrent le ballon qui permettait de positionner la sonde. Quelques secondes plus tard, les battements du cœur apparurent sur le moniteur, forts et réguliers. La sonde était à la bonne place.

Aussitôt, Gene sourit et les joues d'Aryssa reprirent leur couleur rosée. Son pouls s'était stabilisé à 70 battements par minute, mais tous restèrent un moment immobiles afin de s'assurer que tout allait bien.

C'est alors que les problèmes commencèrent pour Cordelia. Les battements, pareils à des claquements de sabots dans ses oreilles. La sensation qu'un train fou s'emballait dans sa poitrine. La tête qui lui tournait.

Non, s'il vous plaît, non.

Elle baissa les yeux vers ses mains gantées : à cause de la procédure stérile, elle ne pouvait pas les porter à son cou ou à ses tempes. Elle tenta de prendre plusieurs longues inspirations lentes, rien n'y fit.

— Docteur DuBois, dit-elle d'une voix aussi neutre que possible, pourriez-vous effectuer la suture à ma place, s'il vous plaît ?

L'infirmière tourna un regard surpris vers elle. Gene leva les yeux, l'air sidéré. Les points ne prendraient que quelques minutes, mais elle ne les avait pas. Elle comprenait l'étonnement de Gene, qui allait devoir se laver les mains et enfiler des gants stériles, ce qui lui prendrait plus longtemps que si elle effectuait la suture elle-même. Mais la tête lui tournait trop. Elle devait sortir. Et vite.

Sans attendre sa réponse, elle se rua dans le couloir. Quelqu'un l'appela, mais elle ne se retourna pas. Ses jambes tremblaient presque autant que ses mains. En nage, elle arracha sa tunique jetable et ses gants de latex et, vacillante, atteignit enfin son bureau. Là, elle se laissa glisser le long du mur, sans même prendre le temps de refermer la porte derrière elle. Machinalement, elle porta les doigts à son cou et entama le massage en comptant lentement dans sa tête.

Gene n'en revenait pas. Cordelia était partie ? Comme ça ?

Si, pour le reste de l'équipe, la réaction de Cordelia était bizarre, personne n'en montra rien.

Alors, tout en continuant de parler à sa patiente, il termina la procédure. Déjà Aryssa avait meilleure mine ; bientôt elle pourrait être transférée dans une autre clinique, où on lui poserait un pacemaker définitif — le stimulateur n'était qu'une mesure provisoire.

La patiente fut emmenée en salle de réveil, et Gene enleva sa tunique et ses gants. Il devait trouver Cordelia. Et lui demander des explications sur ce qui venait de se passer.

Il se dirigea vers son bureau en tâchant de calmer les émotions qui se bousculaient en lui. Il trouva Cordelia devant le miroir, elle se rattachait les cheveux. Des cheveux qui semblaient un peu humides. Et elle s'était changée. Elle portait un chemisier vert à la place du rose de ce matin.

— Tout va bien ?

Elle sursauta au son de sa voix.

— Vous avez terminé de vous pomponner ?

Il regretta ces mots dès qu'ils eurent franchi ses lèvres. L'expression de Cordelia passa de la surprise embarrassée à la colère.

— Me pomponner ? Vous pensez que j'ai quitté la salle d'opération pour me pomponner ?

En effet, la formulation était mal choisie. Mais, à présent qu'il était lancé, il était incapable de revenir en arrière. Comme si sa bouche parlait d'elle-même.

— Eh bien, vous allez peut-être m'expliquer ce que vous fichez, alors ? Vous êtes partie au milieu d'une opération. J'ai dû terminer à votre place. J'ai le droit de savoir.

Cordelia plissa le front. Sa réaction ne tarda pas.

— Non, vous n'avez aucun « droit » de savoir quoi que ce soit. La sonde était en place et le pouls d'Aryssa régulier. Je suis sortie parce que je ne me sentais pas bien.

Sans trop savoir pourquoi, il ne la croyait pas. Il y avait autre chose. Sa longue expérience de médecin l'avertissait quand on essayait de lui cacher quelque chose. Et c'était exactement ce qui se passait, en l'occurrence.

Elle prit une profonde inspiration.

— Comment va-t-elle ? J'allais la voir.

— Elle va bien, répondit-il, d'une voix qu'il espérait neutre. J'ai terminé la suture ; la patiente est en salle de réveil. Vous ne devriez pas vous asseoir, si vous ne vous sentez pas bien ? Manger ou boire quelque chose ?

Malgré ses efforts, le ton était sec, il l'entendait lui-même. À sa décharge, Cordelia n'était pas franche non plus. Elle marqua un temps d'hésitation, comme si elle cherchait quoi répondre. Pourtant, elle ne lui avait pas fait l'effet d'une personne malhonnête. Peut-être s'était-il trompé ? En tout cas, elle lui cachait quelque chose.

— Non, ça va mieux maintenant, fit-elle enfin. Merci d'avoir terminé la procédure. J'apprécie. Maintenant, si vous voulez bien m'excuser, j'ai du travail.

Avec un sourire, elle le contourna et s'engagea dans le couloir. Où il la suivit des yeux.

Quel secret pouvait bien cacher une femme comme Cordelia Greenway ? Et pourquoi cela lui importait-il tant de le découvrir ?

4.

Cordelia venait d'enfiler son pyjama quand la porte de sa chambre s'ouvrit. Une petite tête blonde apparut.

— Rory ?

— Veux du lait, murmura-t-il.

— Où est ton papa ?

— Sous la douche. Mais je veux du lait.

L'enfant entra timidement, un livre écorné à la main.

— OK, je vais t'en chercher.

Elle baissa les yeux sur les pieds nus du petit. Sans doute ses chaussons étaient-ils dans la chambre de son père, mais, vu la tension qui régnait entre Gene et elle depuis l'incident à l'institut, elle ne risquait pas d'y entrer. Il n'avait pas fait mystère de son agacement quand il était venu lui parler après l'intervention et elle avait bien vu qu'en dépit de ses excuses il ne la croyait pas vraiment.

Gene DuBois n'appréciait pas qu'on essaie de le berner, or c'était précisément ce qu'elle avait fait. Ils avaient donc passé les jours suivants à s'éviter.

Elle souleva Rory pour le déposer sur son lit.

— Tu restes ici une minute, d'accord ? Je descends te chercher du lait.

— OK.

Elle remonta bien à la chambre avec une tasse de lait, et s'installa à côté de Rory sur le lit.

— J'aime bien ton pyjama, dit-il en buvant une gorgée.

Elle portait un T-shirt rose vif avec de petits oursons imprimés.

— Merci. J'aime bien le tien aussi. Ce sont des fusées ?

— Oui. Et des planètes. Je voulais devenir astronaute, mais papa dit que je ne pourrai peut-être pas. Alors je serai le scientifique qui appuie sur les boutons et envoie les navettes dans l'espace.

Il s'exprimait drôlement bien, pour un si petit bonhomme. Et comprenait très bien aussi.

À l'idée que Gene ait dû avoir ce genre de conversation avec un si jeune enfant, le cœur de Cordelia se serra. La cardiomyopathie hypertrophique était une maladie complexe. En général, on déconseillait aux enfants et aux adolescents qui en étaient atteints les sports de compétition afin de diminuer les risques de mort subite.

Donc, impossible d'entrer dans un quelconque programme spatial, de pratiquer la plongée en eaux profondes, etc.

— Il y a des tas de candidats pour être astronautes, la compétition est dure, dit-elle.

Il haussa les épaules.

— Mais j'y arriverai.

Il avait répondu avec la confiance dont seul un enfant était capable. Elle aimait cela et regrettait de n'avoir pas la même. Cette intrépidité. Ces certitudes. Ces rêves.

S'allongeant sur le dos, elle contempla, par la fenêtre, le ciel nocturne.

— Tu ne penses pas que tu t'ennuierais un peu, tout seul là-haut ? demanda-t-elle en désignant les étoiles.

— Non, je ne serais pas tout seul, répondit Rory en reprenant une gorgée de son lait. Parce que ma maman est là-haut. Et puis j'emmènerais ma copine, fit-il, l'air de rien. La nouvelle, celle que j'ai rencontrée aujourd'hui.

Cordelia se débattait encore avec la première information, mais elle ne put s'empêcher de sourire de la seconde.

— Ah oui, déjà ? C'est qui ?

— Elle s'appelle Jana.

— Cheveux blonds ? Bouclés ?

Il lui adressa un large sourire.

— Oui, c'est ça. Tu n'as pas de petit copain, toi ?

Elle se sentit rougir.

— Non. Pas en ce moment. Les garçons sont trop compliqués. Et trop désordonnés. Moi, un jour, je veux partir explorer les pyramides, dit-elle pour changer de sujet.

Quelque chose passa sur le petit visage de Rory.

— C'est là qu'elle est, ta maman ? demanda-t-il.

La poitrine de Cordelia se serra violemment. Et, sans réfléchir, elle se redressa pour passer un bras autour de l'épaule du petit.

— Non, chéri, j'ai beaucoup de chance, ma maman est encore ici. Elle est vieille, mais elle vit dans sa maison.

Les sourcils froncés, il leva les yeux vers elle.

— Mon papa n'a plus sa maman, et moi non plus.

— J'ai entendu, oui. Et j'en suis désolée. Mais tu as un super papa. Et je parie qu'il fait avec toi tout ce que feraient une maman et un papa.

Il sembla réfléchir un instant, prit une longue goulée de lait et tourna vers elle la plus adorable moue bordée d'une moustache blanche.

— J'aurai peut-être une nouvelle maman, un jour.

Elle déglutit.

— Peut-être, oui.

Ses grands yeux bruns la dévisageaient.

— Tu penses qu'elle m'aimera bien ?

Elle le hissa sur ses genoux.

— Bien sûr qu'elle t'aimera. Elle t'adorera, même. Tout autant qu'elle aimera ton papa. Ça marche comme ça, ces choses-là. Ton papa n'épouserait pas quelqu'un qui ne t'aimerait pas autant que lui.

Rory cilla, une fois, et puis il appuya la tête contre son épaule. Elle ramassa le livre d'images. Comme par hasard, la couverture arborait une magnifique fusée.

— Je te le lis ? demanda-t-elle.

Rory descendit de ses genoux et s'installa sous son bras. Ce que ce geste produisit en elle, elle refusait de l'analyser.

Gene sortit de la douche et découvrit la chambre vide. Son cœur s'arrêta de battre. Enfilant rapidement un jean, il se précipita dans le couloir, le torse et les cheveux encore humides.

— Rory ?

Personne dans le couloir. Son pouls s'accéléra. Il allait crier à nouveau, mais referma la bouche et écouta. Des murmures lui parvenaient, qui ne pouvaient venir que de la chambre de Cordelia. Piqué par la curiosité, il s'approcha de sa porte entrouverte. Rory était là, assis sur le lit tout près de Cordelia il buvait un verre de lait.

Gene s'apprêtait à entrer pour s'excuser, mais ce qu'il entendit à ce moment-là le figea sur place.

— Ma maman est là-haut.

Rory le questionnait parfois sur Mindy, mais pas souvent. Peut-être ne lui avait-il pas assez parlé de sa mère ? Le problème, c'était qu'il ne la connaissait pas si bien que cela, lui non plus.

Le petit n'avait jamais mentionné cette idée que sa mère se trouvait dans les étoiles. Sidéré, Gene prit conscience que son fils venait d'avouer à une quasi-inconnue quelque chose qu'il ne lui avait jamais dit à lui. Décidément, derrière son air parfois mal à l'aise avec Rory, Cordelia savait s'y prendre.

La bouche sèche, il continua de les écouter par l'entrebâillement de la porte. Il découvrait une facette de cette femme qu'il n'avait pas perçue. Elle était dédiée à son travail, le respect et l'amitié des employés de l'institut en témoignaient. Mais jamais il n'aurait soupçonné la douceur dont elle faisait preuve avec son fils.

Quand Rory la questionna sur une potentielle nouvelle maman, et si elle l'aimerait, le cœur de Gene se serra si fort qu'il aurait pu être de plomb. Mais les réponses de Cordelia étaient à la fois simples et sincères. Et vraies. Jamais il ne pourrait être avec une femme qui n'aimerait pas son fils autant que lui. Ils formaient un tout, à prendre ou à laisser.

Quand elle commença à lire à Rory son livre préféré, Gene passa la tête par la porte.

— Cordelia ? chuchota-t-il.

Elle leva la tête et écarquilla aussitôt les yeux, lui rappelant qu'il était torse nu. Après une hésitation, il entra tout de même. Après tout, elle était médecin, elle avait vu son lot de torses nus.

— Désolé, dit-il en arrivant près du lit. J'étais sous la douche et Rory n'a pas encore complètement assimilé la notion de patience.

Elle baissa les yeux vers la touffe de cheveux blonds et les ébouriffa. Il dormait déjà.

— Je ne suis pas très douée dans ce domaine non plus, dit-elle.

La sincérité qu'il lut dans ses grandes prunelles vertes lui coupa le souffle.

— Désolé, j'étais sous la douche, dit-il de nouveau.

N'importe quoi, il l'avait déjà dit. Qu'est-ce qui lui prenait ?

— Je vois ça.

Elle braqua les yeux sur son torse nu et un sourire dansa sur ses lèvres.

Elle secoua la tête.

— Ne me dites pas qu'en tant que médecin vous n'êtes pas capable de passer en dix secondes de la douche à la tenue vestimentaire complète.

Ses pupilles brillaient. Elle le taquinait. Évidemment.

Il passa les bras sous le corps endormi de Rory.

— Je peux vous assurer que je suis un professionnel accompli. Je le fais en huit secondes. Je vais mettre le petit au lit, je reviens.

Il déposa un baiser sur la tête de son fils et le porta dans leur chambre, où il l'allongea sur le grand lit et rabattit les couvertures sur lui. Puis il passa un T-shirt gris. Cordelia se tenait dans l'embrasure de la porte, les bras croisés, la tête inclinée.

Il s'approcha, remarquant son adorable pyjama rose. À présent qu'elle était debout, et malgré son corps pudiquement couvert, il découvrait ses courbes sous le tissu. Secouant la tête, il leva les mains en signe de reddition.

— Les vêtements, c'est optionnel, quand on croit que son enfant de quatre ans a disparu. Estimez-vous heureuse que j'aie enfilé ça, fit-il à mi-voix en désignant son jean.

Elle éclata de rire, et se couvrit aussitôt la bouche.

— Oh ! pardon, je ne veux pas réveiller Rory.

— Ne vous inquiétez pas, une fois qu'il dort, rien ne pourrait le réveiller.

L'espace d'une seconde, il crut voir passer un éclair de tristesse sur son beau visage. Qui disparut aussi vite qu'il était apparu.

Elle leva une jambe derrière elle et saisit sa cheville, tira jusqu'à ce que son articulation craque.

— Pardon, j'ai des douleurs parfois. Des restes de mes vieilles blessures de danse… Ou bien c'est l'âge.

Il se passa une main dans la nuque.

— Je connais ça. Une vieille blessure de foot.

Elle lui toucha le bras. C'était un simple contact du pouce sur sa peau encore moite de la douche, pourtant il faillit haleter. Face à lui, dans la pénombre, il crut voir étinceler ses yeux émeraude.

Un contact féminin. À quand remontait le dernier ? Mieux valait ne pas se poser la question. Surtout pas maintenant, dans une chambre plongée dans la quasi-obscurité et devant une femme aux boucles auburn qui lui tombaient sur les épaules.

— Je vais descendre me préparer un sandwich. Vous en voulez un ?

Il le sentit. Ce moment où la glace se brisa à nouveau entre eux. La situation avait été tendue, ces derniers jours, et il devait admettre qu'il n'aimait pas cela. C'était la première fois qu'ils se retrouvaient face à face depuis. Et si l'on ajoutait l'éclairage et les vêtements pour le moins légers qui augmentaient la sensation d'intimité…

Il se retourna vers Rory, profondément endormi. Il devait être à peine 21 heures, prétendre être déjà fatigué aurait été ridicule, aussi hocha-t-il la tête et suivit-il Cordelia au rez-de-chaussée. Dans la cuisine, elle se mouvait avec aisance, passant de la bouilloire au grille-pain où elle coinça des tranches de pain complet.

— Que puis-je faire pour vous aider ?

— Asseyez-vous. Ce ne sont que quelques toasts. Qu'est-ce que vous préférez : margarine light, beurre, confiture ou marmelade ?

Il s'installa et soutint son regard. En fait, il avait envie de parler. De parler vraiment. De l'interroger sur Rory, de lui demander son avis sur ce qu'avait dit son petit bonhomme, si cela signifiait selon elle qu'il l'élevait mal.

Mais il ne pouvait pas. Cordelia était gentille, c'était un bon docteur, dévoué à ses recherches et respecté par ses patients. Elle avait été adorable avec Rory. Sans compter qu'elle était extrêmement attirante, même s'il s'efforçait de ne pas y prêter attention. N'empêche que son instinct lui soufflait toujours qu'elle cachait quelque chose.

Cordelia Greenway avait des secrets.

Ayant tout déposé sur la table, elle s'assit face à lui et lâcha un soupir. Pour la première fois, il remarqua la fatigue qui marquait ses traits. Pas étonnant. Non seulement elle avait deux invités inattendus, mais elle avait la responsabilité de toute la gestion de l'institut sur les épaules. Cela devait être dur.

— Alors, dit-elle, comment se passent les tests, de votre côté ?

Il s'était demandé si elle allait faire allusion à ce qui s'était produit quelques jours plus tôt. Les yeux plongés dans les siens, il s'arrangea pour que son regard pose la question que ses lèvres n'osaient pas poser. Et attendit. Puis il sourit. Ils n'en parleraient apparemment pas.

OK. Si elle voulait jouer à ça, il jouerait aussi.

— Je pense que les essais se déroulent bien. Hormis l'épisode Aryssa, dit-il par déontologie car l'exclusion de cette patiente se ferait au détriment des essais thérapeutiques. D'après ce que j'ai lu dans les dossiers et au vu des résultats des tests sanguins, environ 65% des candidats montrent des signes précis d'amélioration. C'est très impressionnant, pour un essai.

Il lui adressa un sourire désabusé.

— Bien sûr, tout est compliqué par les diverses comorbidités dont souffrent les patients. Mais c'est aussi ce qui rend les essais bien réels. Et ces études plus efficaces que d'autres.

Elle hocha lentement la tête.

— Parfois j'adore les essais scientifiques, et parfois je les déteste. Dans ces cas-là, je me jette dans mes études des poissons-zèbres.

Elle martelait la table du bout des doigts, mais soutenait son regard.

— On dirait que votre étude avance mieux que la mienne.

Elle marqua un temps d'hésitation, avant de lui saisir

doucement la main. Ce geste inattendu le prit au dépourvu. Cela faisait plusieurs fois qu'ils étaient en contact et…

— Je suis contente, reprenait-elle. Contente pour vous, contente pour Rory et pour tous les patients dont les conditions de vie pourraient se trouver améliorées.

Il le voyait à la lueur dans ses yeux. La vérité. La sincérité. Et cela le troublait. Tout comme les picotements qui lui remontaient dans le bras.

Elle retira sa main et enveloppa sa tasse de thé.

— Les recherches, ça peut être dur. Certaines personnes trouvent ça pénible car il n'y a jamais de réponses rapides. Mais on ne s'ennuie jamais. Alors j'essaie de me rappeler que chaque jour est un nouveau jour, avec tout un monde de possibles.

Sa voix était calme, douce, avec une touche très perceptible d'espoir.

— C'est ça, votre truc, dit-il.

— Mon quoi ?

Il ne put s'empêcher de sourire.

— Votre truc. L'autre jour, je vous ai demandé ce que c'était, vous avez répondu que vous ne saviez pas.

Les sourcils froncés, elle paraissait complètement perdue.

— Le truc des poings que l'on heurte l'un contre l'autre ?

— Ça, c'est notre truc à Rory et à moi. Vous, cela fait deux fois que je vous entends dire : « On ne s'ennuie jamais. Alors j'essaie de me rappeler que chaque jour est un nouveau jour, avec tout un monde de possibles. » Voilà. C'est officiel. C'est votre truc à vous.

La tête inclinée sur un côté, elle semblait songeuse.

— Je ne pensais pas que j'avais un truc.

Il leva sa tasse.

— Eh bien si. Trinquons aux trucs.

Elle éclata de rire et cogna sa tasse contre la sienne.

— D'accord, aux trucs.

5.

— Et si on s'amusait un peu ?

Cordelia se retourna. Gene s'adressait-il à elle, ou à Rory ? La soirée de la veille avait été un étrange mélange de détente absolue et de diverses émotions pour le moins… agitées. Un instant, elle songeait à la relation qu'il avait avec son fils et à la douleur profondément enfouie que cela réveillait en elle — presque de l'envie — ; et, l'instant d'après, elle luttait contre les vagues de désir qui la poussaient vers le beau Texan.

C'était absurde. Il n'était qu'un collègue — certes très séduisant — qui repartirait bientôt. Il n'y avait de plus pas la moindre chance qu'il soit attiré par elle. Sauf que…

… parfois elle surprenait un regard, discret, subreptice. Ou leurs peaux se frôlaient et ses sens s'emballaient.

Pourtant, elle n'était pas du genre à perdre la tête pour un homme. Elle était trop terre à terre pour cela. Alors, pourquoi en irait-il désormais différemment ?

— Cordelia ? demanda-t-il, interrompant le fil de ses pensées. Et si on s'amusait un peu ?

Les bras croisés, il s'appuyait à l'encadrement de la porte de la cuisine.

S'amuser ? Avec ce cow-boy ? Elle baissa la tête en se sentant rougir, son pouls s'accéléra.

— Comment ça ?

— Eh bien, on est à Genève, l'une des plus belles villes

du monde, et je n'en ai encore rien vu. Je n'ai pas la moindre idée de ce qui peut se faire avec un enfant ici.

Il s'avança vers elle.

— Vous ne travaillez pas aujourd'hui, j'ai vérifié votre planning. Alors, si vous nous serviez de guide ?

Ses prunelles chocolat étaient rivées sur elle. Un léger frisson la traversa. Il n'attendait en effet peut-être que cela d'elle, qu'elle lui fasse visiter la ville. Pourtant, les papillons qui voletaient dans son ventre lui faisaient espérer autre chose.

— D'accord, faisons cela.

La ville regorgeait de trésors, le musée d'histoire naturelle, la cathédrale et le fameux Jardin botanique. Mais Rory était trop jeune pour tout cela.

— OK, enfilez vos vestes, fit-elle avec un sourire malicieux. Et n'espérez pas rester sec.

Dans le taxi, coincé entre Cordelia et Gene, Rory était déjà surexcité. Au lieu de se diriger vers le centre-ville, le chauffeur contourna la périphérie et, au bout d'une vingtaine de minutes, Gene comprit. Ils arrivaient au bord du lac de Genève. Ils réglèrent la course et se dirigèrent vers la vaste étendue d'eau.

— Viens voir par ici, dit Cordelia à Rory.

Elle glissa quelques pièces dans un télescope et hissa l'enfant sur le marchepied.

— C'est immense, dit Gene, impressionné.

— Plus de soixante kilomètres de long ; c'est la plus grande étendue d'eau de Suisse. Nous la partageons avec la France. Elle jouit d'une vue imprenable sur les montagnes.

Gene tourna la tête vers les Alpes aux sommets enneigés tout autour du lac.

— Pour la vue, je vous donne dix sur dix, fit-il.

Malgré lui, il avait posé un regard appréciateur sur Cordelia en annonçant son verdict. Elle portait un jean qui moulait adorablement ses courbes, un haut rouge. Elle avait attaché ses cheveux, mais la brise venue du lac rabattait quelques mèches égarées sur son visage.

Tout sourires, elle les conduisit à un point d'embarquement et ils grimpèrent à bord d'une *mouette*. Le petit bateau bas leur permit de traverser le lac. Le bras nonchalamment passé autour des épaules d'un Rory hilare, Cordelia leur désignait au fur et à mesure du périple les endroits à observer.

— Voilà, nous sommes sur la berge ouest, dit-elle tandis qu'ils descendaient. Il y a des tas de choses à faire ici, mais la première est là : le Jet d'Eau, la cascade la plus haute du monde.

Elle leva un doigt en l'air.

— Attendez, je vérifie le sens du vent nous risquons la douche d'une seconde à l'autre.

Gene ne comprenait rien. Quelques secondes plus tard, la surprise n'en fut que plus totale. Un énorme fracas en provenance du lac, suivi d'une explosion d'eau à plus de trente mètres de haut.

L'effet fut instantané. Tous ceux qui se trouvaient là reculèrent précipitamment, même s'ils étaient loin du jet. De minuscules gouttes d'eau commencèrent à retomber tout autour. Gene leva les mains en un geste de protection bien dérisoire et tourna les yeux vers Cordelia, dont le regard pétillait.

— Papa, c'est super ! dit Rory, ravi.

Gene attrapa son fils sous le bras, mais leurs chaussures étaient déjà mouillées.

— Je vous avais avertis, dit Cordelia qui éclata de rire et, secouant la tête, les éclaboussa encore un peu avec ses cheveux. Venez, allons nous promener.

Tout en discutant tranquillement, elle guida Rory vers une gare miniature, qu'il adora évidemment : tout était à l'échelle des enfants. Le train était vieillot, rouge vif, et ils grimpèrent à bord. Se penchant vers Gene, elle lui chuchota à l'oreille :

— La balade prend une trentaine de minutes, elle fait le tour du lac et nous emmène à un autre parc.

Gene se détendit. Pour quelqu'un qui au départ s'était montré un peu mal à l'aise avec les enfants, elle semblait tout à fait dans son élément désormais. Elle discutait avec Rory tandis que le guide donnait des explications sur les nombreuses attractions touristiques et les bâtiments des Nations unies, de l'autre côté du lac. Chaque fois qu'elle se penchait vers le petit, son parfum flottait jusqu'à Gene, qui se trouva bientôt incapable de la regarder. Sa peau claire, ses yeux brillants, la touche à peine visible de rouge sur ses lèvres. Il était tellement concentré sur sa découverte des merveilles de la Suisse qu'il ne remarqua pas que le train venait de s'arrêter près d'un immense terrain de jeux.

— On descend ? fit-elle. C'est la plage des enfants. Il y a des tas de choses à faire.

— Oh ouiiiii ! fit Rory.

Gene hocha la tête et descendit. Il y avait des balançoires, des araignées et un petit pont de corde tendu entre deux grosses branches d'arbre. Le tout dans une zone protégée où les enfants pouvaient facilement être surveillés. Dans l'eau, des bouées marquaient les limites à l'intérieur desquelles les enfants pouvaient patauger en toute sécurité. Cordelia et Gene s'assirent sur la plage tandis que Rory filait jouer au ballon avec des enfants de toutes nationalités.

— Je ne parle que deux langues, dit Gene. Parfois, j'aimerais les parler toutes.

Soudain, une idée lui vint.

— Les investisseurs japonais. Vous les rencontrez mardi, c'est bien ça ?

Elle hocha la tête, écartant une mèche de cheveux égarée sur son visage.

— Ils ont gentiment repoussé leur visite pour me laisser plus de temps pour me préparer.

— Comment vous vous sentez ?

Elle hésita une fraction de seconde.

— J'ai rencontré certains investisseurs par le passé. Franc leur fait systématiquement visiter l'institut et les invite à discuter avec les équipes, et même les patients s'ils en ont envie.

Gene ne voulait pas donner l'impression qu'il marchait sur ses plates-bandes.

— Mais vous n'avez jamais eu à les recevoir toute seule, c'est ça ?

Elle se mordilla la lèvre et secoua la tête, ramenant les genoux contre sa poitrine.

— Non.

Un seul mot, mais qui en disait long.

— Si vous voulez, je peux faire en sorte d'être dans les parages… Histoire de répondre à d'éventuelles questions de leur part sur les études en cardiomyopathie.

Elle en savait probablement plus sur l'institut qu'il n'en saurait jamais, mais avant de postuler il s'était longuement renseigné sur leurs recherches. Et il était certain de pouvoir répondre à toutes les questions des investisseurs. Cela allégerait sans doute en partie la pression qui pesait sur Cordelia, et il voulait l'aider.

Elle hocha la tête, l'air songeur. Ses yeux étaient fixés sur Rory, sur l'échelle de corde.

— Ce serait super, merci. Une personne de plus pour répondre aux questions sur les recherches, c'est toujours appréciable. Je connais les poissons-zèbres de fond en comble, mais pour la cardiomyopathie… Je n'ai jamais dirigé cette branche de nos études. Alors oui, j'apprécierais beaucoup votre aide.

La tête posée de côté sur ses genoux repliés, elle observait le petit. Elle avait le visage dans l'ombre des arbres, mais cela n'empêchait pas Gene d'admirer le vert profond de ses yeux bordés de longs cils noirs. Elle ne portait quasiment pas de maquillage aujourd'hui ; le vent frais teintait ses joues de rose et portait son parfum vers lui, encore une fois. Un mélange de rose et d'orange.

Pour son plus grand plaisir, cette odeur et l'intensité de son regard lui firent battre le cœur un peu plus vite. Il était ravi aussi d'être assez près pour distinguer un petit grain de beauté à la base de son cou, ou la manière dont une mèche de ses cheveux s'était enroulée autour de son oreille.

C'était sans conteste une femme séduisante, et plus il passait de temps en sa compagnie, plus il se sentait attiré par elle. Son fils et lui étaient arrivés en Suisse depuis deux semaines et demie. Son contrat ne courait que sur un mois. C'était une mauvaise idée. Il le savait. Alors, pourquoi son cerveau ne l'écoutait-il pas ?

La journée était bien avancée et, sur le chemin du retour, Gene prit Rory dans ses bras.

— Il n'est pas aussi léger qu'il paraît, dit-il à Cordelia. Ça vous dirait qu'on s'arrête manger un morceau quelque part ?

Elle hocha la tête. La journée avait été tellement agréable, elle n'avait pas envie qu'elle se termine.

— Vous avez une préférence ? demanda-t-elle.

— Peu importe, du moment que je peux installer Rory confortablement sur un siège.

En quelques minutes, ils trouvèrent l'endroit idéal et, menus en main, commandèrent leurs boissons — une bière pour Gene, un verre de vin pour Cordelia. Quant à Rory, il dormait sur la banquette. Le restaurant était sans chichis et chaleureux. Bientôt, ils entamèrent leur repas de bon cœur.

— Dites-moi, comment occupez-vous votre temps libre, en général ? J'espère qu'on ne vous a pas gâché votre journée.

Elle eut un petit pincement au ventre à l'idée qu'il s'intéresse à elle.

— Mais non voyons, j'ai passé une journée formidable. Seulement, fit-elle en se penchant pour lui chuchoter à l'oreille, je vais vous avouer un secret : j'ai toujours rêvé de monter sur un manège.

— Vous auriez dû le dire plus tôt, vous auriez pu en faire un tour avec Rory. Il aurait adoré.

Elle éclata de rire.

— J'aurais eu l'air de quoi ? La trentenaire assise au milieu des gamins ?

Il leva son verre de bière vers elle.

— Je suis sûr que vous auriez eu l'air… très bien.

Plus que les mots, ce fut son expression qui dit tout. La lueur séductrice. À moins qu'elle ne l'ait imaginée ? À plusieurs reprises au cours de la journée, leurs regards s'étaient croisés — non, mêlés — et elle avait ressenti quelque chose. Une connexion.

Gene avait étendu ses longues jambes sous la table, en parallèle aux siennes. La tête appuyée sur une main, il la contemplait d'un air amusé tout en jouant avec son verre de sa main libre. Elle but une gorgée de vin.

— Quoi ? demanda-t-elle. Qu'est-ce qu'il y a ?

Il haussa les épaules.

— Je ne sais pas. De temps en temps, j'ai l'impression de voir un vent de panique passer sur votre visage.

Elle savait exactement à quoi il faisait allusion. Car elle le ressentait, en ce moment même. Et il en était la cause.

— N'importe quoi, répondit-elle pourtant.

Il se redressa un peu, sans se départir de son air moqueur.

— Ben voyons. Pourtant, moi, je le vois dans vos yeux. Je pressens le moment où vous allez changer de sujet ou vous éloigner.

Elle se mordit la lèvre et tâcha de retenir les remarques pleines de mauvaise foi qui lui venaient à l'esprit. Elle se contenta de soutenir son regard. Bon sang, pourquoi fallait-il qu'il ait les yeux aussi profonds ? Elle avait la sensation qu'un tourbillon risquait d'en sortir et de l'engloutir tout entière.

— Eh bien, je ne suis pas partie. Et je n'ai pas changé de sujet non plus.

Leurs épaules se frôlèrent.

— Non, en effet. Mais si nous profitions du fait que nous ne sommes pas au travail et que nous n'avons pas de petites oreilles pour nous entendre, fit-il en se tournant vers Rory, endormi, pour avoir une véritable conversation d'adultes ? Je partage une maison avec vous ; pourtant, j'ai l'impression de ne pas savoir grand-chose de vous. Je vous ai parlé de la mère de Rory. Avez-vous un mari ou un petit ami secret caché dans un placard ?

Elle secoua la tête.

— Non. Pas en ce moment. J'ai eu des petits amis, mais rien qui ait duré plus d'un an, répondit-elle en riant de l'effet que devait faire son aveu. Je ne suis pas sauvage, mais il faut croire que j'ai été très concentrée sur mon travail, ces derniers temps.

— C'est compréhensible. Bon. Et avant l'institut, vous travailliez où ?

— J'ai fait mon internat à Londres, puis j'ai travaillé en cardiologie à l'hôpital de Royal Brompton et au King's College.

Il eut un regard admiratif.

— Mais vous avez décidé de changer de voie ?

Elle avait déjà répondu à des questions concernant sa bifurcation de carrière. Et elle n'aimait pas mentir. Mais était-elle pour autant sûre d'être prête à parler de son état de santé ? D'autant plus qu'il s'était montré peu amène avec elle quelques jours plus tôt, lorsqu'elle avait dû quitter la salle d'opération. Ils avaient retrouvé une relation agréable, et elle ne voulait pas gâcher cela.

— Oui, j'ai préféré me lancer dans la recherche. J'aimais la médecine, mais j'ai toujours eu des projets plus vastes en tête. L'envie d'être la plus utile possible.

Elle retint presque son souffle, son explication était-elle plausible ?

Gene reporta son attention sur Rory.

— Oui, je ressens la même chose. J'aimerais tant avoir une baguette magique et pouvoir tout réparer. Parfois, j'ai envie de me projeter dans cent ans pour ne pas avoir à attendre les découvertes, les améliorations que nous pourrons faire.

Elle ravala la boule qui s'était formée dans sa gorge.

— Vous avez une très bonne raison de penser comme ça. Si Rory était mon enfant, je serais comme vous.

Il se passa une main dans les cheveux.

— Je me demande souvent ce qui se serait passé si l'état de Mindy n'avait pas été aussi grave, si elle était encore de ce monde. Rory aurait encore sa maman, dit-il d'une voix qui se brisa tandis que son regard se perdait au loin. Mais je n'aurais peut-être jamais rencontré mon fils.

Il reposa les mains sur la table et elles tremblaient. Sans réfléchir, elle posa une main sur les siennes avec une légère pression.

Il tourna vers elle un regard rempli de peine.

— Et si les choses avaient été différentes ? demanda-t-il en lui caressant le bras de son autre main.

C'était manifestement une réaction instinctive, car son esprit était à des milliers de kilomètres d'elle, en cet instant.

Pourtant, elle avait le cœur qui battait la chamade. La

peau en feu. Le ventre noué. Et elle sut qu'elle devait lui poser la question.

— Qu'auriez-vous fait, si vous aviez su que Mindy était enceinte ?

Il secoua la tête et se passa de nouveau la main dans les cheveux, l'air bouleversé.

— Comment répondre à ça ? C'est impossible. Et puis… Je réponds en tant que quoi : père ou médecin ?

— Vous êtes les deux, Gene. Répondez en tant que vous.

Les lèvres serrées, il porta la main à son cœur.

— Non, c'est impossible. Encore, si vous me demandiez ce que j'aurais fait si j'avais su Mindy atteinte de cardiomyopathie hypertrophique… Aurais-je laissé une femme que je connaissais si peu mettre sa vie en péril pour avoir mon enfant ?

Cordelia voyait bien la tempête qui, aujourd'hui encore, faisait rage en lui. Une ride profonde lui barrait le front.

Il poussa un long soupir.

— Bref, tout est différent aujourd'hui. Rory est bien réel, il n'est pas qu'une simple possibilité, il est toute ma vie. Je n'imagine pas une seconde ne pas être son père.

Il ferma les yeux et les rouvrit pour poursuivre :

— J'avais rencontré quelqu'un, à l'époque. Quand j'ai découvert l'existence de Rory, je vivais avec quelqu'un.

Elle eut l'impression de recevoir un coup en pleine poitrine.

— Qui ? demanda-t-elle sans pouvoir se retenir.

Il haussa les épaules.

— Elle s'appelait Karen. On s'entendait bien… Mais quand elle a appris, pour Rory… Et encore, elle n'était pas au courant de son potentiel problème cardiaque…

— Elle vous a quitté ?

Ça alors ! Malgré elle, les larmes lui montèrent aux yeux. Gene aussi avait été abandonné par quelqu'un. Comme elle. En fait, ils avaient plus de points communs qu'elle ne l'aurait cru.

— Oui, elle est partie, dit-il avec un sourire désabusé. Je ne vais pas prétendre que ça n'a pas fait mal. Mais est-ce que je lui en veux ? On se connaissait depuis moins d'un an, et tout à coup voilà qu'un gamin surgissait de nulle part. Je sais bien que ça n'était pas juste pour elle, pourtant à l'époque je me suis senti rejeté.

Cordelia hocha lentement la tête. La pointe de jalousie qui l'avait piquée avait vite fait place à de la peine.

— Oui, mais regardez ce que vous avez maintenant, Gene, dit-elle, les yeux posés sur la jolie tête blonde. Ne vaut-il pas un million de cœurs brisés ?

Il sourit. Un sourire à couper le souffle. Encore cette connexion. Cette compréhension réciproque.

— Vous avez raison. D'ailleurs, j'ai oublié Karen depuis longtemps. J'avais d'autres choses à penser, tant à apprendre et à faire. J'en apprends encore tous les jours, en fait.

— Comme tous les parents, j'imagine.

Il hocha la tête, l'air songeur.

— Sans doute, oui. Mais il n'y a pas que ça, en l'occurrence. Il y a son cœur. Son avenir. Tout ce que je ne maîtrise pas.

Il prit une profonde inspiration et plongea dans ses yeux.

— La triste vérité, Cordelia, c'est que, si vous me demandiez si j'aurais conseillé à Mindy de faire passer sa santé en priorité, de mettre un terme à sa grossesse, eh bien la réponse est « non ». Non. Parce que pour rien au monde je ne renoncerais à la joie d'avoir un fils. Ce fils. Je sais que je pourrais le perdre et ça me terrifie plus que tout au monde. Si seulement les choses pouvaient être plus simples. S'il y avait un remède magique… Si seulement nous n'étions pas définis par nos gènes.

Un frisson la parcourut tout entière. Elle comprenait mieux qu'il ne pouvait l'imaginer. Peut-être pourrait-elle tout lui raconter ? Mais cela reviendrait à révéler une partie d'elle qu'elle n'était pas prête à partager. Après tout, elle ne le connaissait que depuis quelques semaines. Elle ne voulait pas de sa pitié. Le médecin en elle estimait qu'elle devrait lui en parler, en tant que collègue, au cas où le malaise de la dernière fois se reproduise au travail. Mais la personne émotionnelle qu'elle était aussi ne s'y résolvait pas. Il était hors de question qu'il la considère comme une patiente. Une malade.

Comment voulait-elle qu'il la considère, au juste ?

Elle lui prit la main.

— Je sais que vous ne me croirez pas, mais je vous comprends mieux que vous ne pouvez l'imaginer. Rory est fabuleux et vous êtes un père extraordinaire. N'en doutez pas une seconde. Vous avez fait du bon travail, n'importe qui vous le dira.

Son regard chocolat rencontra le sien. Leurs yeux se nouèrent. Elle ne voulait pas les détourner. Jamais. L'univers se mouvait autour d'eux, mais elle aurait juré qu'ils étaient seuls au monde. Si seulement elle avait pu arrêter le temps, capturer l'instant. Son cœur se serra.

La manière dont il la regardait lui donnait la chair de poule. Accélérait les battements de son cœur — à moins que ça ne les interrompe, elle ne savait plus. Il esquissa un sourire et, quand il parla, sa voix n'était qu'un murmure rauque.

— Je suis content de vous avoir rencontrée, Cordelia Greenway.

Et il vint coller son front contre le sien. Elle sentit son souffle danser sur sa peau, son haleine teintée de bière mêlée à une touche d'eau de toilette.

Il entremêla ses doigts aux siens.

Des milliers de questions et de réflexions tourbillonnaient en elle, mais elle dit ce que son cœur lui dictait.

— Je suis contente de vous avoir rencontré aussi, Gene DuBois.

S'il avait su. S'il avait su à quel point. Comme il la bouleversait au plus profond de ses entrailles. Et de son cœur.

L'espoir.

L'affection.

Le regret qu'il ne reste pas beaucoup, beaucoup plus longtemps.

6.

Gene, navré, observait les résultats qu'il avait sous les yeux.

Une nouvelle série de patients, à divers stades de leur cardiomyopathie, avaient été passés au crible afin de vérifier s'ils pouvaient rejoindre les essais. Au cours des jours précédents, il les avait tous rencontrés. Chacun d'entre eux devait subir quantité d'examens et une batterie de tests avant d'être éventuellement acceptés dans le groupe.

Lea Keller était une Suisse d'une vingtaine d'années. Elle avait eu de la chance dans son malheur car, en tant que sportive professionnelle, sa maladie avait été diagnostiquée très tôt.

La jeune femme, un large sourire aux lèvres, entra dans le bureau de Gene. Les patients atteints de pathologies cardiaques étaient souvent très intelligents.

— Laissez-moi deviner : je suis à nouveau anémique ?

Il garda une expression impassible. Une anémie aurait été facile à soigner. Pas ce qu'il avait à annoncer à Lea.

— Asseyez-vous donc.

Il vit la lueur passer dans les yeux de sa patiente alors qu'elle s'asseyait face à lui, les mains nerveusement croisées sur ses genoux.

— Lea, j'ai des résultats dont nous devons discuter.

— Qu'est-ce que j'ai ? Une insuffisance cardiaque ?

Il secoua la tête.

— Non, non, ça n'a rien à voir.

Chaque femme en âge de procréer qui postulait pour

intégrer les essais subissait une batterie de tests, notamment un test de grossesse. Les médicaments prescrits étaient nouveaux et les règles très strictes quant aux patients choisis comme cobayes. Pas question, par exemple, d'exposer un fœtus à un nouveau type de médication non encore testé. Les risques étaient trop élevés.

Gene prit une profonde inspiration, et fit en sorte de garder une voix neutre.

— Vous êtes enceinte.

— Pardon ? fit-elle d'une toute petite voix.

Pour la plupart des femmes, cela aurait constitué l'un des plus beaux moments de sa vie. Pour Lea, les répercussions étaient tout autres.

— Vous êtes enceinte, dit-il de nouveau. Je ne suis ni votre médecin traitant ni votre gynécologue, et le meilleur conseil que je puisse vous prodiguer, c'est de leur parler à tous les deux.

— Je suis enceinte, répéta-t-elle, l'air sidéré.

Il se leva et contourna le bureau pour lui poser une main sur l'épaule. Il lui adressa son sourire le plus engageant, sans la moindre idée de ce qui pouvait tourbillonner dans la tête de Lea quand elle leva vers lui ses yeux dorés.

— Je suis enceinte de combien ?

— Je ne peux pas vous répondre de façon certaine. Comme je vous l'ai dit, je ne suis pas expert, mais les résultats de vos tests semblent indiquer environ six semaines.

Elle prit une brusque inspiration et une larme se fraya sur sa joue tandis qu'elle secouait la tête.

— Je ne comprends pas. Je suis sous contraceptif par injection. Je n'ai pas de règles, je ne pensais pas pouvoir tomber enceinte. Je prends toujours mes précautions…, dit-elle d'une voix qui tremblait. Car je connais les risques. Je sais aussi ce que cela peut impliquer.

Tout comme Mindy l'avait su.

— Voilà pourquoi vous devez prendre un conseil professionnel. Nous partagerons avec plaisir les résultats des tests pratiqués ici avec votre médecin et votre gynécologue.

Certaines femmes atteintes de cardiomyopathie hypertrophique toléraient bien la grossesse. Mais les symptômes de Lea étaient sévères — c'était d'ailleurs pour cela qu'elle avait été envisagée pour l'étude.

L'afflux de sang était très restreint vers son ventricule gauche. Son cœur résisterait-il au travail supplémentaire qu'exigeait une grossesse ? Sans compter les arythmies dangereuses qui se produisaient durant toute gestation. Les conseils qui lui seraient prodigués à ce stade seraient cruciaux.

Le cœur serré, Gene s'agenouilla devant elle. Il se sentait coupable d'avoir dû lui annoncer cette nouvelle. Car il n'était pas complètement objectif, en l'occurrence. Pourtant, il tenait à rester impartial afin d'assurer la validité de toute la recherche.

Mais ce n'était vraiment pas facile.

— Je suis désolé de devoir vous apprendre cela et je comprends ce que cette nouvelle signifie pour vous. J'insiste sur l'importance de prendre conseil et d'être soutenue.

Mais soudain, Lea semblait passée en pilote automatique. Elle se leva et posa les yeux sur le bureau. Son visage s'était fermé.

— Puis-je récupérer mon dossier pour mon médecin traitant ?

Il obtempéra et l'accompagna à la porte.

— Demandez-lui de prendre contact avec nous. Et si vous avez besoin d'aide, n'hésitez pas à appeler. Nous serons heureux de vous fournir notre assistance.

Elle tourna vers lui un visage blême.

— Je suppose que je ne suis plus en lice pour l'étude, désormais ?

Il secoua la tête.

— Je suis navré, mais non. La grossesse vous exclut de l'étude. Nous ne prendrions pas le risque de vous administrer des médicaments sans savoir quel effet ils pourraient avoir sur le fœtus.

Au bout du couloir, Cordelia arrivait dans leur direction ; sa robe vert vif se balançait autour de ses jambes. Elle adressa un large sourire à Lea quand elle la croisa et poursuivit son chemin vers Gene.

— Je vous cherchais…

Elle s'interrompit en le voyant suivre la jeune femme du regard.

— Qu'est-ce qui se passe ?

Secouant la tête, il retourna dans son bureau et referma la porte sur eux.

— J'ai l'impression que je viens de l'abandonner.

— Qui ? Cette patiente ?

Il hocha la tête.

— Lea Keller. Elle est enceinte.

— Oh. Oooh. Et elle est comme Mindy, c'est ça ? Cardiomyopathie hypertrophique ?

— Exact.

— Elle ne se savait pas enceinte ?

— Elle était sous contraceptif — une injection tous les trois mois —, n'avait pas de règles et aucun symptôme de grossesse.

Cordelia s'adossa au mur à côté de lui. L'air très triste.

— La pauvre.

Il ferma les yeux une seconde.

— Elle était tellement enthousiaste à l'idée de participer à l'essai. Elle espérait évidemment que le nouveau traitement améliorerait son état.

Cordelia mêla ses doigts aux siens et vint doucement

poser le front contre le sien. Ils n'avaient jamais été aussi proches physiquement.

— Elle va être prise en charge par son cardiologue — ou son gynécologue. Nous ne sommes qu'un institut de recherche, Gene. Pour certains patients, nous offrons des solutions temporaires ; pour d'autres, nous ne pouvons rien.

Machinalement, il lui posa une main sur la nuque tandis qu'elle continuait à parler avec douceur.

— Vous lui avez conseillé de se faire aider et épauler. C'est tout ce que vous pouviez faire.

— Oui, mais… Je n'ai peut-être pas été assez empathique, dit-il d'une voix rauque. J'avais la tête pleine de Rory et de ce que ma vie serait si Mindy avait pris une autre décision. Si elle avait décidé de ne pas l'avoir. Je n'aurais jamais eu vent de son existence.

— Arrêtez, dit-elle dans un souffle, et son odeur teintée de rose envahit les sens de Gene. Ne vous remettez pas en question. Ne mettez pas dans la tête de Lea des pensées qui ne l'ont peut-être pas effleurée.

Elle marqua une pause et il leva les yeux vers elle.

— Vous êtes peut-être un excellent médecin…, fit-elle en esquissant un sourire, mais vous ne lisez pas dans les pensées des gens.

Elle lui caressa la joue, les yeux plongés dans les siens. Quand elle cilla, ses longs cils noirs aussi lui frôlèrent la joue, tant elle était proche. Presque lèvres contre lèvres. Et il n'avait aucune envie de bouger.

Tout à coup, l'attirance qui l'avait parfois titillé explosa en un coup de tonnerre qui menaça de le renverser. Ces adorables baskets de base-ball. Sa conversation avec Rory, sur son lit. Le balancement de ses hanches. La manière dont elle se mordillait parfois la lèvre inférieure quand elle réfléchissait. Ou même ses cheveux qui lui retombaient en partie sur les yeux, l'autre jour à la plage.

Il se figea.

Le contact de ses doigts lui faisait l'effet d'un courant électrique. Ses grands yeux verts semblaient l'attirer dans leurs profondeurs.

Elle non plus n'avait pas bougé. Pour une femme qui s'était d'abord montrée un peu mal à l'aise avec lui, il la trouvait d'une assurance admirable. Cordelia était une femme bien dans sa peau.

Elle aurait pu reculer. Mais non. Au contraire, elle s'était approchée. Alors elle devait ressentir la même attirance que lui, non ?

Mais il ne voulait plus y penser. Plus l'analyser. Ni penser à après. Il ne voulait plus hésiter. Il se pencha et emprisonna ses lèvres entre les siennes.

Il retint son souffle, attendant de voir si elle n'allait pas le repousser. Mais non. Au contraire, il la sentait presque sourire sous ses lèvres. La fragrance de rose l'enveloppait. De sa nuque, il passa la main dans ses cheveux soyeux et descendit dans son dos. Elle avait laissé une main sur sa joue tandis qu'ils s'embrassaient, et posé l'autre, légère, sur son torse.

Elle avait un goût de fraises et de soleil. Il l'attira plus près, pressant ses courbes douces contre son corps dur. Ils étaient sur leur lieu de travail. N'importe qui pouvait ouvrir la porte et les surprendre. Lui n'était qu'un chercheur invité, ici. Ce travail, en revanche, était toute la vie de Cordelia.

Elle lâcha un petit soupir qui faillit bien le rendre fou. Il brûlait de la pousser vers le bureau derrière elle et de l'y allonger. Mais Cordelia n'était probablement pas de ce genre de femme. Et lui pas vraiment ce genre d'homme non plus. Cependant, il était homme et son corps réagissait furieusement au sien.

Alors il prit une profonde inspiration et s'écarta. Sans

pouvoir retenir le sourire qui lui étirait les lèvres. Ni calmer sa respiration saccadée.

Ils restèrent immobiles un instant, et soudain un rire un peu nerveux monta de la gorge de Cordelia. Elle s'arracha, le souffle court, aux bras de Gene.

Il ouvrit la bouche, mais elle l'interrompit.

— Non, ne dites rien. Nous savons tous les deux que vous n'êtes ici que pour un mois et que Rory est votre priorité.

Un air confus passa sur son visage.

— Mais…

Drôle de sensation. Elle qui faisait toujours tout pour contrôler sa vie au maximum. Aussi bien professionnellement qu'au niveau personnel. Et le reste.

Ses arythmies étaient le seul aspect de sa vie qu'elle avait appris à ne pas contrôler tout à fait. Et elle détestait l'idée que cela pouvait affecter son travail. Elle préférait que personne ne soit au courant dans le cadre du travail, dans l'espoir d'échapper aux regards apitoyés et aux constantes questions de collègues soucieux de son état.

Cette vague d'émotion, si soudaine et qui menaçait de la submerger, lui donnait simplement envie de s'enfuir en courant.

Comment un baiser pouvait-il lui faire pareil effet ? À moins que ce ne soit un tout. Le fait de vivre sous le même toit. D'être le témoin privilégié de la relation qu'il avait avec son fils. Cet enfant si adorable. Lui rappelait-il, inconsciemment, que jamais elle n'aurait ce type de relation avec un enfant ? Qu'elle n'aurait pas cette chance ?

Ou était-ce simplement Gene, le cow-boy irrésistible ? Ce Texan terriblement sexy dans son jean ajusté, avec son large torse et son regard aguicheur ? Son accent traînant et son apparente nonchalance ?

La chaleur lui monta aux joues. Gene lui toucha la main et, surprise, elle sursauta. Esquissa même un mouvement machinal de recul. Elle remarqua la lueur peinée qui passa dans ses yeux devant sa réaction involontaire de rejet.

— Je ferais mieux d'y aller, fit-il d'une voix rauque. J'ai mal interprété la situation. Je vous prie de m'excuser.

Elle avait dans la gorge une boule qui devait faire la taille d'une balle de tennis. Elle ne pouvait pas le laisser partir avec cette idée en tête. Après tout, ils vivaient sous le même toit et elle le côtoyait tous les jours au travail.

— Non, dit-elle, sans trop savoir ce qu'elle s'apprêtait à révéler.

Ses pieds étaient comme cloués au sol. Les mots tourbillonnaient dans sa tête. Il s'était approché de la porte, et elle lisait encore la tristesse dans ses yeux.

— Non, répéta-t-elle en tendant les bras vers lui. Vous n'avez pas mal interprété. C'est juste… ici. Je ne suis pas à l'aise de faire ça au travail.

Il cilla. Hésita. Puis hocha la tête.

— Bien sûr.

Mais il ne sourit pas. Il ouvrit la porte.

— On en reparlera plus tard, si vous voulez.

Et il partit.

Aussitôt, elle fut envahie par un mélange de soulagement et de malaise. Elle venait de recevoir le meilleur baiser de toute sa vie. Du garçon le plus sexy qu'elle ait jamais rencontré. Elle aurait dû le crier sous tous les toits.

Pourtant, le sentiment que ça n'était pas bien ne la quittait pas. Elle ne se sentait pas bien. Car elle refusait de commencer ainsi une relation qui avait un si merveilleux potentiel.

Pas quand elle cachait à Gene des choses importantes.

Pas quand son cœur était si fragile.

Le contrôle de sa vie lui filait entre les doigts, et elle n'était pas habituée à cette sensation.

7.

Le téléphone de Gene sonna à 19 heures, alors qu'il s'apprêtait à quitter l'institut pour aller récupérer Rory après une sortie avec la crèche. Un appel international, à en juger par le numéro.

— Gene DuBois, qui est à l'appareil ?

— Gene ? C'est Franc. Franc Helier.

— Professeur Helier ? Comment allez-vous ? Et comment se porte votre sœur ?

C'était étrange. Bien qu'ils se soient déjà parlé à quelques reprises, ils ne s'étaient jamais rencontrés.

Il y eut un silence à l'autre bout du fil. Gene grimaça. Il aurait peut-être mieux fait de se taire, mais ne pas s'enquérir de la santé de sa sœur aurait été impoli, tout de même.

— Eh bien… Pas très bien. Je vais devoir rester ici un peu plus longtemps que prévu. Peut-être même beaucoup plus longtemps, répondit le professeur en ponctuant sa phrase d'un soupir. Des jours, des mois, je ne sais pas. Mais je dois être présent.

L'inquiétude était prégnante dans la voix du professeur.

— Je comprends, bien sûr que vous devez rester au chevet de votre sœur. Que puis-je faire pour vous aider ?

— En fait… Je sais que c'est beaucoup demander, vous avez des engagements familiaux et à l'origine votre contrat ne court que sur un mois, mais…

— Mais vous souhaitez me demander de rester, dit Gene sans hésiter.

Il entendit un soupir soulagé.

— Oui. Serait-ce possible pour vous ?

En temps normal, face à une décision de cette nature, Gene aurait réfléchi longuement, pesé le pour et le contre, songé à Rory et à lui. Pour la première fois de sa vie, il n'en eut pas besoin.

— Pas de problème. Pour tout vous dire, j'adore le programme de recherche sur lequel je travaille ici. Et j'adorerais rester poursuivre l'étude.

— C'est vrai ? dit le professeur, ravi.

— Absolument.

Les conditions de travail étaient idéales, Rory se plaisait ici, Gene appréciait ses collègues… Enfin surtout une.

— Et Cordelia ? demanda-t-il. Vous avez discuté de ça avec elle ?

— Je vais le faire, je voulais d'abord voir avec vous.

— Eh bien, vous pouvez compter sur moi. Je n'ai aucun engagement avant plusieurs mois, quand Rory devra entrer à l'école.

— Ah, très bien. Alors vous seriez possiblement flexible, si besoin ?

Gene prit une profonde inspiration. Il n'était pas tout à fait prêt à s'enraciner, mais il imaginait le stress du pauvre homme. Sa sœur était manifestement très malade et il ne pouvait la laisser.

— Possible, reparlons-en d'ici un mois, d'accord ?

— Merci, docteur DuBois. Merci infiniment. Je vais donc appeler Cordelia, à présent, et lui annoncer le changement de programme.

Gene sentit son cœur s'emballer. Les choses changeaient en lui, et il pensait savoir pourquoi.

Entre Cordelia et lui, l'attirance était si intense que les étincelles étaient presque visibles à l'œil nu quand ils se trouvaient dans la même pièce. Il ne pouvait pas le nier :

impossible de la regarder sans sourire, puis il devait détourner les yeux car son esprit se remplissait très vite de pensées peu avouables.

Il n'avait plus que leur baiser en tête. Ensuite, les choses étaient restées quelque peu en suspens, et il avait hâte de voir ce qui allait se produire désormais.

— Papa ? demanda Rory, un peu plus tard ce soir-là, à Gene qui sortait de la douche.

— Quoi, mon bonhomme ?

— Pim, mon copain de la crèche, il a une nouvelle maman.

Gene sentit les poils se dresser sur ses bras. D'où venait cette remarque ? Il s'assit et prit son fils sur ses genoux.

— Comment ça ?

— Oui, sa maman, elle est partie. Mais maintenant, il va en avoir une nouvelle. Il ne l'aime pas, il dit qu'elle sent bizarre.

La vérité sortait de la bouche des enfants, à ce qu'on disait. Rory tourna ses grands yeux fatigués vers lui. Et ajouta à voix basse :

— Si j'ai une nouvelle maman, je pourrai la choisir ?

Le cœur serré, Gene répondit :

— Évidemment, mon chéri. Une nouvelle maman, c'est important. Toi et moi, on devra bien réfléchir avant de laisser une nouvelle personne rejoindre notre équipe.

Peut-être n'aurait-il pas dû prendre cette conversation à la légère, mais comment abordait-on un tel sujet avec un enfant de quatre ans ?

Il avait toujours pris le parti d'être aussi honnête et ouvert que possible avec Rory. Il aimait à penser que, dans quelques années, son fils se sentirait libre d'aborder tous les sujets avec lui. Mais à la vérité, c'était plus compliqué qu'il ne l'aurait cru.

— Très bien, dit Rory d'un ton ferme. Moi, je choisis Delia.

Gene se figea, le ventre vrillé. Il avait bien entendu ? Ses bras se couvrirent de chair de poule. Il était tellement obsédé par son attirance pour Cordelia qu'il n'avait rien remarqué : Rory était en train de s'attacher à elle. Cet enfant n'avait jamais eu de figure maternelle à ses côtés. Commençait-il à envisager Cordelia dans ce rôle ?

Parce que ce n'était pas exactement ce que Gene avait eu en tête, jusque-là…

D'un autre côté, il ne fallait pas accorder à la phrase de Rory plus d'importance qu'elle n'en avait en réalité. Et, quoi qu'il arrivât, son fils serait toujours sa priorité.

D'un autre côté, il ne devait pas non plus oublier sa vie à lui. Et l'attirance réciproque entre Cordelia et lui. Il ne l'avait pas rêvée et il comptait bien agir.

Prenant une profonde inspiration, il déposa Rory endormi sur le côté et arrangea les couvertures sur lui. Ayant déposé un baiser sur son front, il s'habilla.

— Souhaite-moi bonne chance, chuchota-t-il en se dirigeant vers la porte.

Cordelia faisait les cent pas dans la cuisine. Elle s'était douchée, lavé les cheveux, avait traîné dans sa chambre. Puis, désœuvrée, elle était descendue.

Le baiser qu'elle avait échangé avec Gene lui trottait dans la tête. Avait-il senti la même chose qu'elle ? Sans doute pas, ou il serait venu frapper à sa porte.

Elle alluma la bouilloire, changea d'avis et sortit une bouteille et un tire-bouchon. Un verre de vin serait plus approprié. Ses doigts glissèrent quand elle essaya de se servir du tire-bouchon.

— Flûte, murmura-t-elle.

Une paire de mains recouvrit les siennes et elle sentit la chaleur d'un corps dans son dos. Elle frissonna.

— Je vais vous aider, dit la voix rauque.

Douce musique à ses oreilles.

Ses mains étaient agiles, ses bras nus frôlaient les siens ; en deux temps trois mouvements, le bouchon avait sauté. Une main s'attardant sur sa taille, il s'écarta sur le côté.

— Alors comme ça, on prend du vin ? fit-il en sortant un second verre du placard.

Passant la langue sur ses lèvres, elle pivota face à lui. Elle entendait son cœur lui gronder dans les oreilles.

— Je n'étais pas sûre que vous vous joindriez à moi.

Lentement, très lentement, il versa le liquide écarlate dans deux verres, lui en tendit un, avant de lever le sien dans sa direction.

— Eh bien, je me demandais si je devais descendre.

Le ventre de Cordelia se noua.

— Je n'aime pas trop parler de mes relations devant Rory, dit-il. Il n'a jamais rencontré de femme que je fréquentais.

— Parce qu'on se fréquente ?

Elle but une gorgée de vin. C'était ridicule. Elle se tenait là, dans sa nuisette en satin et son peignoir court, les jambes très, très nues. Les battements de son cœur s'accélérèrent.

L'espace d'un instant, elle faillit avoir peur, mais comprit vite : en fait, comme chez toute femme normale, son cœur réagissait à la présence d'un homme séduisant. Voire un peu plus que cela.

Il lui adressa un sourire sexy.

— Nous pourrions presque décider que la journée d'aujourd'hui était notre premier rendez-vous.

— Les baisers au bureau, c'est le genre de rendez-vous que vous pratiquez ?

Les sourcils froncés, il raffermit son étreinte autour de sa taille. À croire qu'il tentait de l'attirer à lui.

Avec un léger rire, il plongea dans ses yeux. Ils échangèrent un regard qui la laissa le souffle coupé. Ouvert, sincère et séduisant en diable.

— Objection retenue, dit-il, alors notre sortie au lac de Genève. Disons que nous avons inventé une nouvelle manière de sortir ensemble. Auparavant, je n'avais jamais présenté mes fréquentations féminines à Rory, je préférais séparer ces deux parties de ma vie.

Elle se laissa aller contre lui et inclina la tête d'un côté.

— Et maintenant ?

Il posa lentement son verre pour lui passer une main dans les cheveux.

— Il est temps d'essayer quelque chose de nouveau.

Elle se repassa la langue sur les lèvres.

— J'ai entendu dire que vous restiez.

— On m'en a convaincu, répondit-il, un sourire aux lèvres.

Elle haussa les sourcils.

— Vous avez été convaincu ? Par quoi ?

— La question est peut-être plutôt : par qui ?

Il l'attira tout contre lui et, les lèvres dans son cou, lui murmura à l'oreille :

— Et ça, c'est tout nouveau. Ça vous dit d'essayer avec moi ?

À son tour elle posa son verre et renversa la tête en arrière, offrant le cou à ses lèvres. Il n'eut pas besoin d'invitation supplémentaire.

Si leur baiser au bureau avait été passionné, celui-ci fut différent. Lent, taquin, ses lèvres lui chatouillant presque la peau, la faisant se cambrer contre lui en une supplique silencieuse.

Elle lui noua les bras autour des épaules.

— Je dirais que nous devons tous apprendre des choses nouvelles, répondit-elle, tout juste capable de parler. Je ne vous l'avais pas dit ? Chaque jour est un nouveau jour, avec tout un monde de possibles.

Il éclata de rire.

— J'aime bien ce mantra.

Il se pencha et la souleva dans ses bras.

— Ma chambre est occupée, fit-il avec un sourire coquin. On va devoir prendre la tienne.

Elle ne put s'empêcher de sourire à son tour.

— Qu'est-ce que tu attends ?

8.

Les semaines suivantes passèrent à toute allure. Cordelia n'avait jamais été aussi pleinement heureuse. La recherche avançait bien, ils approchaient du moment où ils seraient en mesure de dupliquer les capacités des poissons-zèbres, tout se déroulait sans heurt à l'institut.

Et à la maison c'était encore mieux. En réalité, son appartement était désormais réparé, elle aurait pu le réintégrer quand elle voulait. Mais elle ne voulait pas. Elle préférait rester chez Franc avec Rory et Gene. Ils s'étaient fait une sorte de routine fort agréable qu'elle n'avait aucune envie de briser. Même si elle était consciente que ça ne serait pas permanent. Peu lui importait.

Pour la première fois de sa vie, elle se sentait heureuse. Elle profitait au maximum de cette expérience, développer une relation avec l'homme le plus sexy de la planète et son adorable petit garçon.

Seule ombre au tableau, la santé de la sœur de Franc se détériorait. L'issue était désormais inévitable, même si personne évidemment n'en connaissait la date. Le retour de Franc à l'institut entraînerait également le départ de Gene et de Rory, une idée qui lui vrillait le ventre.

— Quelque chose d'intéressant ?

Elle leva les yeux vers Gene, adossé à l'encadrement de la porte du bureau du Pr Helier où elle élisait parfois domicile.

Elle se mordilla la lèvre. Était-elle en droit de lui révéler ?

— Eh bien… Oui.

Elle prit deux classeurs, un vert et un bleu.

— Il y a deux propositions de recherche vraiment très intéressantes pour l'année prochaine.

Gene se montra aussitôt intéressé.

— Ah oui ? De quoi s'agit-il ?

À l'évidence, il espérait d'autres tests sur la cardiomyopathie. Sans doute y en aurait-il, d'ailleurs, mais ce n'était pas le cas de ces deux-là. Bref, elle n'avait rien en mains qui puisse le persuader de rester.

— L'une traite du syndrome de Marfan et de son impact sur l'aorte et sur le cœur. Et l'autre du syndrome de Wolff-Parkinson-White, la régénération du cœur et les voies de renouvellement.

Son cœur se serra. Franc n'en avait pas discuté avec elle. Il savait à quel point elle appuierait la campagne pour cette dernière étude. Même si elle ne la supervisait pas directement.

— Ça a l'air génial, vraiment très intéressant. Elles en sont à quel stade ?

Il se pencha sur le bureau pour lui prendre l'un des dossiers des mains. Il ne savait pas lequel correspondait à quelle étude ; elle fut donc soulagée qu'il prenne le bleu et commence à le feuilleter. Il passa quelques secondes à lire avant de relever les yeux en hochant la tête, l'air songeur.

— Je vois que Franc a annoté l'étude par endroits, notamment les points touchant à l'éthique, aux détails pratiques.

Il fronça les sourcils.

— Il n'a pas eu le temps de renvoyer ses notes, c'est ça ?

Il coinça le dossier bleu sous son bras, celui contenant la proposition sur le syndrome de Marfan.

— Tu sais quoi ? Je peux me charger de renvoyer les notes de Franc sur cette étude à leur auteur, et toi tu te charges de l'autre. Ça te va ? Il leur faudra sans doute quelques semaines pour rassembler les précisions complémentaires qui leur sont demandées, dit-il en ponctuant sa phrase d'un large sourire. Ne les faisons pas trop attendre.

Elle hocha précipitamment la tête.

— Oui, bonne idée. Ça me convient comme ça.

Il lui jeta un regard appuyé et un peu coquin.

— Bon, tu es prête ?

— Pour quoi ?

Il contourna le bureau pour lui passer une main sur la taille.

— Tu as oublié ?

Elle lui noua les bras autour du cou et l'embrassa pour masquer son absence de réponse.

Mais il n'était pas dupe de son stratagème.

— Cordelia Greenway, on nous laissera peut-être entrer au cinéma avec tes baskets de base-ball, mais si tu as envie d'aller découvrir ce restaurant chic…

— Oh non, c'est aujourd'hui ?

Comme Gene était réticent à laisser Rory à la garde d'une tierce personne, ils avaient décidé d'un rendez-vous en journée, au lieu d'une soirée. Ainsi, le petit pouvait passer sa journée à la garderie avec le personnel et les copains et copines qu'il connaissait, et eux pouvaient sortir au restaurant et dîner tôt. C'était inhabituel, leurs autres sorties s'étaient généralement faites avec Rory. Mais Gene avait insisté pour qu'ils passent aussi du temps entre adultes — et pas seulement dans la chambre.

— J'ai une paire d'escarpins sous mon bureau, lui répondit-elle. Je peux les emporter pour le restaurant.

Il lui tendit son coude.

— Alors en route, chère madame.

Cordelia se vouait corps et âme à son travail, aussi Gene ne lui en voulait-il pas du tout d'avoir oublié leur rendez-vous. Au contraire, il l'admirait.

En dix minutes elle fut prête, ses chaussures à talons dans son grand sac à main qui semblait contenir le monde entier. Ils descendirent la rue de l'institut en se tenant par la main. Les premiers jours, Cordelia avait été un peu réticente à l'idée d'annoncer leur relation, mais elle s'était détendue depuis. Heureusement, car le personnel n'avait pas mis longtemps à découvrir le pot aux roses.

Trois heures plus tard, ils ressortaient du cinéma. Gene avait les lèvres quasiment engourdies, tant ils s'étaient embrassés. Il se faisait l'impression d'être redevenu adolescent. Ridicule.

Ils se mirent en route pour le restaurant français dans lequel il avait réservé. Cordelia s'appuya à son épaule pour changer de chaussures, rajuster sa jupe et défroisser son chemisier.

— Je suis comment ? lui demanda-t-elle, le regard brillant.

Il se pencha vers elle pour embrasser ses lèvres rouges.

— Parfaite. Comme toujours.

Même s'il était tôt, les lumières étaient tamisées dans le restaurant. Ils commandèrent du vin et se réjouirent du peu d'affluence qui leur offrait une intimité bienvenue.

— Tu te sens bien ? Tu es un peu pâle.

Elle plissa le nez.

— Ah bon ? Un peu fatiguée sans doute, fit-elle avec un sourire canaille. Je n'ai pas beaucoup dormi, ces jours-ci. Toi, tu as l'air en pleine forme.

— Possible, répondit-il. Ce doit être le bon air. Rory s'est vraiment bien acclimaté ici.

Elle grimaça.

— Comment va-t-il prendre votre départ ?

— Tu essaies de te débarrasser de nous ?

— Non, bien sûr. J'aime bien vous avoir ici. Ou plutôt j'aime bien la compagnie de Rory ; lui, il est obéissant.

Gene éclata de rire. Cette femme le surprenait en permanence ; d'ailleurs, depuis le début, il avait cette sensation bizarre qu'elle ne montrait pas tout. C'était l'une des femmes les plus intelligentes et les plus jolies qu'il ait jamais rencontrées. Comment se faisait-il qu'aucun homme ne partage sa vie ?

— Je suis content que Rory et toi vous entendiez bien, dit-il prudemment alors que le serveur leur apportait les entrées. Tu n'as jamais envisagé de fonder une famille ? Tu as envie d'avoir des enfants à l'avenir ?

OK, c'était direct. Voire indiscret. Mais il se sentait de plus en plus attiré par Cordelia. Il avait accepté de rester plus longtemps en Suisse sans hésiter. Pourrait-il rester encore ? Si le Pr Helier décidait de suivre plusieurs pistes de recherche l'an prochain, il aurait besoin d'aide… D'un chercheur pour prendre la tête de chacune des études.

Gene leva brusquement les yeux en entendant Cordelia tousser. Elle semblait s'étrangler. Elle avait blêmi.

— Tu veux un verre d'eau ? demanda-t-il.

Elle secoua la tête, une main à la gorge et la tête baissée. Peu à peu, les couleurs revinrent à ses joues.

— Je n'ai jamais vraiment envisagé d'avoir des enfants, répondit-elle enfin. Sans doute parce que je n'ai jamais rencontré la bonne personne.

Son ton était étrange. Forcé.

Certes, chaque femme avait le droit de décider d'avoir des enfants ou pas, pourtant sa réponse n'était pas vraiment convaincante.

— Parfois, la vie décide pour nous, répondit-il.

Il plongea dans ses yeux verts, un peu embués ; elle battit frénétiquement des paupières.

— Oui, dit-elle dans un murmure. La vie décide pour nous.

Cela piqua la curiosité de Gene.

— Alors comme ça, tu n'as pas rencontré la bonne personne ? Jamais eu envie de te fiancer ou de te marier ?

— Voilà une vision très rétrograde du bonheur. Une

femme doit-elle forcément se marier pour être heureuse ? Ne peut-elle pas l'être seule ?

Elle était sur la défensive, cette fois. L'avait-il vexée ?

— Tu es heureuse toute seule ?

— Tu sais, les femmes sont tout à fait capables de se débrouiller par elles-mêmes.

Il grimaça. La conversation ne prenait pas le tour qu'il aurait souhaité. Il aurait voulu sonder Cordelia sur ses projets d'avenir, pas la mettre à cran.

— Je ne remets pas en question ta capacité à te débrouiller, Cordelia. Pas une seconde, dit-il sur un ton qu'il espérait doux. Je me demandais seulement si tu avais des projets d'avenir.

Il aurait pu jurer qu'elle avait les larmes aux yeux. Comment avait-il pu la bouleverser autant avec une question aussi banale ? N'était-il pas normal pour deux personnes qui se fréquentaient de se poser ce genre de questions, après un certain temps ? Qu'y avait-il de mal à envisager un futur avec la femme qu'il aimait, son fils, et peut-être un autre enfant à eux deux ?

— Bien sûr que j'ai des projets d'avenir, fit-elle. Il y a ces nouvelles recherches de l'institut et…

— Je ne parlais pas de travail, dit-il, la coupant sur sa lancée.

— Et tu parlais de quoi, alors ? demanda-t-elle d'une voix sifflante.

Tout appétit disparu, il repoussa ses couverts et tendit la main vers elle.

— De nous, Cordelia. Je me demandais quelle serait la suite.

Elle eut une expression choquée.

— Mais tu vas partir, tu l'as annoncé toi-même.

— Je sais. Mais si le Pr Helier engage de nouveaux

projets de recherche, il va peut-être embaucher un chercheur à plein temps…

— Mais ses nouveaux projets ne portent pas sur la cardiomyopathie.

— Je souhaitais travailler dans ce domaine pour Rory, mais j'envisage à présent d'élargir mon spectre dans la recherche cardiaque.

Elle cilla.

— À cause de moi ? À cause de nous ?

Il prit une longue inspiration. Ce qu'il avait entamé comme une discussion légère qui l'aiderait à ordonner ses pensées virait à la déclaration d'intentions. Était-il prêt pour ça ?

Pourquoi Cordelia était-elle aussi agressive ? Avait-il mal interprété la situation ?

— Peut-être, répondit-il. J'avais prévu de rentrer au Texas avec Rory, ou bien à Paris quand il commencerait l'école, surtout parce que j'y ai des gens en qui j'ai confiance. Je n'avais jamais vraiment songé à d'autres solutions.

— Et maintenant oui ? fit-elle d'une toute petite voix.

Une immense frustration montait en lui.

— Je cherchais juste à savoir si tu avais des projets d'avenir, dit-il en balayant la conversation d'un revers de la main. Je ne sais rien de tes envies. Je ne veux pas déraciner mon fils si tu ne nous vois pas dans un futur avec toi.

Voilà, c'était dit. Il ne s'était jamais autant exposé depuis la mort de Mindy. Et le départ de Karen. Le serveur reparut avec leur plat principal. Et repartit.

Cordelia n'avait toujours pas répondu. Quand enfin elle le fit, ce fut d'une voix vacillante.

— Eh bien, je n'ai pas prévu de partir à l'autre bout du monde. J'ai toujours imaginé mon avenir ici, à l'institut, dit-elle en tripotant nerveusement une mèche de ses longs cheveux. Je me sens chez moi, ici. J'ai eu quelques propositions professionnelles intéressantes ailleurs, mais non.

Elle parlait sans le regarder. Il n'avait qu'une envie, à présent : se lever et partir. La lumière, l'air, tout le rendait soudain claustrophobe.

— Je n'aurais pas dû aborder le sujet, dit-il.

— Si, fit-elle avec un sourire.

Ses barrières étaient-elles enfin en train de tomber ? Mais elle poursuivit d'un ton morne :

— Je ne m'y attendais pas, c'est tout.

Une vague de tristesse déferla sur lui.

— Ah bon. Sans doute parce que nous ne ressentons pas la même chose, alors. Désolé de t'avoir mise mal à l'aise.

À l'intérieur, il mourait un peu.

Mais elle secoua aussitôt la tête.

— Non, non, ce n'est pas ça. Je n'avais… pas pensé que tu envisagerais de modifier tes plans. Je les croyais gravés dans le marbre, tu vois.

C'était la première lueur d'espoir qu'elle lui offrait. Lui avait-il donc fait l'impression d'être aussi borné ?

— J'ai été ravie que tu acceptes de rester un peu plus longtemps, et je sais bien que Franc finira par rentrer, mais il n'est plus tout jeune… Il a besoin de plus d'aide, de soutien. Je pense qu'il voudra rester à la tête de l'institut, c'est toute sa vie. Mais il pourrait me mettre à la tête d'un département de recherche et toi à l'autre. Ça le soulagerait.

Après un regard circulaire, elle se pencha vers lui.

— Gene, j'adore t'avoir dans ma vie. Et Rory aussi. Je n'ai pas été aussi heureuse depuis… Jamais, en fait, dit-elle avec un sourire triste. Mais dans ma tête je n'ai jamais imaginé que tu veuilles rester, j'avais peur de finir avec le cœur brisé.

Enfin ils arrivaient quelque part. Ni lui ni elle n'avaient prononcé « le » mot. Et même si ses sentiments semblaient prendre ce chemin, il n'était pas certain d'être prêt à le dire.

— Tu craignais que je te brise le cœur ? fit-il d'un ton taquin dans l'espoir d'alléger l'atmosphère.

Elle fit mine de jeter sa serviette.

— Ben oui, je parie que tu étais un bourreau des cœurs, à Paris comme au Texas. Ça se voit sur ta tête.

— J'avoue, j'ai eu quelques petites amies au lycée.

— Quelques-unes ? Tu es le genre de type dont on écrit le nom sur les murs des toilettes !

Ravi, il joua avec sa main.

— Tu as écrit mon nom dans les toilettes pour femmes de l'institut ?

Leurs regards se trouvèrent. Et se nouèrent. Il ne voyait plus que du vert.

— Pas encore.

Il prit une longue inspiration et leva son verre.

— Et si on décidait de laisser notre relation se développer, histoire de voir où ça nous mène ? Je ne veux pas te donner la sensation que je pousse les choses. Je voulais juste être honnête avec toi.

Elle hocha la tête et leva son verre à son tour.

— Ça me plaît, dit-elle en trinquant.

Elle avait l'air heureuse à nouveau. La tension avait déserté ses épaules. Pourtant, quelque chose continuait de serrer le ventre de Gene.

Un doute s'était immiscé dans son bonheur.

Gene voulait rester. Il voulait rester pour elle.

Cette idée gonflait le cœur de Cordelia, et en même temps la rendait malade. Car, contrairement à lui, elle n'avait pas été honnête. Elle ne lui avait pas délibérément menti, mais elle ne lui avait pas tout dit. D'accord, au départ, elle ne savait pas combien de temps il resterait.

Maintenant… Son mensonge par omission s'était transformé en vilain secret.

Gene regardait vers l'avenir. Envisagerait-il un avenir avec une femme souffrant d'une malformation cardiaque ? Qui de plus avait rayé de sa vie la possibilité d'avoir des enfants ?

Un homme l'avait déjà quittée à cause de cela. Elle ne supporterait pas que cela se reproduise. D'autant qu'elle n'avait pas éprouvé pour Han la moitié de ce qu'elle éprouvait pour Gene.

Celui-ci avait le fils le plus adorable de la planète, pourtant il semblait intéressé par l'idée d'en avoir d'autres. Elle allait donc devoir lui dire. En dépit de tout.

Une larme coula sur sa joue tandis qu'elle se séchait les cheveux dans la salle de bains. Ils étaient passés récupérer Rory et étaient rentrés finir la soirée tous ensemble. Devant la télévision. Tout ce petit monde était monté enfiler son pyjama et ils s'apprêtaient à regarder le dernier film pour enfants, avec cow-boys et spationautes.

Elle avait tout gâché aujourd'hui. Gene l'avait questionnée sur ses projets d'avenir et tous les mots qu'elle aurait dû répondre s'étaient embrouillés dans sa tête, aucun n'était sorti. Elle ne pouvait pas jouer à la joyeuse petite famille avec Gene et Rory, plus maintenant que Gene lui avait avoué ses espoirs de fonder une famille avec elle.

Elle allait devoir tout lui expliquer. Lui dire qu'elle avait le syndrome de Wolff-Parkinson-White. Et que son cardiologue lui avait fortement déconseillé de tomber enceinte.

Gene était arrivé depuis six semaines et pourrait rester bien plus longtemps. Était-ce donc si mal de faire semblant encore un peu ? D'avoir une fraction de la vie dont elle avait si souvent rêvé ?

La chance ne se représenterait peut-être jamais. D'aimer quelqu'un. D'être aimée. Si jamais il lui reparlait de rester, s'il faisait des projets sérieux… alors elle lui dirait tout.

Elle ne permettrait pas qu'il l'apprenne de la bouche de quelqu'un d'autre. En attendant, elle s'accorderait quelques semaines de perfection.

Elle aimait tellement son regard coquin quand il lui disait une chose et en sous-entendait une autre. Elle adorait sentir les bras de Rory autour de son cou. Elle voulait simplement que ce bonheur dure quelque temps encore.

9.

Le regard de Cordelia quitta son ordinateur de bureau et s'attarda sur la vue magnifique. Sur le sentier, une femme avançait avec une poussette. La petite fille qui s'y trouvait, avec sa masse de cheveux bruns et son manteau rouge vif, rappela à Cordelia une photo d'elle-même à l'âge de deux ans.

Un vague malaise l'envahit et elle déglutit.

Puis une lumière rouge s'alluma dans son esprit.

Saisissant son sac, elle farfouilla en quête de son agenda.

Après quelques minutes de recherche, de plus en plus nerveuse, elle en tourna rapidement les pages.

Elle poussa son fauteuil à roulettes vers un grand calendrier accroché au mur.

Non.

Non.

La bouche sèche, elle porta une main à sa gorge. Elle avait du retard. Elle avait beau vérifier et revérifier, il n'y avait pas d'erreur. Une sueur froide lui glaça la peau. Elle s'adossa contre son siège et s'abîma dans la contemplation des Alpes enneigées.

Elle n'avait pourtant pas commis d'erreur. Pas d'oubli. Des années au précédent, elle avait compris et accepté ce qu'une grossesse impliquait pour elle dans son état de santé, aussi avait-elle toujours été très attentive à sa méthode de contraception. Elle portait un stérilet, n'avait pas eu de nausées, n'avait pas pris d'antibiotiques. Rien n'avait changé.

Enfin, si, tout avait changé. Gene était arrivé dans sa vie et, depuis plusieurs semaines, ils partageaient le même lit.

De plus, depuis le départ de Franc, elle subissait une énorme pression au travail ; le moins que l'on pouvait dire était qu'elle avait été… distraite.

La nausée monta en elle. Oui, elle pourrait très bien vomir ses tripes d'une seconde à l'autre. Cette fois, elle allait devoir parler à Gene.

Comment réagirait-il ? À l'annonce de sa possible grossesse et de sa maladie ? Non seulement il n'était pas au courant, mais il avait déjà été placé dans ce genre de situation.

Comme pour la punir de son attitude, son cœur se mit à battre de manière irrégulière. Elle poussa son fauteuil en direction du bureau. Les coudes sur sa table de travail, elle posa les deux mains de part et d'autre de son cou, ferma les yeux et entama un lent massage.

Mais le grondement de son pouls au lieu de se calmer s'intensifiait.

Tu aurais dû lui dire. Tu aurais dû lui dire. Il va te détester.

Elle tenta de profondes inspirations. À quand remontait sa dernière crise ? Cela ne pouvait tout de même pas être lié à une grossesse, c'était beaucoup trop tôt, les hormones ne pouvaient pas déjà affecter son état. Si ?

Quels examens devait-elle faire pour en savoir plus ? Pourrait-elle les passer en secret ? En guise de protestation, son ventre effectua un saut périlleux.

Enfin l'écho diminuait dans ses oreilles, le pouls se régularisait sous la pulpe de ses doigts. Se penchant en avant, elle laissa son front reposer contre le bureau.

Son plus grand rêve et son pire cauchemar en un seul et même événement. Un bébé à qui elle ne survivrait probablement pas.

Une goutte glacée courut le long de sa colonne.

Bon, elle allait commencer par le commencement : le

test de grossesse. Elle avait presque une semaine de retard ; les tests modernes étaient efficaces dès les premiers jours d'aménorrhée.

Elle se leva, attrapa sa blouse blanche et remonta le couloir en direction des salles d'examen. Le ventre serré, elle se rappelait combien il avait été difficile pour Gene d'annoncer à la jeune Lea Keller qu'elle était enceinte. Cela avait dû faire remonter des souvenirs pénibles en lui.

Quand Cordelia atteignit la salle immaculée, son cœur battait de nouveau violemment. Elle ouvrit l'armoire à médicaments et en sortit une poignée de tests de grossesse qu'elle fourra dans ses poches.

Sans trop savoir pourquoi, elle se faisait l'effet d'une enfant qui vole en cachette des bonbons dans le bocal. N'importe quoi.

Elle regagna à la hâte son bureau, qui jouissait d'un WC privé. D'ici à quelques minutes, elle serait fixée.

Jamais deux minutes ne lui avaient paru aussi longues. Les yeux rivés à sa montre, elle se laissa glisser le long du mur du cabinet de toilette et attendit.

Une image de Rory hilare, la veille, lui revint en mémoire et la douleur lui vrilla la poitrine. Elle venait d'entrer dans la vie de ce petit bonhomme. Gene et lui formaient une équipe parfaite.

Si Gene devait un jour lui annoncer qu'elle aussi avait rejoint les étoiles, comment ce petit bonhomme prendrait-il la nouvelle ?

Et Franc ? Qu'allait-elle lui dire ? Il avait déjà suffisamment de soucis avec sa sœur, le pauvre. L'idée de lâcher l'homme qui l'avait soutenue sans relâche, qui avait compris sa maladie, la rendait folle. Que penserait-il d'elle ?

D'un autre côté, cette grossesse ne serait peut-être pas aussi dure pour son corps que son cardiologue le lui avait prédit. Elle irait peut-être à son terme et aurait la joie indicible de tenir son bébé — leur bébé — dans ses bras ? N'avait-elle pas, au moins, le droit de l'espérer ?

Le robinet du lavabo gouttait.

Ploc. Ploc. Ploc.

Presque comme un compte à rebours. Elle jeta un coup d'œil à sa montre. Ses deux minutes étaient écoulées.

Les yeux fermés, elle retourna le test. *Respire. Respire.*

Elle rouvrit les yeux. Négatif.

Elle cligna les paupières. Et encore.

Toujours négatif. Elle n'était donc pas enceinte, simplement en retard. La nausée la frappa tel un tsunami et, les jambes flageolantes, elle se pencha au-dessus du lavabo. Elle n'était pas enceinte, elle n'allait pas mourir. Son bébé ne mourrait pas. Gene et Rory ne perdraient pas un enfant et sa maman.

Elle s'agrippa au lavabo jusqu'à faire blanchir ses articulations.

Le soulagement. Voilà ce qu'elle aurait dû ressentir. Elle pouvait respirer à nouveau. Oublier tout cela.

Mais… Et si le test était faux ? Si elle était bel et bien enceinte ? Elle observa de nouveau le mot inscrit sur le bâtonnet : « NÉGATIF ». Pas de doute. Alors pourquoi n'était-elle pas heureuse ?

Elle s'adossa au carrelage et se laissa de nouveau glisser au sol. Repliant les cuisses contre sa poitrine, elle posa la tête sur ses genoux.

Quelques instants, elle avait désiré avoir ce bébé. Tout en sachant qu'une grossesse pouvait la tuer. Et mettre son bébé en danger. Et causer de la peine à Gene et à Rory. Malgré tout cela, dans son égoïsme elle l'avait voulu.

Quel genre de monstre était-elle ?

Des larmes de colère lui montèrent aux yeux.

— Les enfants, ce n'est pas pour moi, dit-elle à voix haute, dans le vain espoir de s'en convaincre.

Elle laissa sa tête aller en arrière contre le carrelage.

C'était plus facile, à l'époque où elle n'avait personne d'important dans sa vie. Quand personne ne lui avait parlé de projets d'avenir à deux.

Or elle avait cette chance, à présent. Celle d'un avenir avec un homme merveilleux et son fils. Sauf qu'elle n'avait pas été honnête avec lui. Avec eux.

Des pas résonnèrent à l'extérieur.

— Cordelia ? Tu es là ?

Gene. Elle avait laissé son sac posé à côté du bureau. Il saurait qu'elle n'était pas loin. Elle ouvrit le robinet du lavabo, peut-être le son lui accorderait-il quelques secondes de réflexion. Elle se baigna le visage, se rattacha les cheveux, se rinça la bouche et se lava les mains.

Inutile de se regarder dans le miroir, elle avait une tête atroce, c'était certain. Un dernier coup d'œil sur le test confirma le verdict.

Négatif.

Elle le ramassa avec un soupir.

La conversation la plus difficile de sa vie l'attendait, mais il fallait bien se lancer. Le jour était venu.

Elle avait déjà trop attendu.

10.

Où Cordelia était-elle ? Son sac était là, sur le bureau, ses escarpins abandonnés au sol. Gene entendait de l'eau couler dans le cabinet de toilette, qui masquait à peine des reniflements.

Il se posta sur le côté et attendit. Il devait lui parler. Lui annoncer que les recherches commençaient à donner des résultats… intéressants.

L'un des tests avait montré des progrès significatifs. Même si les données méritaient encore d'être analysées en détail, il avait bon espoir. Un large pourcentage des patients de cet essai montraient des signes d'amélioration générale de leur état de santé. Leurs fonctions cardiaques étaient stables et ils n'avaient pas — ou peu — d'effets secondaires. Cela pouvait être un tournant dans l'évolution de la cardiomyopathie, et il tenait à partager cette nouvelle avec la personne qui ressentait la même passion et le même enthousiasme que lui. La femme avec qui il souhaitait tout partager.

— Cordelia ? dit-il de nouveau.

La porte des WC s'ouvrit. Avec la lumière du néon, Cordelia était pâle, des cernes sombres ressortaient sous ses yeux. Elle semblait… vidée.

Il alla immédiatement vers elle, et la prit par le bras.

— Qu'est-ce qui se passe ? Tu ne te sens pas bien ?

Elle ouvrit la bouche, mais aucun son n'en sortit. Il vit en revanche l'expression de ses yeux. Comme si quelque chose de terrible venait de se produire.

Peut-être en lien avec le Pr Helier ?

Puis il baissa les yeux. Avec l'expérience, il aurait pu reconnaître un test de grossesse à des kilomètres. Elle en avait un à la main.

Il recula, un millier de possibilités bourdonnait dans sa tête. En une seconde à peine, son cœur battit la chamade. L'excitation. La curiosité. L'impatience. Mais l'expression qu'elle arborait ne correspondait pas aux joyeuses pensées qui l'occupaient, lui.

— Cordelia, tu es enceinte ?

Elle secoua la tête et une larme lui coula sur la joue. Il tendit immédiatement la main pour l'essuyer. Alors elle leva le test au niveau de ses yeux afin qu'il puisse lire le résultat : négatif.

Quelque chose retomba en lui. Il attira Cordelia dans une étreinte. Elle n'avait toujours rien dit, mais tremblait des pieds à la tête contre lui.

— Ça va aller. Tu te croyais enceinte ? Ne sois pas triste. Je sais qu'on n'avait rien planifié, je sais que c'est tôt, mais ça ne serait pas la fin du monde, si ? En fait, je voulais justement en discuter avec toi, pourquoi pas maintenant, d'ailleurs ?

Il la gardait dans ses bras et sentait sa respiration saccadée. Elle ne répondait pas à son étreinte, ses mains pendaient mollement à ses côtés.

Il lui caressa les cheveux et lui inclina doucement la tête pour voir son visage. Il déposa un baiser sur son front, sur son nez.

— Parle-moi, chérie.

C'était étrange. Qu'elle ait pu être prise de court à l'idée d'être enceinte se comprenait, mais pourquoi était-elle aussi dévastée de ne pas l'être ? Ou d'avoir pu l'être ?

Un autre enfant. Un petit frère ou une petite sœur pour Rory. Il resserra son étreinte. L'idée l'avait traversé parfois, mais il n'avait pas réalisé avant maintenant à quel point cela lui tenait à cœur.

Et il était déçu que Cordelia ne soit pas enceinte. Ce que ce sentiment impliquait lui coupa le souffle.

Une nouvelle relation. Peut-être une nouvelle maison. Une nouvelle vie. Avec une partenaire pour lui, une nouvelle maman pour Rory et peut-être, à l'avenir, un autre enfant.

Cordelia se raidit dans ses bras. Elle recula, les mains levées devant elle. Il la regarda secouer la tête et s'efforcer de reprendre son souffle.

— C'est… C'est…, dit-elle, le test toujours à la main. Ça n'est pas possible. Ça n'est pas… pas possible. Jamais !

À la manière dont elle avait craché le dernier mot, chaque poil du corps de Gene se mit au garde-à-vous. Il recula à son tour.

— Tu ne veux pas d'enfants ?

Levant les bras au ciel, elle eut un gémissement exaspéré.

— Ce n'est pas ça, dit-elle, la mâchoire serrée. Ce n'est pas que je ne veuille pas d'enfants. Je ne peux pas en avoir. Si je veux rester en vie.

Il ne comprenait plus rien. Elle s'était cru enceinte, elle devait donc être en mesure de concevoir. Et si elle ne le pouvait pas, en quoi avait-elle besoin d'un test de grossesse ?

— Ça n'a pas de sens, dit-il.

Elle jeta le test dans la poubelle à ses pieds.

— Pourquoi penses-tu que je travaille ici ? Pourquoi penses-tu que je travaille à l'institut ?

Elle était en colère. En colère contre lui. Et il ne comprenait pas pourquoi.

— Je n'en sais rien. Tu m'as dit que tu adorais ce travail.

Elle s'approcha et lui enfonça l'index dans le torse.

— Toi, tu travailles ici pour Rory. Tu fais de la recherche cardiaque parce que, au bout du compte, tu espères trouver un traitement pour ton fils.

Méfiant, il hocha néanmoins la tête.

— Oui, et je ne m'en suis jamais caché.

Elle eut un rire désabusé.

— Moi, je travaille ici à cause de mon syndrome de Wolff-Parkinson-White, dit-elle, une main posée contre sa poitrine. Je travaille ici parce que, à cause de ma maladie, je ne pouvais plus travailler dans un hôpital. Les symptômes ont empiré à tel point que je ne pouvais plus exercer à plein temps. Tu pensais que j'avais quitté mon poste par choix ? Que j'ai passé toutes ces années à étudier la médecine pour ne plus la pratiquer ?

Ses paroles le douchèrent. Un frisson le parcourut. Les pièces du puzzle commençaient à s'imbriquer. La manière dont elle éludait certaines questions. Son malaise dans la salle d'opération.

Il ouvrit la bouche, mais les mots ne sortaient pas. Elle savait. Elle était au courant de son état et elle ne lui en avait jamais parlé. Ni au travail, ni à la maison, ni au lit.

— Pourquoi ne m'en as-tu jamais rien dit ?

Elle se mit à arpenter la pièce avec un rire nerveux.

— Comment étais-je censée t'avouer ça ? Comment tu amènes ça dans la conversation ?

Une colère sourde monta en lui. Irrépressible. Encore une femme qui ne lui parlait pas de sa maladie cardiaque. Et des risques encourus.

— Ce n'est pas juste et tu le sais, dit-il d'un ton acerbe. Tu aurais plus d'une fois eu l'occasion de me parler. Et puis… Les femmes atteintes du syndrome de Wolff-Parkinson-White peuvent avoir des enfants. Certaines ne savent même pas qu'elles en sont atteintes quand elles tombent enceintes.

— Eh bien, pas moi. Mon cardiologue m'a avertie il y a des années des effets potentiels d'une grossesse sur ma maladie, au vu de sa gravité. Il n'a pas été par quatre chemins.

Il allait répondre quand elle se figea, les mains sur les

hanches, les cheveux inhabituellement décoiffés. Elle le dévisageait, le regard noir. La colère enfla aussitôt de nouveau en lui. C'était comme si l'émotion l'empêchait de répondre.

Cordelia reprit la parole, la voix teintée d'exacerbation.

— Comment pouvais-je te dire ça, Gene ? Tu venais de me parler de Rory et de sa mère. Comment te dire que je souffrais d'une maladie qui m'interdisait une grossesse ? Tu es déjà passé par là. Et tu n'as pas envie d'y retourner.

Elle ferma les yeux et il perçut le tremblement de sa mâchoire. En fait, elle tenait les propos qu'il avait lui-même en tête.

— Je ne pouvais pas prévoir ce qui s'est passé entre nous, dit-elle. Tu n'étais censé rester qu'un mois.

Elle inspira.

— J'aurais dû garder mes distances, avec toi et avec Rory, dit-elle d'une voix moins assurée. J'ai du mal, avec les enfants. Je pensais avoir réglé ça depuis longtemps.

Elle accompagna son aveu d'un coup d'œil en direction de la poubelle.

Il n'arrivait pas à saisir précisément les sentiments qui l'envahissaient. La déception. La désillusion. C'était comme regarder un splendide ballon coloré lui échapper des mains et s'envoler vers les montagnes.

Que penser de tout cela ?

— Tu souffres d'une maladie qui pourrait te tuer si tu tombais enceinte. Et tu ne m'en as rien dit. Tu couchais avec moi, mais tu ne m'as rien dit. Tu es médecin. Tu connaissais les risques. Et tu n'as pas eu envie de t'en ouvrir à moi ?

Elle releva les yeux vers lui.

— Ne présente pas les choses comme ça. Tu penses que je n'ai pas pris mes précautions ? Évidemment que si. J'ai toujours été sous contraception. Jamais je n'ai voulu me retrouver dans ce genre de situation.

— Qu'est-ce qui s'est passé, alors ?

Il n'avait pu s'empêcher de poser la question, d'une voix étranglée.

— Nous avons évoqué la possibilité d'un avenir ensemble, dit-il, sidéré. Si j'avais su ça…

— Tu aurais fait quoi ? demanda-t-elle sur un ton plein de défi.

— J'aurais mis des préservatifs ! répondit-il en retour. Quand le risque est élevé, deux moyens de contraception valent mieux qu'un.

La responsabilité lui incombait autant à lui qu'à elle. Le premier soir, il lui avait posé la question, et elle l'avait rassuré. Mais n'aurait-il pas dû prendre les choses en main quand même ?

— Et si le test n'avait pas été négatif, Cordelia ?

Un vilain sentiment lui vrillait l'estomac. Il avait sauté de joie à l'idée d'avoir un autre enfant, avec la femme qu'il aimait.

— Imagine qu'on soit là, et que tu m'annonces que tu viens de te condamner à mort ?

Sa voix se brisa, mais il poursuivit :

— Par ma faute…

Elle baissa la tête, mais sa voix était claire.

— C'est pour ça que je t'en parle maintenant, Gene.

Elle alla se poster face à la baie vitrée et posa les mains à plat contre la fenêtre.

— Ça ne peut pas se reproduire, dit-elle dans un souffle.

— Non, tu as raison.

Les mots étaient sortis avant qu'il n'ait le temps d'y réfléchir posément. Ce qu'elle venait de lui avouer était énorme. Jamais auparavant il n'avait envisagé une partenaire amoureuse en termes de santé. L'histoire avec Mindy l'avait complètement pris au dépourvu, il savait les effets de quelque chose qui vous tombe dessus sans prévenir.

Tout, sauf ressentir cela à nouveau. Et encore moins l'imposer à son fils.

Le regard vert de Cordelia rencontra le sien. Elle semblait avoir blindé ses yeux, qui étaient brumeux et vagues. Détachés.

Il se redressa.

— Tu aurais dû me parler de ta maladie. Je suppose que le Pr Helier est au courant ?

Elle hocha la tête.

— Eh bien, en son absence il était de ta responsabilité de m'en parler aussi. Nous vivons sous le même toit, nous travaillons dans la même clinique.

Il ferma les yeux.

— Ce fameux jour, en salle d'op'. Tu as eu une crise, c'est ça ? demanda-t-il sans attendre la réponse. Tu aurais dû être honnête.

— Je l'ai été. Je t'ai dit que je devais sortir.

Il y avait une nette touche de désespoir dans sa voix. Il alla vers elle.

— Pas assez. Si le médecin avec qui je travaille a une maladie qui risque d'affecter sa capacité à prendre soin des patients à un moment donné, je dois le savoir. Je dois pouvoir repérer les signes avant-coureurs et intervenir si besoin.

Elle esquissa un mouvement de recul et il devina. Elle détestait entendre ces paroles. Et le fait qu'elles soient vraies. Qu'il les ait prononcées à haute voix.

— Ne me dis pas ce que je dois ou ne dois pas faire.

Il pivota vers la porte.

— Non, ce n'est pas ça, dit-il. Je prends mes responsabilités par rapport à ta situation. Chose que, manifestement, tu n'as pas faite. Je n'ai pas l'intention de devenir ton cardiologue ; en revanche, je suis concerné par le bien-être des patients de cet institut. N'effectue aucune intervention sans la présence d'un autre médecin.

— Je ne l'ai jamais fait.

— Et si tu n'en parles pas à tes collègues, c'est moi qui le ferai, dit-il en atteignant la porte. Ça n'est pas terminé, Cordelia.

Il se sentait trahi. À la fois personnellement et professionnellement.

L'avenir qu'il avait osé imaginer pour la première fois depuis quatre ans venait de s'évanouir dans un nuage de fumée.

Et il ne savait pas du tout ce qu'il allait dire à son fils.

11.

Quand Cordelia se ressaisit enfin, au moins une heure s'était écoulée. Le bâtonnet qui se trouvait désormais dans la poubelle avait fait resurgir toute une série d'émotions auxquelles elle n'était pas préparée.

Quelques jours plus tôt, elle avait osé imaginer que la vie dont elle avait toujours rêvé devienne enfin réalité. Avec Gene et Rory.

Et cela lui suffisait. Largement. C'était plus que ce qu'elle avait jamais espéré. Un homme merveilleux qui l'aimait autant qu'elle l'aimait et un enfant adorable qu'elle pouvait aimer de tout son cœur.

Quelques jours d'espoir. Quelques jours de bonheur.

Et tout s'était écroulé à cause d'un instant de folie. Une minuscule possibilité qui lui avait fait entrevoir tout ce qu'elle s'était caché à elle-même.

Qu'avoir un enfant à elle ne serait jamais possible.

Mais elle n'avait pas partagé cela avec Gene. Elle ne lui avait pas permis de décider de l'aimer en dépit du fait qu'ils n'auraient pas d'enfants.

Car, tout au fond d'elle, quelque chose lui soufflait que cela aurait pu arriver.

Au lieu de prendre le temps de lui expliquer son état, elle était partie dans la plus mauvaise direction.

Évidemment, elle n'était pas enceinte, mais la graine était semée dans sa tête, et elle se rendait compte à quel point elle en avait envie.

Était-elle vraiment revenue dix ans en arrière, quand son cardiologue avait pour la première fois évoqué la gravité de sa maladie et ses implications ?

Elle pressa le front contre la vitre froide. Peu importait la beauté du paysage, l'amour qu'elle avait pour son travail, tout s'écroulait autour d'elle.

Comble de l'ironie, juste au moment où elle était le plus épuisée et stressée, son cœur ne lui jouait pas de tour. Elle prit une inspiration. Elle avait presque l'impression d'avoir quelqu'un assis sur les épaules, tellement elle se sentait accablée.

Gene avait eu l'air furieux. Au départ, quand il l'avait cru enceinte, elle avait aperçu la lueur ravie dans ses yeux.

Et cette lueur avait allumé tout un tas d'émotions déplacées chez elle. Mélange de colère et de désillusion. Jamais de toute sa vie elle ne s'était sentie aussi nulle. Le sourire, l'étincelle enthousiaste dans le regard de Gene lui avaient appris une chose : elle ne pourrait pas lui offrir cela, ni fonder une famille avec lui, ni partager les joies d'une grossesse.

À présent, il lui en voulait. Il se sentait trahi et trompé.

Comment l'en blâmer ?

Cependant, la personne qu'elle avait le plus déçue, c'était elle-même.

Prenant une autre profonde inspiration, elle regarda sa montre. Comment aurait-elle pu rentrer à la maison ? Il n'était plus envisageable de vivre sous le même toit que Gene. Elle ne supportait pas l'idée et lui non plus, sans aucun doute.

Si elle partait sur-le-champ, elle aurait le temps de vider ses placards avant qu'il n'arrive et de déménager ses affaires jusqu'à son appartement du centre de Genève.

De toute façon, elle n'avait déjà que trop profité de l'hospitalité de Franc. Il était temps de repartir.

Gene ne revit pas Cordelia de la journée.

Il ne souhaitait pas la voir.

Il avait encore la tête remplie d'un million de questions qui ne faisaient que tournoyer sans fin.

Il récupéra Rory à la garderie avec l'impression que sa tête allait exploser.

— On joue à cache-cache, papa ?

— Peut-être plus tard, on doit rentrer à la maison et préparer le dîner. Ensuite ce sera probablement l'heure de se coucher.

Rory fronça les sourcils.

— Mais j'ai envie de jouer à cache-cache, j'ai trouvé une nouvelle cachette à la maison.

Gene lâcha un soupir.

— Pas ce soir, Rory, répondit-il d'un ton sec qu'il regretta aussitôt devant la grimace de son fils.

Il était parvenu à éviter Cordelia à l'institut, mais ce serait autrement plus difficile à la maison. Peut-être valait-il mieux emmener Rory dîner dehors, histoire de se dispenser d'une scène embarrassante ? Ou même chercher un autre logement à louer ? N'importe quoi, plutôt que de passer leur temps à s'éviter à la maison. Bon sang, comment allait-il expliquer cela à Rory ?

Mais, dès qu'ils rentrèrent, les bras chargés de boîtes de pizza, il sut que quelque chose clochait. Rory redescendit de l'étage en courant.

— Elle est bizarre, la chambre de Delia.

— Comment ça ?

En ne voyant pas sa voiture dans l'allée, il avait supposé qu'elle était restée travailler tard.

— Elle est vide, répondit Rory en faisant la grimace.

Gene repoussa la pizza qu'il s'apprêtait à couper et grimpa les marches quatre à quatre.

Au fond de lui, il savait ce qu'il allait trouver. Et son estomac se serra horriblement.

Cordelia était manifestement partie à la hâte. Les tiroirs de sa commode étaient restés entrouverts, les portes de son armoire aussi. La salle de bains avait été vidée, nettoyée et le lit défait.

Le front plissé, l'air perdu, Rory se tourna face à lui.

— Où est Delia, papa ? demanda-t-il en ramassant l'oreiller sur le lit. Son pyjama nounours n'est plus là.

Gene s'assit au bord du matelas.

— Elle a dû décider de déménager, dit-il d'une voix blanche. Ce n'est pas sa vraie maison, ici ; elle a un autre endroit où habiter.

Rory mit quelques secondes à reprendre la parole.

— Mais pourquoi elle ne veut plus rester avec nous ? Et pourquoi elle ne nous a pas dit qu'elle allait partir ?

Le cœur de Gene se serra. La voix de son fils tremblotait, ses yeux s'étaient embués.

Il lui tendit la main et l'attira sur ses genoux, réfléchissant aux mots qu'il allait utiliser pour lui expliquer.

— Parfois les adultes ont des divergences d'opinion.

— Quoi ?

Il se reformula.

— Parfois ils se disputent.

— Tu t'es disputé avec Delia ?

Gene soupira.

— Peut-être.

— Tu n'as qu'à t'excuser, papa. Elle te pardonnera et elle reviendra. Elle jouera à cache-cache avec moi. On pourra jouer tous les trois.

Gene pinça les lèvres en cherchant les mots justes.

Dans sa tête, les pièces du puzzle s'assemblaient.

Il avait eu l'air si furieux, dans son bureau, si indigné

par la situation. Par l'impact que la maladie de Cordelia pourrait avoir sur sa vie et sur celle de Rory.

En revanche, il n'avait pas songé à ce qu'elle ressentait, elle. Il n'avait pas imaginé le choc que cela avait dû être pour Cordelia de tenir ce test de grossesse entre ses mains.

Et il n'avait pas envisagé non plus ce qu'il éprouverait face à cela. À ce vide. À cet abandon.

Il l'aimait. Oui, il l'aimait de tout son cœur et de tout son être.

Le sentiment s'était plus ou moins insinué en lui, le prenant au dépourvu. Et, à présent qu'il se rendait compte de ce qu'elle représentait pour lui, cela le terrifiait.

Oui, c'était officiel : il avait le cœur brisé.

Comment était-ce possible ? Il n'avait même pas dit à Cordelia qu'il l'aimait. En fait, il ne le savait pas lui-même jusqu'alors.

Dans cette vieille maison vide, l'écho de chacun de ses mouvements, ceux de son fils même, semblait magnifié par les émotions de son cœur.

Ces dernières semaines, le temps passé en compagnie de Cordelia avait agi comme une sorte de révélateur. Cela lui avait ouvert les yeux : ni elle ni lui n'étaient des résidents permanents dans cette maison, pourtant leur présence conjointe en avait fait un foyer chaleureux et accueillant.

Maintenant il comprenait la réticence initiale de Cordelia vis-à-vis de Rory. Elle essayait de se protéger. Mais leur relation avait éclos et grandi… Il était clair qu'elle adorait passer du temps avec son fils, et c'était réciproque. Gene secoua la tête. Non, c'était indéniable, avoir une femme dans sa vie s'avérait une bonne chose pour son fils. Gene avait auparavant longuement réfléchi à la situation, et il s'était cru capable de jouer le rôle du papa et de la maman dans la vie de son petit bonhomme. Pourtant, Rory avait manifestement trouvé chez Cordelia des qualités qui lui avaient manqué chez son père.

Cela avait affecté sa propre relation avec Cordelia ? Évidemment. Rory et lui formaient une équipe. Jamais il ne pourrait être avec quelqu'un qui n'aimerait pas son enfant. Mais Cordelia… Elle avait transformé leur duo en trio.

Il passa la main dans les cheveux de Rory, dont la petite tête était posée sur son épaule.

— Je ne pense pas que Cordelia ait envie de jouer à cache-cache pour le moment, chéri.

Rory releva la tête et plissa les paupières.

— Tu ne veux pas lui dire pardon, c'est ça ?

Chaque muscle du corps de Gene se crispa. Les enfants se montraient parfois tellement perspicaces.

— Je ne sais pas, répondit-il, honnête.

Rory semblait sur le point de pleurer.

— Mais je t'ai demandé si je pouvais choisir. Et j'ai choisi Delia. Je te l'ai dit, papa.

Gene enlaça son petit garçon. Il y avait tant de choses qu'il n'était pas possible d'expliquer à un enfant de quatre ans.

— Je pensais avoir choisi Delia moi aussi, chéri. Mais je ne suis pas sûr qu'elle ait envie qu'on la choisisse.

En prononçant les paroles à voix haute, il se rendit compte de leur véracité.

Oui, il était en colère.

Oui, il était vexé qu'elle lui ait caché la vérité.

Oui, il avait eu l'espoir, une fraction de seconde, qu'elle soit enceinte.

Mais avec l'espoir venait le désespoir.

Si elle avait été honnête et lui avait donné une chance de choisir, il l'aurait choisie, elle, plutôt que l'idée de fonder une famille. Oui, il aurait préféré cette femme atteinte d'une maladie chronique qui risquait de la tuer un jour.

Il connaissait les risques. Il savait qu'au bout du compte son cœur lâcherait et qu'elle aurait besoin d'une greffe.

Mais tout cela n'était que des « si ». Après tout, lui-même pouvait très bien attraper un cancer l'an prochain. Ou avoir une attaque.

C'était bien joli, d'affirmer qu'on refusait de prendre des risques, mais au fond que savait-on de ce que la vie nous réservait ?

Tant de choses tourbillonnaient dans sa tête.

Et il n'avait pas la moindre idée de la conduite à adopter.

12.

Pour la première fois de sa vie, Cordelia Greenway n'avait pas envie d'aller travailler.

Car, une fois à l'institut, elle allait devoir passer chaque minute de son temps à éviter Gene. C'était gênant. Impersonnel. Et à l'opposé de ce qu'elle voulait.

Il y avait tant de choses qu'elle aurait aimé discuter avec lui, tant de sujets à aborder. Elle n'était pas bête, elle savait bien qu'elle lui devait des excuses.

Malheureusement, ce genre de conversation pouvait mener au pire, à une tristesse autrement plus profonde que celle qui l'étreignait en ce moment.

Par exemple, Gene lui annonçant qu'il ne souhaitait plus la voir, plus passer de temps avec elle et encore moins construire quelque relation de long terme que ce soit avec elle.

Pourquoi s'encombrer d'une femme aussi brisée qu'elle quand il pouvait aisément s'en trouver une parfaite ? Une qui n'avait pas de maladie de cœur et exaucerait son rêve d'agrandir sa famille.

Découvrir qu'elle ne pouvait pas être avec l'homme et l'enfant qu'elle aimait, qu'elle adorait plus que tout serait le dernier clou dans son cercueil.

Elle s'était toujours sentie inférieure aux autres femmes, en quelque sorte. Que des parties du corps sur lesquelles aucun contrôle n'était possible puissent avoir cet effet était vraiment étrange.

Bon, elle n'était probablement pas seule à ressentir cela, les cabinets des psychiatres devaient en être remplis.

Mais les recherches, ça lui faisait une belle jambe.

Tout ce qui importait, c'était l'ici et le maintenant.

Sa maladie pouvait ne pas évoluer pendant les dix ans à venir. Ou alors elle pouvait finir sur la liste des gens en attente d'une greffe dans quelques mois.

Voulait-elle que Rory la voie malade ?

Mais il y avait une autre question : voulait-elle voir Rory malade ?

Un gros nuage noir vint s'installer au-dessus de sa tête.

Car il était très possible que cela se produise. Elle se prit les bras et se berça. En fait, c'était cela, son pire cauchemar.

Bien sûr qu'elle voudrait être à leurs côtés. Aux côtés de Gene pour tenir la main de son fils et lui caresser le front.

Si fort qu'elle se détestât en cet instant, elle ne s'imaginait pas de vie sans ces deux personnes.

Elle les aimait. De tout son être. De toutes les fibres de son corps, à chaque battement de son cœur imparfait.

Les mains tremblantes, elle prit une inspiration saccadée.

Et attrapa sa veste, ses clés de voiture.

Peu importait qu'elle n'ait pas envie d'aller au travail. Peu importait qu'elle ait peur comme jamais.

Peu importait que tout cela risque de lui exploser au visage.

Tout ce qui comptait, c'était d'essayer.

13.

Gene décrocha le téléphone dès la première sonnerie — sans doute avec l'espoir, quelque part au fond de lui, que ce soit Cordelia.

— Docteur DuBois, Gene, comment allez-vous ?

Il mit plusieurs secondes à reconnaître la voix rauque.

— Professeur Helier ? Tout va bien ?

Le vieil homme se racla la gorge.

— Comment cela se passe-t-il, à l'institut ? Comment avance le programme de recherches ? J'ai trouvé ce que vous m'avez envoyé très intéressant.

Gene pinça les lèvres. Dans son enthousiasme, quelques jours auparavant, il avait envoyé les résultats préliminaires de ses recherches au Pr Helier. Certes, le moment n'était peut-être pas le mieux choisi, mais le travail était toute la vie du professeur, et il avait demandé à être tenu au courant de tout progrès réalisé.

Gene hocha la tête. Vraiment, c'était la seule bonne nouvelle qu'il ait.

— Je suis ravi que vous ayez eu l'occasion d'y jeter un coup d'œil. Les résultats provisoires sont encourageants. On pourrait tenir quelque chose de vraiment intéressant, de significatif.

— En effet, c'est exact. Très intéressant. Et c'est justement à ce sujet que je vous appelle.

— Ah oui ?

Il était curieux de ce que le Pr Helier avait à lui proposer, même si l'idée lui faisait également peur. Il allait devoir se montrer honnête, lui annoncer où il en était avec Cordelia. Cette recherche était trop importante pour risquer de la compromettre en aucune façon.

— Oui, dit le professeur en s'éclaircissant de nouveau la voix. Et puis j'ai autre chose à vous demander.

Les poils dans la nuque de Gene se dressèrent. Pourtant, il répondit d'une voix ferme.

— De quoi s'agit-il ?

Au bout du fil, le professeur hésitait.

— Ma sœur est très malade, je ne vous le cacherai pas. Et savoir qu'il ne me reste plus beaucoup de temps avec elle m'a amené à réévaluer certaines choses. Je suis vieux, Gene. Je n'ai plus autant d'années devant moi que je le souhaiterais. Je dois commencer à préparer ma succession à l'institut.

— C'est Cordelia qui va reprendre le flambeau, je suppose ? C'est votre bras droit.

— Oui, vous avez raison. Ce sera Cordelia. C'est elle que j'ai choisie, c'est dans l'ordre des choses, cependant…

Il laissa sa phrase en suspens et se tut une seconde, comme pour bien choisir ses mots.

— Je pense qu'il serait préférable qu'elle puisse partager la charge de travail. Quelqu'un qui soit aussi passionné qu'elle par le travail que nous effectuons.

Gene ferma les yeux un instant. Le Pr Helier était manifestement au courant de la maladie de Cordelia, mais il ne voulait pas trahir sa confiance. Voilà à quel point il la respectait. Gene aurait voulu pouvoir s'en inspirer, c'était un exemple à suivre.

— Je souhaiterais que vous soyez cette personne, Gene. À la vérité, je suis depuis quelques années le travail que vous effectuez, et j'ai été ravi d'avoir la chance de vous inviter à l'institut. Je suis navré que nous n'ayons pas eu l'occasion de travailler côte à côte, mais les circonstances…

— Bien entendu, je comprends tout à fait, répondit aussitôt Gene.

— J'aimerais beaucoup que vous réfléchissiez à mon offre. Tout le monde à l'institut est épaté par votre travail.

— Non, pas tout le monde, fit-il comme pour lui-même.

— Pardon ?

Gene prit une inspiration.

— Avez-vous déjà parlé avec Cordelia ?

— Non, pas encore. Mais je suis certain qu'elle sera enchantée. Ces dernières semaines, elle ne m'a fait que des compliments concernant votre travail.

Gene se passa une main dans les cheveux. Bizarrement, il n'était pas sûr que ce soit toujours le cas.

— C'est une proposition qui mérite réflexion. De nombreuses choses entrent en ligne de compte, dit-il au professeur.

— Bien entendu, j'en suis tout à fait conscient. C'est pourquoi j'ai préféré vous appeler d'abord. Afin de vous laisser le temps de la réflexion. Mais, je vous en prie, considérez attentivement ma proposition. Je resterais directeur de l'institut. Mais j'apprécierais que Cordelia et vous preniez chacun la tête des deux équipes de recherche. Que vous travailliez de concert.

Gene eut un soupir.

— Professeur Helier, il se peut que les choses soient un peu plus compliquées que vous ne le pensez.

— Pourquoi ? Que se passe-t-il ? Vous ne vous plaisez pas à l'institut ? À Genève ?

Gene prit une profonde inspiration.

— J'adore l'institut. Et j'adore votre ville. Mais…

Il devait le dire. Le dire à haute voix.

— Il y a quelqu'un que j'aime encore plus. Et la dernière chose que je souhaite, c'est la mettre dans une position inconfortable.

Un silence lui répondit à l'autre bout de la ligne. Un

silence très long, preuve que le professeur faisait tourner son cerveau à plein régime.

— Ce « quelqu'un »... Est-ce que par hasard il s'agirait d'une connaissance commune à vous et moi ?

Gene grimaça. La plupart des employés de l'institut étaient au courant que quelque chose se passait entre Cordelia et lui. Peut-être le professeur en avait-il eu vent aussi. Ou bien cela viendrait.

— C'est possible, oui, répondit-il d'une voix hésitante.

— Docteur DuBois, peu importe que vous soyez un chercheur remarquable. Peu importent les opportunités que l'avenir pourrait nous offrir. Vous devez savoir que ma loyauté restera toujours attachée à Cordelia. Elle a travaillé sans relâche, ces dernières années. C'est le médecin le plus dévoué que j'aie jamais rencontré. Je la considère comme un membre à part entière de ma famille.

Gene avait l'impression d'être un adolescent à qui l'on faisait la morale. Cependant, il ne pouvait qu'admirer la loyauté du professeur pour Cordelia.

— J'ai peut-être eu tort de vous faire cette proposition, reprit le vieil homme.

— Peut-être, oui, répondit Gene. Écoutez, professeur, pour l'instant, oublions ce poste que vous me proposez — même si j'en suis extrêmement flatté. Je refuse de faire quoi que ce soit qui rende Cordelia malheureuse, or le fait que je reste travailler ici pourrait lui compliquer la vie. Nous avons besoin de discuter, elle et moi, de voir si les choses peuvent s'arranger. Laissez-moi lui parler. Je voudrais tenter de la convaincre, si c'est encore possible, que Rory et moi tenons à faire partie de sa vie.

— Dans ce cas, je laisse l'affaire entre vos mains. Bonne chance, docteur DuBois.

Gene raccrocha. Il avait rendu visite à tous ses patients

de la matinée, Rory était à la garderie. Bref, il n'avait rien de plus urgent pour le moment que de se soucier de Cordelia.

Il était temps de suivre ce que lui disait son cœur.

Il pouvait perdre la femme qu'il aimait. La perdre maintenant, la perdre dans quelques années à cause de sa maladie, ou bien il pouvait passer les trente prochaines années à ses côtés.

Personne ne savait combien de temps leur serait octroyé.

Était-il mal de placer Rory en situation d'aimer Cordelia puis de la perdre ? Il s'était posé cent fois la question au cours des dernières heures.

Il secoua la tête. Le moment était venu de se débarrasser des « si ». Il était temps d'arrêter de réfléchir.

Il devait suivre l'organe le plus important du corps humain.

Son cœur.

14.

Cordelia balaya la garderie du regard. Pas de trace de la touffe de cheveux blonds qui lui était devenue si familière. La panique la guettait.

Elle avait fait le tour de l'institut : Gene était introuvable. Personne n'avait su lui indiquer où il se trouvait. Certaines personnes l'avaient vu un peu plus tôt, sans être sûres d'où il était allé ensuite. Irait-il jusqu'à partir sans même le lui dire ?

Puis elle avait eu LA bonne idée. Si Rory était là, Gene n'était forcément pas loin. La garderie. L'endroit par où elle aurait dû commencer.

Elle fit signe à l'une des employées.

— Rory DuBois est là ? Je ne le vois pas.

Emma leva les yeux au ciel et désigna l'un des recoins de la salle.

— Il est de mauvaise humeur, aujourd'hui. Cela fait une heure qu'il est dans la pièce de jeux et refuse de parler à quiconque. Malgré nos efforts, rien n'y fait. C'est un petit bonhomme plein de caractère.

Elle sourit à Cordelia.

— Si vous voulez essayer…

Cordelia se précipita avec un soupir de soulagement vers la maisonnette de plastique coloré. Devant la porte rouge vif, elle s'immobilisa et frappa.

— Rory ? Rory, tu es là ? C'est Cordelia. Tu veux bien sortir ?

— Non, répondit la petite voix, très ferme, avant d'ajouter au bout d'un moment : Mais tu peux entrer.

Elle releva sa jupe et s'agenouilla. Heureusement, elle était en baskets. Poussant la porte, elle entra à quatre pattes.

Rory était assis dans un coin. Tous les volets bleus de la maisonnette étaient fermés, il avait les bras croisés et les sourcils froncés.

— Salut, mon grand. Qu'est-ce qui t'arrive ?

Il fit la moue.

— Ça ne te ressemble pas, dit-elle en tâchant de s'installer dans l'espace réduit, les genoux repliés contre la poitrine. Tu joues toujours avec les autres, d'habitude.

— Je ne parle plus à personne, répondit-il, l'air furieux.

Elle réprima un sourire. Elle aussi était dans le même état d'esprit, la veille.

— OK. Et pourquoi ça ?

Il lui jeta un regard noir.

— Je t'ai choisie.

Le souffle coupé, elle demanda :

— Quoi ?

Le garçonnet avait les sourcils si froncés qu'elle voyait à peine ses yeux.

— Je t'ai choisie et papa t'a choisie aussi. Mais il dit que tu ne voulais pas qu'on te choisisse.

Elle secoua la tête.

— Comment ça, tu m'as « choisie » ? Qu'est-ce que ça veut dire ?

Rory leva les mains, comme s'il n'y avait rien de plus évident.

— Je t'ai choisie pour être ma nouvelle maman.

Elle crut s'étrangler.

— Quoi ?

Son cerveau se mit à tournoyer et des larmes lui montèrent aux yeux.

— Je t'ai choisie pour être ma nouvelle maman, dit de nouveau Rory, très sérieusement, en la regardant. Et papa a dit que lui aussi il t'avait choisie. Mais…

Il fronça de nouveau les sourcils.

— Tu ne veux pas être choisie.

Elle porta une main à sa poitrine.

— Qui a dit ça, Rory ? Qui a dit que je ne voulais pas être choisie ?

Il parut surpris par sa question.

— Papa. Il a dit qu'il pensait que tu ne voulais pas qu'on te choisisse. Pourquoi tu ne veux pas de nous, Cordelia ?

Une larme lui coula sur la joue et elle secoua violemment la tête. Nouant les bras autour de l'enfant, elle le serra contre elle.

— Oh si, je veux de vous, chéri. Tu n'as pas idée à quel point je vous veux, tous les deux. Tu sais, nous les grands, on est compliqués. On s'énerve, on se querelle, on fait des choses idiotes. Et on dit des choses encore plus idiotes. Ne t'imagine pas une seule seconde que je ne veux pas de toi, mon chéri. Bien sûr que si. Ton papa et toi, vous êtes les personnes les plus merveilleuses que j'aie rencontrées de ma vie. Je vous choisirais parmi des milliers d'autres.

Un bruit retentit à la porte et le visage rougi de Gene apparut par l'entrebâillement.

Il avait forcément entendu ce qu'elle venait de dire.

Elle déglutit, la bouche sèche dès que leurs regards se croisèrent. Elle était venue là, prête à se battre pour eux deux. Elle regrettait ce qu'elle avait dit à Gene sous le coup de la colère, et plus encore de n'avoir pas été honnête.

Mais aurait-elle l'occasion de le lui expliquer ?

— Il y a de la place pour un habitant de plus ? demanda Gene. J'ai entendu dire qu'il y avait une fête là-dedans.

Elle se mordit la lèvre.

— Je pense qu'on peut se serrer.

Elle se poussa contre Rory tandis que Gene tentait de replier ses longues jambes dans la maisonnette en plastique.

Quand il y réussit, il avait les genoux presque sous le menton, les bras contre ceux de Cordelia et sa tête tout près de la sienne.

Il lui jeta un regard en coin.

— Je te cherchais.

— Ah bon ?

Il hocha la tête. Elle sentit son cœur se remettre à battre la chamade, mais cela n'avait rien à voir avec son syndrome de WPW, cette fois. Non, elle ne faisait pas une crise. C'était simplement l'espoir et la joie.

— Je te cherchais aussi.

Il inclina la tête et lui offrit un regard à la fois appuyé et curieux.

— Je voulais m'excuser, dit-elle à la hâte.

Les yeux posés sur Rory, elle cherchait la meilleure manière de formuler sa pensée. Une manière que le petit ne comprendrait pas. Puis elle se rendit compte qu'elle faisait erreur. Car si elle voulait ces deux personnes dans sa vie, alors il était temps de se montrer franche avec les deux.

— Je voulais m'excuser de ne pas t'avoir parlé de mon état. J'aurais dû te faire confiance. J'aurais dû m'en ouvrir à toi.

— C'est quoi, ton état ? demanda Rory innocemment.

Elle hocha lentement la tête et se tourna face au garçonnet. Ensuite, elle désigna son petit torse.

— Tu sais que les gens peuvent avoir des problèmes avec leur cœur ?

— Oui, c'est ça que soigne mon papa.

Elle acquiesça de nouveau.

— Exact. Eh bien… Moi aussi, j'ai un problème avec mon cœur. Parfois il bat trop vite et je dois essayer de le ralentir. Du coup, ça peut me rendre un peu malade, alors je dois faire attention.

Rory plissa le nez.

— C'est dangereux ?

La question à un million.

Les yeux sombres de Gene étaient rivés sur elle. Voulait-il qu'elle se taise, à ce stade ? Elle n'avait peut-être aucun droit d'expliquer la vérité à Rory.

Mais l'intensité de son regard lui donna la chair de poule. Car elle n'y lisait rien d'autre que son soutien pur et simple.

— Ça peut, oui, admit-elle. Ou ça peut le devenir à l'avenir.

Elle prit la main de Rory et la serra dans la sienne.

— Personne ne peut savoir ce qu'il se passera dans l'avenir, tu sais. Je peux tomber malade ou bien être en pleine forme. Je ne peux pas te dire à l'avance.

Elle déglutit, puis se tapota la poitrine de sa main libre.

— Mais il y a quand même des choses que je sais.

— Comme quoi ?

Rien n'égalait la curiosité d'un enfant, ni sa capacité à aller droit au but.

— Comme il ne serait pas une bonne idée que j'aie un bébé, répondit-elle d'une voix qu'elle tâcha de garder neutre.

— Un bébé ? Pourquoi tu voudrais avoir un bébé ? demanda-t-il en se tournant vers Gene. Je ne veux pas de petit frère ou de petite sœur. J'ai vu des couches sales à la garderie. Beurk !

Cordelia ne put s'empêcher de rire de sa grimace écœurée. Son cœur se gonfla.

— Bon, eh bien, je n'ai pas de soucis à me faire sur ce point, alors.

Elle leva un regard inquiet vers Gene.

— À moins, bien entendu, que ton papa n'ait envie d'avoir d'autres bébés.

Par chance ou par miracle, sa voix était restée ferme.

— Oh non, répondit aussitôt le petit en les désignant, son père et lui. On forme une équipe. Rien que nous deux. Il n'y a pas de place pour d'autres bébés.

Elle se mordit la lèvre.

— Pas de place ? Pour personne ?

— Si, pour toi il y a de la place. Je te l'ai dit, je l'ai dit à papa : je t'ai choisie. Tu peux venir dans notre équipe.

Elle cligna les paupières pour retenir les larmes qui perlaient. Et tourna les yeux vers Gene tandis que Rory glissait sa petite main dans la sienne.

— Qu'est-ce que tu en penses ? demanda-t-elle à Gene.

Elle retenait son souffle. Tout dépendait de ce qu'il allait répondre. Était-il raisonnable d'espérer autant ?

Gene posa la main sur la tête de son fils.

— Oh ! on a parlé. On a parlé du plaisir qu'on avait à vivre avec toi et à passer du temps avec toi. On a parlé de notre envie de te voir tous les jours. On a parlé, dit-il avec un timbre de voix altéré, du vide qu'il y avait dans cette grande maison quand tu n'y étais pas. Tu nous as manqué, quoi. Parce qu'on t'aime.

Pendant toute sa tirade, il n'avait pas cessé de l'observer ;

— On n'a pas besoin d'autres enfants, dit-il. On est heureux comme ça. J'ai la sensation que Rory va nous donner assez de travail pour les trente prochaines années.

Il haussa les sourcils.

— Enfin, si tu te sens d'attaque, bien sûr.

Elle retenait toujours sa respiration. Parmi tous ceux qu'il avait prononcés, un mot, un petit mot avait tout particulièrement retenu son attention. Serait-elle assez courageuse pour l'utiliser à son tour ?

Elle regarda les petites lignes inquiètes autour des yeux de Gene. L'expression aimante de son visage. Sa chemise de travail était complètement froissée, sortie de la ceinture de son jean. Ses bottes de cow-boy marron dépassaient à moitié par la porte de la maisonnette, à cause de ses longues jambes.

Elle prit une profonde inspiration. Cette fois, il ne lui fut pas possible de masquer les tremblements de sa voix alors qu'elle lâchait un rire nerveux.

— Si je suis d'attaque ? Plutôt deux fois qu'une ! Je vous aime, tous les deux. Vraiment très fort. Je ne pensais jamais rencontrer des gens comme vous deux, ni ressentir ce que je ressens là.

Elle baissa les yeux vers Rory.

— Je me sens vraiment spéciale et flattée que tu m'aies choisie, tu n'as pas idée. Mais tu dois savoir que, moi aussi, je t'ai choisi. Et que je veux t'avoir tous les jours auprès de moi.

Elle reprit son souffle. Oui, elle était prête à tout pour que cela fonctionne.

— Si ça veut dire que je déménage ailleurs pour rester avec vous deux, eh bien je le ferai.

Gene s'éclaircit la gorge.

— Franc a téléphoné.

— Ah bon ?

Il hocha la tête.

— Je lui ai peut-être dit qu'il se passait quelque chose entre nous… Et il m'a demandé de rester, dit-il en marquant une hésitation. Pour toujours.

— Ah bon ? répéta-t-elle.

Il lui adressa un sourire qui envoya un million de petites étincelles courir sur sa peau.

— Je lui ai répondu que je ne pouvais pas accepter avant de t'avoir parlé. J'ignorais ce que tu en penserais. Je ne souhaitais pas compromettre ton environnement de travail si tu ne voulais plus nous voir.

Elle secoua aussitôt la tête.

— Pourquoi est-ce que je ne voudrais plus vous voir ?

Les larmes avaient commencé à couler librement.

— Bien sûr que si, je veux vous avoir avec moi. Tous les deux.

Elle passa un bras autour des épaules de Rory et tendit l'autre main à Gene.

— Je veux vous avoir auprès de moi pour toujours.

Rory cilla et esquissa un sourire.

— Papa, tu as apporté le cadeau qu'on a acheté l'autre jour ?

Gene éclata de rire.

— Oui.

Tout sourires, il regarda autour de lui, et finit par secouer la tête.

— Mais on va devoir sortir d'ici d'abord. Je ne pense pas qu'une maisonnette en plastique soit l'endroit idéal pour offrir ce cadeau-là.

Il se pencha pour chuchoter quelque chose à l'oreille de son fils.

Cordelia avait toujours le ventre noué. Mais cette fois, au lieu des nœuds sombres et douloureux, c'étaient plutôt des papillons excités. Gene rampa dehors le premier, suivi par un Rory survolté. Elle tenta de coincer sa jupe entre ses cuisses et les rejoignit. Gene lui tendit la main et l'aida à se relever, la gardant ensuite dans ses bras.

Il y avait quelque chose d'extrêmement rassurant à être de retour dans ses bras.

— Tu es sûr que ça ne te dérange pas de ne pas avoir d'autres enfants ? lui demanda-t-elle à l'oreille.

— On a le meilleur enfant qui existe au monde, fit-il en souriant. Pourquoi en voudrait-on d'autres ?

De la pulpe du pouce, il essuya une larme égarée sur sa joue.

— Plus de secrets, d'accord ? Tu as entendu notre enfant : on est une équipe. On peut y arriver. Quelqu'un de très malin et de très important pour moi m'a dit un jour que le monde était grand et les possibilités infinies. Alors vivons-les, vivons-les ensemble.

Elle lui noua les bras autour du cou, souriante.

— Je me demande qui a bien pu te dire une chose aussi judicieuse ?

Il l'embrassa sur la joue, avant de se reculer.

— Une seconde.

Il s'éloigna de quelques enjambées et attrapa un sac en plastique posé près de l'entrée de la garderie. Il revint, le regard scintillant.

— Je tiens à préciser que ça a été très difficile à trouver à Genève. D'autant que ça devait être d'une couleur bien précise — Rory a insisté sur ce point.

Elle contempla le grand sac en plastique en tentant de deviner ce qu'il pouvait bien contenir.

— Ce n'est pas une bague de fiançailles, fit Gene à mi-voix, on s'occupera de ça plus tard. À moins qu'on ne saute cette étape et qu'on passe directement au mariage.

— On ferait ça ? fit-elle mine de s'étonner.

Il désigna le sac.

— Et en plus, nous avons ici quelque chose de spécial pour toi, que tu pourras porter le jour de notre mariage. Car nous devons être tous assortis. J'ai le mien. Rory a le sien. Et maintenant…, dit-il en tirant quelque chose du sac, tu as le tien aussi.

Elle éclata de rire en découvrant un immense stetson rouge vif — accordé à ses baskets de base-ball — que Gene lui posa sur la tête. Il lui couvrait presque les yeux.

— Tu m'as acheté un stetson ?

Il l'attira dans ses bras et déposa un baiser sur ses lèvres.

— Évidemment que je t'ai acheté un stetson. Tu n'es pas au courant ? Tu t'apprêtes à épouser un cow-boy !

Elle lui passa les bras autour du cou et embrassa son cow-boy, avec les montagnes enneigées en arrière-plan, et une flopée de bambins qui gambadaient autour d'eux.

La vie n'aurait pas pu être plus parfaite.

BLANCHE

Une famille pour Carly, de Louisa George - N°1658

Après avoir surmonté une perte douloureuse, Carly est enfin prête à quitter la splendide île Rawhiti, Nouvelle-Zélande, où elle a autrefois été heureuse. Mais l'arrivée d'Owen Cooper, le nouveau médecin local, remet en question ses projets. Cet homme, papa d'un adorable petit garçon, pourrait-il redonner de l'éclat à son existence ? Devant les battements précipités de son cœur, elle a soudain envie de le croire…

L'amant d'une île, d'Amy Ruttan

L'aventure. Voilà ce que le Dr Josephine York est venue trouver sur Fogo, une île au large d'une autre île. Grisée par sa nouvelle vie, elle s'offre une nuit de passion dans les bras de Henrik, un ambulancier qu'elle vient de rencontrer. Mais la réalité la rattrape de plein fouet quand elle se découvre enceinte. Certes, Josephine a toujours voulu être maman, mais jamais elle n'avait imaginé partager ce rêve avec l'amant d'un soir…

Retrouvailles dans le Montana, de Dianne Drake - N°1659

SÉRIE : SINCLAIR HOSPITAL - 1/2

Caleb n'en revient pas. Leanne Sinclair, la femme qui l'a trahi au lycée, est sa nouvelle collègue à la clinique de Marrell. Alors qu'une fureur soudaine lui donne envie de tourner les talons, Caleb résiste. Il a emménagé dans le Montana pour le bien de son fils, Matthew, et il n'est pas question pour lui d'abandonner sa nouvelle vie pour cette femme surgie du passé…

Le plus troublant des baisers, de Dianne Drake

SÉRIE : SINCLAIR HOSPITAL - 2/2

Sauveteuse d'urgence en montagne, Carrie ne craint rien. Pourtant, lorsque Jack Hanson – son séduisant patron – lui donne un baiser aussi fougueux qu'inattendu, c'est une peur viscérale qui l'envahit. Celle de s'attacher à un homme qui fuit toute relation alors qu'elle a tant besoin de stabilité dans sa vie…

HARLEQUIN

Leur mission : sauver des vies.
Leur destin : trouver l'amour.

HARLEQUIN
www.harlequin.fr

BLANCHE

Au bras du Dr Sheridan, de Karin Baine - N°1660

La Reine des glaces. Mollie n'ignore rien du surnom dont l'a affublée l'arrogant Dr Ben Sheridan. Mais, quand ils se retrouvent partenaires d'un concours de danse à but caritatif, elle n'a aucune bonne raison de refuser. Il ne reste qu'à espérer que Mollie réussira à maîtriser, durant leurs longues séances d'entraînement, le trouble que Ben éveille en elle...

Trois semaines pour lui résister, de Becky Wicks

Écrire la biographie de Ryan Tobias dont elle suit les aventures télévisées est un rêve absolu pour Madeline. Mais le rêve tourne au cauchemar lorsqu'elle apprend qu'ils vont devoir cohabiter dans la jungle durant plusieurs semaines. Comme si cette perspective n'était pas assez effrayante en soi, Ryan cherche à la séduire dès leur première rencontre...

HARLEQUIN

Leur mission : sauver des vies.
Leur destin : trouver l'amour.

HARLEQUIN
www.harlequin.fr